作者以亲身经历撰写了二十军在抗日战争、解放战争、抗美援朝期间我军战士历经艰险、团结一致、顽强杀敌的英勇事迹。同时纪实了作者自己不怨日寇的残酷铁蹄而奋起杀敌，千辛万苦投奔新四军的故事。其中部分内容以诗歌反映了战争年代许多可歌可泣的英雄事迹和遭遇的艰险，也描绘了社会主义建设的伟大成就。

芳草集

■ 陆 坚 / 著

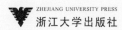

ZHEJIANG UNIVERSITY PRESS
浙江大学出版社

图书在版编目（CIP）数据

芳草集 / 陆坚著. —杭州：浙江大学出版社，
2013.4
ISBN 978-7-308-11278-9

Ⅰ.①芳… Ⅱ.①陆… Ⅲ.①散文集－中国－当代②
回忆录－作品集－中国－当代③诗集－中国－当代 Ⅳ.
①I217.1

中国版本图书馆 CIP 数据核字（2013）第 047511 号

芳 草 集

陆 坚 著

责任编辑	葛 娟	
封面设计	续设计	
出版发行	浙江大学出版社	
	（杭州市天目山路 148 号 邮政编码 310007）	
	（网址：http://www.zjupress.com）	
排 版	杭州中大图文设计有限公司	
印 刷	富阳市育才印刷有限公司	
开 本	880mm×1230mm 1/32	
印 张	10.625	
字 数	248 千	
版 印 次	2013 年 4 月第 1 版 2013 年 4 月第 1 次印刷	
书 号	ISBN 978-7-308-11278-9	
定 价	28.00 元	

弘扬人民解放战争光荣

历史建设社会主义精神

文明

譚啓龍

一九九一年

八月廿三日

继承光荣的革命传统

弘扬新四军铁军精神

杨彬

▲浙江省新四军历史研究会第一会长杨彬同志为陆坚著
《芳草集》题词。

发挥新四军老战士的政治优势教育下一代

培养革命接班人

黎清

二〇一二年七月

▲浙江省新四军历史研究会第二会长黎清同志为陆坚著《芳草集》题词。

▲1995年11月，时任全国人大副委员长、原新四军第一纵队司令员叶飞在杭州接见老部队代表。（作者为后排右一）

▲"沙家浜部队"新江抗成立70周年纪念活动。（左起第五人为作者）

▲1999年9月,作者(右一)在江苏省常熟市沙家浜与36个伤病员之一的吴志勤(中)合影。

▲"江抗"战友合影。(前排左一为作者)

▲作者(左一)在无锡市锡北镇新四军六师成立纪念馆与叶飞上将的儿子叶小宇(中)和华锡初合影。

▲2009年5月7日,作者(左三)在上海市委党校与南京军区副司令刘飞中将子女朱晓亮、刘凯军、刘建华、刘晨华、朱行之一行合影。

▲作者(后排左二)与战友沈仲兴、包美玉、方如玉(上海宝钢总指挥、原某军军长)、朱仰春、陆兴祥和朱仰增合影。

▲1999年11月6日,作者(右二)在江苏省常熟市沙家浜与老战友汪贤孝、万中原、钱更生、马平合影。

◀作者(左六)与周文江、汪贤孝、龚德、顾定宇、徐道明、陈煜轩、李志成、姚征人、颜怡、丁星等"江抗"老战友,在江苏省常熟市沙家浜合影留念。

▶2002年9月6日,作者(前排左二)在杭州参加座谈会讨论山东省民政厅《关于征求兖州36名烈士墓修缮意见》的函后合影(前排左四为第二十军副政委沈云章。

▲作者(左一)在桐庐县横村中学纪念淮海战役50周年报告会上作宣讲。

▲作者在桐庐县洋塘小学纪念渡江战役、浙江解放50周年大会上作报告。

◀2000年10月,作者(右一)在桐庐县横村中学纪念抗美援朝战争50周年报告会上作报告。

▲2009年5月27日,作者(前排正面站立者)在上海浦东国际会议中心参加纪念上海解放60周年座谈会,并接受第20集团军文工团团员献花。

▲作者(右一)在纪念上海解放60周年座谈会上接受第20集团军文工团员献花后合影。

▲作者(右一)与《铁军》杂志原主编夏继诚合影留念。

▲1995年9月3日,作者(左二)在杭州市人防办公室纪念世界反法西斯和抗日战争胜利50周年报告会上讲话。

◀作者(左三)和夫人、战友李倩英(左四)与中共中央编译局局长李兴耕一行合影留念。

▲作者（左一）在黄源纪念馆和铜像揭幕仪式上，与黄源夫人巴一熔（右一）和老战友在铜像前合影。

▲作者在渡江战役故战场江苏省丹徒新老洲高桥镇烈士墓前悼念，并与陪同人员合影。

▲作者（前排右二）参加《新四军中上海兵》出版座谈会，并同与会者合影。

▲作者（前）在斗山支第五次续修陆氏世谱发谱大会上发言。

▲2009年11月27日，作者（前排左四）与杭州市人防办（民防局）离退休人员合影。

▲2007年6月8日，作者（第二排左四）与杭州市第一批老律师合影。

▲2010 年 3 月 28 日,作者全家与表弟兴根、表侄永刚合影。

▲作者和夫人、战友李倩英(前中)及侄儿、侄女、外甥、外孙、婿及其子女在八旬寿宴上合影。

▲作者和夫人战友李倩英在八旬寿宴上与子女及侄儿、侄女、外甥、外孙女合影。

▲1997年国庆，作者全家在岳坟文化村拍摄合家欢，庆祝70寿诞。

▲作者(左五)与表侄黄永刚等,到渡江战役故战场第二十军警卫营烈士墓祭扫时合影。

▲2010年秋天,儿子陆璇辉陪同作者夫妇在杭州植物园赏菊时合影。

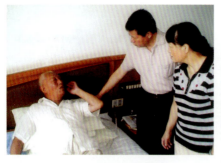

▲2010年，杭州市委副书记王金财到五云山疗养院慰问作者。

▲作者的儿子陆璇辉（浙江大学物理系副主任、博士生导师）于2009年参加其子陆浩川就读的新加坡南洋理工大学毕业典礼时父子合影。

▲中共中央、国务院、中央军委颁发给作者的抗日战争50周年（左）、抗日战争60周年（右）纪念章

▲左：淮海战役纪念章；
右：渡江胜利纪念章

▲解放华中南纪念章

▲中国人民赴朝鲜慰问团赠送给作者的"抗美援朝保家卫国"纪念章

▲解放奖章

▲中华人民共和国成立 50 周年纪念章

▲抗美援朝胜利 60 周年纪念章

▲解放军华东军区给作者家庭颁发的革命军人立功喜报摄影件。

▲1997 年 1 月 26 日，省新四军历史研究会浙西分会给作者喜报摄影件。

▲华东军区政治部颁发给作者的功劳证封面。

▲作者的功劳证扉页。

▲中国人民赴朝慰问团赠给作者的抗美援朝保家卫国纪念茶缸。

序 一

在党的十八大召开前夕，陆坚同志所著的《杂草集》由本会以内部资料的形式付梓了，经本会内部发行反响强烈，颇受读者喜爱，获得了较好的社会效益。

该书是一部撰写我国人民为了反抗日本帝国主义的野蛮侵略和推翻旧中国反动政府残暴统治所进行的长期曲折、艰苦卓绝的斗争场景，以及人民军队不怕艰难困苦、敢于与强敌拼杀，广大指战员不怕牺牲、英勇作战、可歌可泣的大无畏精神的教科书。作者用亲身经历所描写的真实故事和生动事例，令读者阅读后身临其境、潸然泪下。收入书中的文章和诗词，字里行间都充满了作者对党、对新中国和对人民军队的无比崇敬和感恩之心；热情赞颂中国共产党领导人民取得革命胜利、使人民获得幸福生活的英明伟大，深刻揭示战无不胜的人民军队临危不惧、敢打敢拼的革命英雄主义的内在动力，由衷感叹经过社会主义革命、建设和改革开放后祖国的美好河山等等，不愧是一部弘扬爱国主义主旋律的好读物。

鉴于此，本会为了使这种难得的纪实作品长留人间，更加广泛地继承和弘扬爱国主义精神，激励人们将这一精神一代一代传承下去，根据有关人员反映，并与作者研究后，将此读物由原来的《杂草集》更名为《芳草集》并予以正式出版，奉献给正在深入学习、宣传和贯彻落实党的十八大精神，努力建设中国特色社会主义的各条战线的广大读者。此举对于倡导阅读红色图书，激发人们为早日建成小康社会而努力奋斗，无疑是不无好处的。

浙江省新四军历史研究会

2013 年 2 月

序　二

　　遵循我服役所在老部队的前辈、新四军老战士陆坚同志的嘱咐,冒昧为其新著《芳草集》作序。一开始我是深感勉为其难的,比起他早于1991年出版的《戎马歌声》来,曾有大名鼎鼎的老前辈谭启龙题字、黄源作序,二者的档次未免太过悬殊了。可是经老前辈一再坚持,且因他同是战友的伴侣长年瘫痪,近期又住院抢救急需他照料,作为晚辈的我不忍心再推三推四了。再说出于对老领导的敬重、抢救第一手史料和接受革命传统教育的需求,也是我的本分和乐意所为,只得战战兢兢地担当起这一重任来。

　　我与陆坚同志虽说是老部队的战友,但认识的时间不算长,且没有共过事。记得在十余年前一次接待上海市新四军研究会战友刘石安时初识,并与全体为他接风的战友一起合影留念,一晃已有其中两位去世了。近几年来,陆坚同志像战争年代为战地报刊踊跃投稿一样,也成了省新四军历史研究会会刊《东南烽火》的积极通讯员,后来编通之间来往频繁才慢慢熟悉起来。但对陆坚同志所在部队的光荣历史,我早于20世纪七八十年代在二十军政治部工作期间就已经烂熟于心:它是抗日战争时期,以战斗在江苏阳澄湖畔的"江抗"起家,逐渐发展壮大为一支威震华东战场的劲旅。这支具有光荣革命传统的部队打过不少漂亮仗,涌现出千千万万不同凡响的人物和繁衍出许许多多不同寻常的故事。其中沪剧《芦荡火种》、京剧《沙家浜》和解放上海时《解放军露宿街头》的传世照片,都取材于这支部队。

正如一棵沾上露水的小草,同样可以反射出太阳的光辉一样,《芳草集》通过选编曾在我军高级将领身边担任警卫工作的陆坚同志旧文稿,也同样可以反映革命战争年代我军广大指战员学习、战斗和生活的轨迹。作者开始将文集取名为"杂草集",自贬所写的文章为"杂草",这既是风趣语又可理解为是谦词,体现了作者的宽大胸襟和自律美德。"杂草"虽可能会一时争抢作物的养料,但经过耕耘可以化为肥料,更好地促成植物生长发育和开花结果。作者一辈子忧国忧民,在耄耋之年自掏腰包,将自己昔日所写的传播革命传统与作风的文章汇编成册,希望能更广泛地传承给后人,并使之发扬光大,其良苦用心可见一斑。

请看全书五个方面的分类,基本上涵盖了作者戎马一生的传奇经历:

第一部分"戎马生涯——奋斗与荣誉",反映了作者亲历一系列战役、战斗的纪实性文章,特别是描述在急行军时掉队和迷路,在攻城时血溅疆场等惊心动魄的感人情景,使人有身临其境之妙。这些文稿有的发表在战时的《大众日报》和战场快报,大多是战后根据当时的日记,再查找有关资料精心撰写,先后发表在全国和省级新四军研究会组织编印的众多书刊上。

第二部分"战友情深——追思与缅怀",记录了作者在高级指挥员身边工作时的情景和对较熟悉的粟裕、叶飞、刘飞、何克希、谭启龙等首长的回忆文章,从一位警卫人员的独特视角,生动地反映了党政军领导的风采和作者对首长、战友深深的缅怀之情。

第三部分"悲欢人生——家世与自传",反映作者在党的感召下参加新四军,奋起抗日、打击汉奸和卖国贼的激情,其中《千辛万苦投奔苏中公学》一文提及他年轻气盛,对父亲数次被日寇抓走受刑恨之入骨,认为报仇雪恨的时候到了。遂在一次日伪军到其家乡抢劫时,17岁的他与一位当铁匠的爱国青年一起,高喊着"杀汉奸",高举大砍刀冲上前去,其中一个伪军被他砍中了肩膀,从此为躲避报复离家投奔了新四军。在《我两次入党的故事》一文中,提及他从小就对共产党、新四军无比热爱,哥哥和他相继加入了党组织,从此他更有了底气,好打抱不平。又提及那次刀砍伪军后急急忙忙离家,来不及带上党员关系介绍信,以致在争取重新入党的过程中经受艰难曲折。他在战场上的出色表现,终于经受住组织的严峻考验而实现终生愿望的往事等,十分有感染力。

第四部分"心灵火花——诗词选辑",因涉及面较广,内容比较丰富,遂细分为"战斗记述"、"缅怀思念"、"时政评论"、"感慨随想"和"游览杂记"五个方面,分别反映作者在战争年代和和平建设时期参战参建的心灵火花及诗情画意,特别是参加抗美援朝战争结束从部队转业到地方司法部门后,仍牢记今天的幸福生活来之不易,千方百计寻找部下烈士的归宿和亲人,还自费千里迢迢寻访故战场,依靠当地政府民政部门找到了当年牺牲部下的坟墓,终于使烈士的亲属得到了慰藉,也使当地的无名烈士冠上了真实姓名。离休后,他仍念念不忘教育下一代,年临耄期不服老,依旧活跃在革命传统教育的讲台上。凡是他所在分会宣讲团的教育基地和联系宣讲点的中小学校搞政治教育、纪念重大战役战斗,少不了要请他作报告。此外,作者与时俱进不服老,勤奋学习,关心国家大事,还通过疗养、休闲,饱览祖国大好河山和自然风光,也记下不少对时局的看法、感受,体现了他对党、国家和社会生活的由衷赞美与感恩之心。值得一提的是,第一方面基本上是辑录了他的母校——新四军苏中公学校友会为作者编印的《戎马歌声》一书的大部分战地诗。他常常是一面打仗一面在战斗间隙把自己的感受写下来,被战友们誉为战士诗人。提干后,他仍是战地快报的积极作者和解放军报社的特约通讯员,在报刊上发表了大量文稿。第二方面和第三方面诗词,主要反映了作者爱憎分明的立场与情感。第四方面集中反映了作者对党、祖国和人民英雄的无限崇敬、对社会丑恶现象的愤慨和对山河、动植物及所到故地的今昔对比,并予以由衷的赞美。第五方面则以杭州为圆心,从近到远,由北向南地描绘作者所到之处的游览观感,令读者身临其境,伴随作者对祖国名胜古迹的描绘和心境,去感受其点睛之笔的美妙。

第五部分"朝花夕拾——战友附文",收集了文艺界的老前辈、文化名人黄源为作者出版《戎马歌声》一书时的序言、伴侣加战友李倩英撰写的《我所了解的陆坚同志》,以及浙江省新四军历史研究会部分会员根据《江苏人物风采录》编写和对作者现场采访的报道,都众口一词地肯定了陆坚同志的为人及其作为。

"老马长嘶千里梦,山河烙印百年心。"作者戎马、笔耕一生,离休时享受副厅级待遇。但他不安分于舒适的离休生活,在当过20年律师之后,又活跃在关心教育下一代、传播革命传统和铁军精神的讲台上。笔者作为老部队的一名晚辈,在虚心学习老前辈光荣革命传统的同时,衷心祝愿他身体健康长寿、事迹流传千古、精神长留人间!

——2012 年 9 月于西子湖畔

目　录

一、戎马生涯——奋斗与荣誉

苏中兴化攻城战斗纪实 ……………………………………（3）

坦克是我们的了 ……………………………………………（7）

新四军第一纵队全歼李仙洲集团记 ………………………（8）

掉　队 ………………………………………………………（16）

四团二营在孟良崮战役 ……………………………………（18）

行军途中的一场遭遇战 ……………………………………（23）

我军以少胜多取得淮海战役的伟大胜利 …………………（25）

以少胜多的光辉战例

　　——渡江战役前夕坚守新老洲战斗纪事 ……………（30）

“沙家浜”部队与“沙家浜”精神 …………………………（33）

鲜血铸成的沙家浜荣誉 ……………………………………（38）

英雄群体　永垂史册 ………………………………………（43）

不要做“亲痛仇快”的事 …………………………………（45）

二、战友情深——追思与缅怀

粟裕同志与孟良崮战役 ……………………………………（49）

叶飞带领我们粉碎敌人的围歼 ················ （54）

我印象中的刘飞司令 ····················· （64）

我记忆中的何克希司令员 ················· （70）

谭启龙同志二三事 ······················· （76）

我所敬重的黄源同志 ····················· （79）

深切怀念陆富全同志 ····················· （84）

陆富全同志二三事 ······················· （87）

一个铮铮铁骨的老游击队员 ··············· （90）

访谢申冰烈士弟弟谢仲侠 ················· （104）

三、悲欢人生——家世与自传

我的家世　我的童年 ····················· （111）

我的父母亲 ····························· （117）

千辛万苦投奔苏中公学 ··················· （122）

我在抗美援朝中的两件事 ················· （128）

我两次入党的故事 ······················· （132）

千里寻战地慰英魂 ······················· （136）

提前离休再作贡献 ······················· （139）

我是怎样开展宣讲工作的 ················· （146）

四、心灵火花——诗词选辑

（一）战斗记述

告别故乡 ······························· （153）

去苏北 ………………………………………… （155）

大关刀 ………………………………………… （155）

咏淮水 ………………………………………… （155）

反封锁 ………………………………………… （156）

大生产 ………………………………………… （157）

坚决逐强梁 …………………………………… （158）

军　营 ………………………………………… （159）

解放兴化 ……………………………………… （159）

全歼如皋日伪军 ……………………………… （160）

北　撤 ………………………………………… （161）

追歼拒降日寇 ………………………………… （162）

泰山颂 ………………………………………… （163）

革命的妈妈 …………………………………… （165）

坚决执行停战令 ……………………………… （167）

悼四·八遇难烈士 …………………………… （168）

沂蒙咏 ………………………………………… （169）

胜利在宿北 …………………………………… （169）

激战迎春节 …………………………………… （170）

鲁南大捷 ……………………………………… （171）

曲　阜 ………………………………………… （172）

赞沂蒙山 ……………………………………… （172）

夕　岚 ………………………………………… （173）

祝捷莱芜战役 ………………………………… （173）

老大爷、老大娘 ……………………………… （174）

莱芜大捷 ……………………………………… （175）

沂水谣 ……………………………………………… (176)

支前队 ……………………………………………… (176)

夜宿坦埠 …………………………………………… (177)

王李集团覆灭记 …………………………………… (178)

怒斥蒋贼 …………………………………………… (179)

风雪之夜 …………………………………………… (180)

深山夜迷路 ………………………………………… (182)

苦战孟良崮 ………………………………………… (183)

孟良崮上红旗飘 …………………………………… (184)

围歼费县蒋军 ……………………………………… (187)

雨　夜 ……………………………………………… (188)

破击陇海道 ………………………………………… (189)

行军黄泛区 ………………………………………… (190)

途经朱仙镇 ………………………………………… (191)

雨夜追敌 …………………………………………… (191)

出击鲁南 …………………………………………… (192)

卡宾枪 ……………………………………………… (194)

奔袭宁阳 …………………………………………… (194)

雁行会 ……………………………………………… (195)

追　击 ……………………………………………… (196)

咏黄河 ……………………………………………… (197)

十轮卡 ……………………………………………… (197)

小毛驴 ……………………………………………… (197)

向烈士宣誓 ………………………………………… (198)

淮海凯歌震神州 …………………………………… (200)

芳草集

4

淮海胜利遇朱兄 ……………………………………（202）

奔袭前后墩 …………………………………………（203）

激战新老洲 …………………………………………（204）

渡江战歌 ……………………………………………（205）

战上海 ………………………………………………（206）

芦荡之光 ……………………………………………（207）

颂 36 勇士 …………………………………………（211）

忆保家卫国 …………………………………………（212）

纪念与奉劝 …………………………………………（213）

（二）缅怀思念

祭先烈 ………………………………………………（214）

回忆与愿望 …………………………………………（214）

校庆忆今昔——为纪念苏公50周年而作 …………（215）

怀念崇敬的夏校长 …………………………………（216）

赞颂与纪念 …………………………………………（218）

悼念罗允恒同志 ……………………………………（219）

（三）时政评论

向雷锋同志学习 ……………………………………（220）

悲痛与颂扬 …………………………………………（221）

这是什么逻辑——斥日本文部省的谬论 …………（222）

高温季节 ……………………………………………（223）

斥佞人 ………………………………………………（223）

致幸存者 ……………………………………………（224）

斥马屁鬼 ……………………………………… (225)

如此选人才 ……………………………………… (226)

造假的功劳 ……………………………………… (226)

打击伪劣品 ……………………………………… (226)

（四）感慨随想

颂　党 …………………………………………… (227)

红色的画舫——庆祝建党 90 周年 ……………… (228)

党是祖国大恩人 ………………………………… (229)

观国庆阅兵、游行有感 ………………………… (230)

咏国庆 …………………………………………… (231)

国庆中秋喜相逢 ………………………………… (231)

为新中国 60 华诞而欢呼 ……………………… (232)

颂英雄吴斌 ……………………………………… (234)

告别 20 世纪 …………………………………… (235)

水与河 …………………………………………… (237)

赞宣讲团员 ……………………………………… (238)

交通警　真伟大 ………………………………… (239)

白衣哨岗——献给化验员 ……………………… (240)

忆生平　庆寿辰——为八旬寿辰而作 ………… (242)

婚姻观论 ………………………………………… (244)

纳凉忆今昔 ……………………………………… (245)

佛面蛇心 ………………………………………… (246)

艄　公 …………………………………………… (246)

江南春色 ………………………………………… (246)

春 ……………………………………………………… （247）

迎 春 …………………………………………………… （248）

田园风光 ……………………………………………… （250）

山村的黎明 …………………………………………… （250）

咏 菊 …………………………………………………… （250）

山村的夜晚 …………………………………………… （250）

赞玉兰 ………………………………………………… （251）

赞玉兰花 ……………………………………………… （251）

桃花赞 ………………………………………………… （251）

赞腊梅 ………………………………………………… （251）

咏松柏 ………………………………………………… （252）

赞桂花 ………………………………………………… （252）

咏扫帚 ………………………………………………… （252）

高尚的孔雀 …………………………………………… （252）

西子风光胜蜃景 ……………………………………… （253）

赞天堂 ………………………………………………… （254）

杭州颂 ………………………………………………… （255）

今昔中东河 …………………………………………… （257）

赞绍兴 ………………………………………………… （258）

颂绍兴元红酒 ………………………………………… （258）

河南巨变 ……………………………………………… （258）

横村巨变 ……………………………………………… （259）

怨 ……………………………………………………… （260）

久别重逢 ……………………………………………… （260）

我愿做个聋人 ………………………………………… （261）

我的脾性 ……………………………… (262)

重逢忆今昔 …………………………… (263)

(五)游览杂记

告游客 ………………………………… (264)

西子诱人 ……………………………… (264)

西子之晨 ……………………………… (264)

西子湖的夜晚 ………………………… (264)

西子湖的早晨 ………………………… (265)

仲夏造访西子湖 ……………………… (266)

秋到西湖 ……………………………… (267)

冬临西子 ……………………………… (267)

西子冬容 ……………………………… (268)

平湖秋月 ……………………………… (268)

冬临西子湖 …………………………… (268)

杜鹃催春耕 …………………………… (269)

漫步白堤 ……………………………… (269)

游白堤 ………………………………… (269)

游曲院风荷 …………………………… (269)

咏曲院风荷 …………………………… (270)

赏 荷 ………………………………… (270)

观 潮 ………………………………… (270)

观潮记 ………………………………… (271)

古刹灵隐 ……………………………… (273)

登北高峰 ……………………………… (273)

索道登北高峰 ……………………………………………（273）

游龙井 ……………………………………………………（274）

灵峰观梅 …………………………………………………（274）

吴山之晨 …………………………………………………（274）

五云山之晨 ………………………………………………（275）

五云山 ……………………………………………………（275）

午夜漫步莫干山路——观灯花 …………………………（275）

超山赏梅 …………………………………………………（276）

雪竹景 ……………………………………………………（276）

报 喜 ……………………………………………………（276）

登天目山 …………………………………………………（277）

西天目胜景 ………………………………………………（278）

观天目山 …………………………………………………（279）

蟠龙桥畔 …………………………………………………（279）

重游独山 …………………………………………………（279）

育王寺 ……………………………………………………（280）

游莫干山剑池 ……………………………………………（280）

乌溪江美景 ………………………………………………（280）

西塘风貌 …………………………………………………（281）

游新登碧云洞 ……………………………………………（281）

登邓家山 …………………………………………………（281）

游千岛湖(温馨岛 鸵鸟岛 鸟岛 观鱼池 海瑞祠) …（282）

游白云源 …………………………………………………（283）

三潭岛 ……………………………………………………（283）

孔雀岛 ……………………………………………………（283）

夜宿桐庐深坑 ………………………………………………… (284)

咏遂昌金竹镇 ………………………………………………… (284)

遂昌行 ………………………………………………………… (285)

咏太湖 ………………………………………………………… (285)

游太湖源头 …………………………………………………… (285)

姑苏游 ………………………………………………………… (286)

游狮子林 ……………………………………………………… (286)

畅游姑苏（虎丘山　西园　留园　游感） ………………… (286)

游灵岩山 ……………………………………………………… (287)

游寒山寺 ……………………………………………………… (287)

登金山 ………………………………………………………… (287)

游天平山 ……………………………………………………… (287)

在长江轮上 …………………………………………………… (288)

大雁塔 ………………………………………………………… (288)

少林寺 ………………………………………………………… (288)

观永泰公主墓所感 …………………………………………… (289)

合肥黑池坝公园 ……………………………………………… (289)

包公墓 ………………………………………………………… (289)

趵突泉 ………………………………………………………… (289)

黄山如画 ……………………………………………………… (290)

游长城有感 …………………………………………………… (290)

漓江游 ………………………………………………………… (290)

游七星公园（花桥　七星岩） ……………………………… (291)

七星岩洞 ……………………………………………………… (291)

游芦笛岩 ……………………………………………………… (292)

游伏波山 ………………………………………………（293）

游象鼻山 ………………………………………………（293）

游桂林叠彩山 …………………………………………（293）

赞闵行新城 ……………………………………………（294）

酒城景色 ………………………………………………（295）

南海普陀 ………………………………………………（295）

山村小景 ………………………………………………（295）

重返淮海故战场 ………………………………………（295）

重游苏北故战场 ………………………………………（296）

今昔故黄河 ……………………………………………（297）

夜游"月照松林" ………………………………………（297）

登五老峰 ………………………………………………（297）

游庐山秀峰 ……………………………………………（298）

游花径湖 ………………………………………………（298）

登望江亭 ………………………………………………（298）

观云海 …………………………………………………（299）

观三迭泉 ………………………………………………（299）

云海奇观 ………………………………………………（299）

五、朝花夕拾——战友附文

《戎马歌声》序 …………………………………… 黄　源（303）

我所了解的陆坚同志 ……………………………… 李倩英（307）

勇青年追杀汉奸军 ………………… 陆汉卿　陈煜轩（310）

爱祖国　讲奉献　清廉敬业　革命家风传后代

　　——新四军老战士家庭会议纪实 ………… 陈煜轩（314）

一、戎马生涯

——奋斗与荣誉

苏中兴化攻城战斗纪实

1945年8月,笔者正在地处苏中宝应固津的新四军抗大九分校学习。是月15日下午,我所在的大队举行军事演习。全体人员在集宁正准备就寝,突然接到苏中军区要我们立即返回原地的命令,部队回到宝应固津已是拂晓时分。校长夏征农向全校人员宣布:同志们,报告大家一个特大喜讯,日本鬼子无条件投降了,抗日战争胜利了……话音刚落,全场一片欢腾。接着,夏校长又说,日本宣布无条件投降,我们八路军、新四军就要接受日本的投降,但是国民党蒋介石不允许我们八路军、新四军受降,怎么办?朱总司令已命令在华日军必须就地向八路军、新四军投降缴械,不然就用武力解决。

翌日,我大队全体人员立即分配至新组建不久的苏中军区教导旅各个连队,我被临时分配在旅部参谋处搞通讯联络工作。

由于日伪军认为我军非中国正规军,拒绝向我缴械投降。在此情况下,我们只得动用武力。首先向兴化日伪军发起进攻,于8月28日包围了兴化城。兴化是苏中、苏北的战略要地,又是一座水城,三面环水,只有北门一条陆路。这里的敌人设防坚固、火力配置强,我们不宜强攻,只能用佯攻吸引敌人火力,以分散敌人兵力。

28日下午太阳西斜时,教导旅参谋长交给我一个特急任务:要我立即去东台找彭寿生县长(兼任东台独立团团长),要他率东台独立团参加兴化战斗。参谋长将装有书面命令的信件交给了我，再三叮嘱："要尽快赶去，明天下午一定要将部队拉到兴化，不得有误。"同时，又叫来一个背着马枪的通讯员随我前往。我受命后，即与通讯员立即向东台方向进发。此时，天正下着滂沱大雨，一路泥泞。兴化至东台尽是河道，于是我俩就在路边村内叫了一条木帆船，将绑带连接起来当做纤绳，我与通讯员在岸上拉纤行走，船老大在船上掌舵。就这样，我俩走到天明才到东台找到了彭县长（独立团长）。彭县长一见命令，一面招呼我们休息一面命令部队集合出发。29日下午，东台独立团按时赶到兴化城附近待命。

8月28日晚上，教导旅由二团为前卫，以三营为先锋，借着夜幕，在兴化南门、西门的官河上用200余条周围用湿棉被围着的木帆船，冒着敌人的弹雨向前猛冲。老红军刘飞旅长亲自撑着竹篙赶在最前边。在他的鼓舞下，全营船队冒着敌人的弹雨冲向敌人的滩头。在激战中，同志们登上了岸，又用手榴弹和刺刀与敌人拼杀。二团在登陆激战中作出了巨大的牺牲，伤亡200余人，但迅速占领了滩头阵地，赢得了西关战斗的全胜。

此时，敌人已逃进城内固守，并依托高高的城墙居高临下地使用各种武器向我部射击。在城墙周围，还构筑了170多个各式地堡，用密集的火力阻挡我军前进。

我部于30日夜晚发起总攻，一团担任主攻。先用炮火摧毁敌人炮楼，同时组成爆破组，在火力掩护下接近城门。由于我部没有重武器，无法摧毁高高的城墙和堆满沙包的城门，特别是城门口有几个接近地面的水泥暗堡，杀伤了攻城部队很多战士。最后，各连制作出一种"特殊武器"，战士叫它"土坦克"，就是用方桌盖上湿棉被。战士在接近敌人时,用头部、背部顶着方桌前进。这办法果真有效,既掩护了部队前进,又堵塞了敌堡枪眼。战士们冲到敌堡前,将"土坦克"一掀,用手榴弹消灭了暗堡,让它变成了"死乌龟"。

紧接着,在城墙上下展开了一场登梯与劈梯的白刃战。突击队使用大刀和手榴弹,掩护一个个架梯组。敌人从城墙上不断扔下特种手榴弹,又用"钩刀"挑梯,用马刀劈梯,并在城墙上集中数倍于我登城部队的兵力,使我各个突击小分队在架梯中屡屡受挫。不少战士在接近城头时中弹摔下来,也有被敌人用钩刀挑下来的,但是整个突击队前赴后继攀登不止,终于突围上了城头,但最后终因敌我力量悬殊而使一团损失惨重。刘飞旅长命令暂停攻击,让一团休息调整,命三团接替一团。

31日晚上,三团(即东台独立团)彭寿生团长、何振声政委派出侦察员经过仔细侦察,发现西门北侧无敌人守备,彭团长命令一营营长带一个连在此偷袭,结果未发一枪一弹就神不知鬼不觉地登上了城墙,随着首先登城的一连,后续部队迅速紧跟着登城,扩大突破口。此时,东门、南门的兄弟部队也已突入城内,枪声大作。刘飞旅长命令三团全部进城,扩大突破口向前推进,并立即组织部队搬开堵死西城门的沙包,让大部队迅速进城。此时,兴化城枪炮声震天动地,我军势如破竹,指战员们如潮水般向前推进。

三团一入城便迅速向纵深发展,彭团长带着警卫员、通讯员共5人冲在最前面,一直冲到伪军二十二师司令部指挥所,钻进了敌人的"肚皮"。他们看到屋里有10余名军官在开会,警卫员动作最快,迅速猛力一脚踢开大门,大喝一声:"不许动,放下武器,优待俘虏！"5个人、6支驳壳枪所指的这群敌人，正是伪军第二十二师师长刘湘图等指挥人员。彭团长命令刘湘图道："我军已全部入城，你马上命令你的部队立即停止抵抗，放下武器！"刘湘图吓得满头大汗、瑟瑟发抖，明知败局已定、大势已去，只好命令他的号兵吹号停止射击、放下武器。

至此，三天四夜的兴化之战以我军全胜告终。此役，活捉伪军师长刘湘图以下5000余人，毙伤近千人，缴获山炮1门，火炮10余门，各种枪支3000余支，还有汽艇4艘、电台6部和两个兵工厂，受到新四军军部的嘉奖。

接着，我军又攻打和解放了拒不投降的如皋城，歼敌3000余人。此外，还将盐城5000余名日本鬼子追至山东泰安华丰地区后将其包围，逼迫其乖乖地向我缴械。

（原载《东南烽火》）

坦克是我们的了

经过一昼夜的激烈战斗,在下庄、向城、兰陵一带的敌人完全被我们歼灭了。

4日晚上,我们向着兰陵那边出发,几个民夫给我们挑着东西跟在后面,天黑黑的没有月亮,只有在西天有几颗孤零零的星儿。在这一漆黑的夜晚,西面远远的偶有好几丛明晃晃的灯光。不一会儿,那几盏灯儿发出呼啦噼啪之声就到了跟前,是一辆坦克呢!突然间,在坦克里"啪"的响了一声,民夫顿时一惊,转身要想逃走,我连忙阻住,想壮壮他的胆子说:"不要怕,不要逃。"瞬间,那坦克闪耀着骄矜的电光从我们身边驶过,向着我们的后方驶去了。这时,我们才知道这坦克原来是我们的了。民夫们高兴地咧着嘴说:"坦克是我们的了,坦克是我们的了咧!"

（写于防空洞内,原载中华民国36年1月30日《大众日报》）

新四军第一纵队全歼李仙洲集团记

连战皆捷　伺机再战

1946 年底 1947 年初，我新四军第一纵队与兄弟部队在宿北、鲁南连续打了两个大胜仗，歼敌 7.6 万余人。当时，部队情绪十分高昂。接着，领导又命令部队向北出发执行重要任务，但不告诉去何处、是什么重要任务。指战员们冒着漫天大雪每夜行军百余里。由于道路崎岖，行军十分艰难，驮着炮与弹药的骡马，累得跌倒后再也站不起来。还有数十万运送粮弹的民工推着独轮车、赶着牛马车和小毛驴，随着部队穿过鲁中山区。就在这时，少数战士开始发牢骚、说怪话，什么"反攻、反攻，反到山东，还是一手拿煎饼，一手拿大葱"；"陈军长的电报滴答、滴答，小兵拉子的脚铁塔、铁塔"。不少人愿意打仗，但不愿意跑路。但是为了打败蒋介石，大家还是情绪高涨、意志坚强，愉快地走呀，走呀，去迎接新的战斗任务、打更大的胜仗。

蒋陈做美梦　进入我罗网

此时，国民党蒋介石正在打如意算盘。蒋介石认为，在华东战场他们已占领了苏中、两淮，并把我华东主力赶到了山东境内。

参谋总长陈诚则认为，"共军大势已去"。蒋介石亲临徐州，调集11个整编师、30个整编旅，制订了从陇海、胶济两线南北夹击山东我军的"鲁南会战"计划。

1947年1月31日，南线国民党军8个整编师21个整编旅从陇海路北犯，兵分左、中、右三路齐头并进，主要目标是夺取山东解放区首府临沂。2月2日，北线国民党军3个军、9个师，由第二绥靖区副司令李仙洲率领，从胶济线开始南犯，主要目标是进占我后方腹地沂蒙山区莱芜、新泰、蒙阴一线。然后两路重兵南北夹击，妄图将我华东部队主力歼灭于临沂地区。

根据敌我态势，华野前委作出了保卫临沂，在临沂附近歼敌的部署，我军两个纵队在此驻守。

就在我第一纵队向北移动之际，驻守在临沂的兄弟部队主动放弃临沂，同时向北移动。临沂让国民党军占领后，陈诚得意忘形，大肆吹嘘取得了"胜利"。

此时，狡猾的王耀武得悉我军主力北移，便警觉地命令李仙洲后撤，同时打电报给陈诚要求"准予机动作战"。言下之意就是说，允许他可以随时让李仙洲"机动"地逃跑。陈诚大为不满，回电坚持认为："陈毅率部放弃临沂向北逃窜，是过黄河避战"，并说"敌军心涣散，粮弹缺乏，已无力与我主力作战"。他不仅不理睬王耀武的要求，并严词命令王耀武："派一个军进驻莱芜，一个军进驻新泰，诱敌来攻，勿使其继续北窜。"与此同时，还向蒋介石告了王耀武一状。蒋介石给王耀武写了一封亲笔信，信上说："务希遵照指示派部队进驻新泰、莱芜。新、莱两城各有一军之兵力，敌人无力攻下。敌如来攻正适合我们的希望，切勿失此良机。"就在蒋介石与陈诚做美梦、王耀武举棋不定之时，我军已按照陈、粟两位首长的正确指挥,撒下了捕捉豺狼的大网,围歼李仙洲集团的炮声开始在沂蒙山区震荡。

蒋军妄图突围　我军钳住不放

2月16日,我第一纵队全部人马到达集结地莱芜羊流店、蒲洼地区,进行攻打莱芜的战斗动员,做好一切战斗准备。

2月20日晚上10时,莱芜战役打响。我第一纵队按照野战军司令部的部署,向敌人发起进攻。战斗打响后,双方交战十分激烈,敌人越打越多,炮火越来越猛。这时,由我侦察电台得到可靠情报,原在颜庄的敌第四十六军一个团和李仙洲集团的第七十三军、第四十六军两个军均已到莱芜附近,全部兵力压在一纵前面。叶飞司令一面向野司报告,一面紧急部署迎战。为了能让友邻部队到达后执行共歼莱芜之敌的原定任务,他果断命令所属3个师全力以赴抢占城外有利阵地,把敌人压进城内坚决不让突围。经一夜激战,第一师攻占了城北重要制高点四○○高地,并控制北门外的北铺、小洼等村庄;第二师进占城东戴家花园、吴家花园等地域;第三师攻占城西大小曹村及马弯崖、张家楼等地。敌人顽强抵抗,猛烈反冲锋,有些阵地几经易手。至21日黎明,我第一纵队从北、西、东三面将莱芜城的4万多敌人紧紧钳住,并首先独立担负起原定由5个纵队包围李仙洲集团的任务。

另外几个兄弟纵队,分别在莱芜外围歼灭大量敌人和攻占几处军事重镇。这样,我军不仅完成了战役包围,而且布下了防敌突围的多道关口。

这时,王耀武焦急不安,越想越觉得固守莱芜极为不利。最后狠下决心:与其在莱芜被歼,不如坚决突围!他认为以两个军的强大兵力,在空军掩护下突围定能取得成功。便先向李仙洲下达了"全军突围"的命令,然后向蒋介石写信报告情况和突围的决定。

当李仙洲派出的突围先头部队刚走出莱芜北门,就遭到我第一纵队的迎头痛击,突围与反突围的激烈战斗在莱芜城北四〇〇高地与小洼村展开。

四〇〇高地是控制莱芜城的要地,敌人要拼死争夺。2月21日早晨,敌人开始炮击四〇〇高地,并有4架飞机轮番投掷燃烧弹,烟雾漫天。接着,敌第十五师的一个团分三路向四〇〇高地进攻。守卫四〇〇高地阵地的是我一纵二团八连一排。指战员们凭借工事据守,沉着抗击,一次次把敌人打下山去。打垮敌人第四次冲锋时,排长陆贵元头部负伤仍坚持不下火线,带领全排坚持战斗。从上午9时到下午5时的8个小时内,敌人发起了7次冲锋,四〇〇高地仍巍然屹立,阵地前留下许多敌人的尸体。

穷途末路的敌人无计可施,又企图将小洼村作为逃跑的突破口。接着,李仙洲指挥第七十三军所属的一个团和他的特务营,在9架飞机掩护下,发起了更加猛烈的进攻。

据守小洼村的是我纵一团一连,他们在兄弟连队协同下顶住了10倍于己之敌的疯狂进攻,硬是阻拦了敌人突围的企图,把敌人牢牢堵在莱芜城内,为我大军最后聚歼敌人创造了条件、赢得了时间。在这场惨烈的战斗中,一连付出了巨大的代价,全连140余人只留下36人。全连的干部除了一排排长王国栋,其余全部伤亡。而被一连打死的敌人,则远远超过一连伤亡的数倍。

在多次反复的激烈战斗中,敌人尽管一次又一次被一连击退,但终不罢休,仍向小高地发起一次又一次的进攻。敌人的督战队使出了绝招，他们把莱芜城北门关上，见到往后退的士兵就开枪，逼迫国民党军士兵冲锋。在持续的激战中，一连的伤员不断增加，同志们手里的子弹越来越少，大家上好了刺刀，准备了石块……

敌人终于爬上了小高地，向小洼村冲来，一场白刃战开始了。在这场拼杀中，一连的战士打得十分英勇，战士陈瑞有凭着强壮的身体和熟练的刺杀技术，先后刺中了4名敌兵，最后终因筋疲力尽栽倒在地。当又一股敌人端着刺刀向他扑来时，陈瑞有拉响了最后一颗手榴弹，与敌人同归于尽。战士彭大昌与殷安洲两人连续刺死4个敌人，最后壮烈牺牲。在一连英勇顽强的战斗和友邻三连、二团八连的支援下，我军勇士硬是用刺刀拼退了敌人。敌人终于害怕了，未敢再贸然发起新的进攻。

下午太阳西沉时，营部通信员穿过敌人火力网来到小洼村，传达团首长关于撤出战斗的命令。一连出色地完成了预定任务，按上级统一部署顺利地撤出了小洼村。

敌人在攻打小洼村的同时，又分四路攻打小洼村右侧高地北铺山。这里的阵地由三连指导员董维仁率领二排扼守。敌人有一路插到东北面三连二排阵地的背后，指向营指挥所，董维仁深感危急：被敌人包围了。营部通信员迅速赶来报告："副团长命令固守！"敌机在向我军扫射，敌人的炮弹在周围爆炸，硝烟弥漫。董维仁站起来，高举驳壳枪，大声高呼："共产党员，跟我冲！"他带着三班冲向敌人。另一边，排长江尚华带着四班也反击过来。董维仁和江尚华两边一夹，敌人溃逃下山。双方激战到下午4时，三连又掩护一连撤离了小洼村。

为表彰这场漂亮仗，战后华野和纵队领导授予一团一连"人民功臣第一连"的光荣称号和写有"气壮山河"字样的锦旗。三连二排也荣立大功,被命名为"江尚华大功排"。

敌人出笼　全部葬送

是日,我军还截获了李仙洲集团决定突围北撤的情报。野司迅速作出部署,决定在敌人突围途中设下口袋阵地,命令围城部队在城北放开口子给敌人"让路"。同时,命令一纵司令员叶飞指挥在莱吐公路西侧的 3 个纵队和八纵司令员王建安指挥在莱吐公路东侧的 3 个纵队,待敌先头部队进入"口袋",后尾部队脱离莱芜城后再全线出击、东西合拢,在运动中歼灭敌人。

叶飞对"放行"问题作了具体设计,认为在放行中必须规定限制敌人的线路与时间,让敌人按照我军规定的线路突围,各部队应按此线路布好网,不让敌人越线脱逃,并必须让敌人后卫部队撤出莱芜之后才发起进攻,纵队司令部将这些要求通令各部遵行。

2 月 23 日清晨,我第一纵队司令部打出红、蓝、白色 3 颗信号弹,提示我部:莱芜敌人开始突围,我们主动让路布网。

敌人在飞机掩护下分两路向北突围,如羊群般的队伍从莱芜城蜂拥而出。我军佯作阻击边打边"放",敌人且战且走。敌第七十三军在突围途中遭到我第一纵队三师七团、九团的迎头痛击,敌第四十六军在途中遭到我第八纵队、第六纵队拦阻,原因均是不准敌人超越我军规定的线路。敌人遭到大量伤亡后,只好被迫按我军规定的线路逃逸。

正午时分,敌人的先头部队尚未到达吐丝口镇,而其后卫已撤出莱芜城,并且已钻进了我军预设的"口袋"阵。我第七纵队、第四纵队立即封死敌人的后路。至此,李仙洲集团5万多人马陷入了前不能进、后不能退的绝境。

蒋介石得悉这一情况后,立即命令空军派出几十架飞机对我军阵地狂轰滥炸,并亲自到莱芜上空助威,但为时已晚。

接着,我军上空又升起红、蓝、白色3颗信号弹,我军全线出击开始。顿时,在大炮的轰击下,我军排山倒海般的队伍从东西两边发起大规模冲锋,扑向敌人的士兵喊杀声惊天动地。这声音与敌人的惨喊声、马匹的嘶叫声混在一起,加上枪炮声、飞机呼啸声,似怒涛,似海啸。我军各部从南、北方向几十路部队汇成一股洪流向一个方向汹涌前进。我第一纵队第六团四连冲过开阔地后,连长沈生能就带领部队冲进周家庄把敌人往北赶。接着抢先占领沙家堤岸,在堤上把8挺机枪一字排开,命令两个排插向敌人侧翼。沙河里的敌人官兵蜂拥过来,沈连长命令:“开火!”骤雨般的机枪子弹飞向敌群,溃逃的敌兵一排排倒下去。插向两侧的战士们高呼:“缴枪不杀!”“优待俘虏!”敌人纷纷缴械投降,一个营全部当了俘虏。敌军中担任左右侧卫的两个师,首先被我军斩成几段,接着被分割成许多小块,然后被各个歼灭,敌军萧重光和海竞强两名师长都被活捉。

至此,敌人已溃不成军,开始大混乱。西面的部队往东奔,东面的部队向西逃,南面的向北跑,北面的向南退,两个军的建制全乱了套,前后的汽车、大炮、辎重、马匹拥塞一大串,互相碰撞、互相践踏,伤兵无人管,有的怒骂,有的哭叫,乱作一团。

李仙洲急得叫天不应,叫地不灵,谁也没法去挽救他,上帝也无法保佑他。

我军从四面八方压缩,收拢这条狭长的“口袋”,敌人陷入极度混乱之中，几万人马团团乱转，被我军压缩到汶水西岸的一片沙滩上，每落下一发炮弹就死伤一片，每打一发子弹都不会虚发。我军战士冲进去时，如虎入羊群，蒋军官兵无地自容，纷纷缴枪投降。

我军战士高呼"缴枪不杀，优待俘虏"的喊话声，发生了神奇的作用，成百上千的蒋军官兵挥动灰色军帽，叫喊着"我们不打了，我们缴枪了!"纷纷把枪支扔到地上。有个战斗小组4个战士，俘虏敌人整800！他们威武地将俘虏押回后方。第六纵队第十八师的1个团俘虏蒋军8000多人，超过了这个团参战人数的5倍。

我军机关人员、勤杂人员、民兵、担架队员及战地农民都参加了捕捉俘虏的战斗，都缴到了美式武器。

2月23日下午5时，战斗全部停止。前后不到3天，莱芜战役胜利结束，李仙洲集团7个师全军覆灭。除敌第四十六军军长韩练成已于临战前归顺我方外，第七十三军第七十七师师长田君健被我军击毙，新编第三十六师师长曹报锋逃回济南，李仙洲以下19名将级军官均被我俘获。我军乘胜收复城市13座，蒋介石妄图南北夹击消灭我军于沂蒙山中的美梦彻底破灭。

战役胜利结束后，第一纵队即在胶济线旁驻地大徐家庄召开庆功大会，表彰英雄单位与英雄人物。

战后，粟裕副司令在华东野战军高级干部会议上就莱芜战役作总结说："在一次战役中，仅以63个小时就俘虏了4万多敌人，加上被我军毙伤的，共歼敌6万余人，我军仅伤亡6000余人，这在中国战争史上是空前的。"他又说："在各纵队的配合下，第一纵队最吃力，虽然缴获不多，但在整个战役中起了决定作用，应算第一功。"

（原载《东南烽火》）

掉　队

在伟大而艰苦的解放战争时期,战斗十分频繁、连续长途行军。我曾掉过两次队,带来了极大的麻烦,使我永生不忘。

当时我在新四军第一纵队(后为华野第一纵队)司令部警卫队(连)当文教,每次行军我都担任司令部的收容任务,负责督促、照顾和联系行军中少数掉队的人员,帮助他们跟上部队。

1947年5月孟良崮战役前夕,部队进入战斗集结地的一天深夜,夜空如黑锅,天上没有星星。部队迅速通过荒无人烟、乱石嶙峋的万山丛,我在司令部队伍的末尾负责收容掉队人员。大部队迅速通过山区往前边去了,行军路上的路标也已经被前边部队扫除。我失去了前进方向,最后只剩一个人掉在大山丛中,前不着村后不见庄,万籁俱寂,只有野风嗖嗖作响。我无可奈何,只得独自在一个坟墓旁坐下,将驳壳枪子弹上好膛,以防遇到敌人。就在此时,忽闻远处传来窸窸窣窣的脚步声,我连忙大声吆喝:"哪一个?"对方连声回答:"是我,是我。"走近一看,原来是侦察连卫生员李虹同志,他也掉队了。于是,我们二人一起坐在墓旁等待天亮,才赶上部队,投入战斗。

第二次掉队是在1947年10月间。我华野第一纵队在鲁西南、豫、皖地区经过两个多月的艰苦战斗,粉碎了国民党军30万人马的围追堵截。冲出重围后,到达河南黄泛区。我部为进入敌人腹地,急速向西。在经过黄泛区时,一两天看不到村庄人烟。是日急行军,我因发高烧,领导给我一匹老白马,让我骑着跟上部队。谁知部队行军速度特快,不多时我就掉在后面,远离部队了。这里一片汪洋,一望无际,水深及膝,看不见道路和村庄。白天我以太阳为方位,晚上依靠星星照明,一直向西,日夜兼程,两昼夜未休息入睡、未进一粒粮食、未喝一口茶水。直到第三天上午,才见到一个村庄。我向老百姓要了一个萝卜充饥。可怜的老白马与我一样,两天未吃一口粮草,走一段就停下不动,打它一下,再走几步……

第三天中午,我终于找到自己的部队。同志们以为我当了俘虏,立即给我弄来吃的,可惜这匹老白马却一下子倒下,再也站不起来了。

(原载《东南烽火》)

四团二营在孟良崮战役

孟良崮战役是我永远不会忘记的往事。

1947年5月，国民党反动派发动内战尚不到一年时间，在我各解放区军民坚决自卫、英勇抗击下，屡战屡败，损兵折将，已无能力向解放区发动全面进攻，不得不改为向我党中央所在地陕北解放区和山东解放区发动重点进攻。在山东解放区，蒋介石调集了24个师（军）60个旅，约45万人马，排成一字长蛇阵齐头并进，小心翼翼地从鲁南向我沂蒙山区步步进逼。兵力以王牌军第七十四师为核心力量放在中央，两边还有五大主力的第十一师、第五军等部队为其卫护，浩浩荡荡似有乌云压城城欲摧之势，迫我在沂蒙山区与其决战，气焰极为嚣张。

在敌军进攻面前，我华野首长深谋远虑，改变以往击敌薄弱之处的惯例，决心采取猛虎掏心的战术，以"从百万军中取上将首级"的气概，歼其王牌军第七十四师。

我华野第一纵队在宿北、鲁南、莱芜连战皆捷后，即在胶济铁路周村、张店附近休整练兵，第一纵队第四团第二营驻在穆桂英的家乡穆家宅村，村边有一个天然的石头平台，传说有穆桂英的脚印，是当年穆桂英的点将台。二营即在这里进行紧张的练兵，待命参加战斗。练兵结束后，第四团第二营奉命日夜向南行进，5月13日奉命进入集结地。不料出发才走没有多少路，担任前卫的第六连就迷失了方向。途经一个村庄时，第六连连长祁少卿即去村里寻找向导,寻遍全村只找到唯一一名留守的大娘,但却是小脚无法带路。机炮连指导员姚永钦就让出一匹驮弹药的马,将所驮弹药并到其他马背上,让大娘骑着马带路。是夜,苍穹如锅底伸手不见五指,道路崎岖、乱石嶙峋,同志们不时被绊倒,驮炮和弹药的骡马铁蹄与乱石不时碰出火花,发出咯咯的声响。这一夜穿过不少村庄,整整走了140里,进入了攻击出发地,插入了敌人心脏。

14日拂晓,部队穿插到官庄。前卫第二营被敌第二十五师堵在峡谷里,挨了敌人的炮弹。祁少卿连长勇敢机警,想出种种办法,像锥子一样钻进了官庄,冲到黄家峪这一线,把敌军整二十五师和整七十四师分割成两块,使整二十五师不能前进一步。

在敌人进攻以前,沂蒙山区已实行坚壁清野,找不到群众与粮食,而同志们随身携带的干粮均已吃光。以后在老乡家寻找到了生的地瓜干与花生米,可是生地瓜干既韧又硬,无法咀嚼吞咽,要烧煮又无锅灶,后来寻来水缸代锅烧煮,结果地瓜干尚未煮熟水缸却已烧破,最后大家只得忍着生吞充饥。

5月15日,找第四团团长胡乾秀到第二营传达华野首长命令。胡团长说,马上要向孟良崮发起总攻,要攻上孟良崮活捉张灵甫,只准胜利不准失败,如果哪个部队攻不上去,就取消哪个部队的番号、干部撤职,各部队的主管首长都要亲临前线,一级一级下基层指挥。胡团长说完后,又反复强调了几遍。第二营在营长江胜武、教导员袁辉南的指挥下,各级干部做了层层动员和严密的组织工作,将各连的火炮和轻重机枪射手作了细致的安排,又鼓起了大家的战斗精神,表示以良好的姿态迎接总攻的到来,一定要把红旗插上孟良崮。

孟良崮是沂蒙山的最高峰，此时，敌第七十四师已被我军逼上山顶，四周被我团团围困，犹如瓮中之鳖，插翅难逃。尽管凭险固守，但已孤军无援，渴无水、饥无粮、战无弹，想依靠南京、徐州方面派飞机投掷干粮、弹药，却又大多落到我军阵地上，成了我军的战利品。

5月15日这天，阳光灿烂，万里无云。孟良崮上空响着稀疏的枪声，数十架敌机来回、上下盘旋，向我阵地疯狂轰炸，妄图炸开一个缺口，让被困在孟良崮的第七十四师夺路逃命。我各路大军坚如铜墙铁壁、像渔网一样张在孟良崮周围，一切迹象都预示着一场激战即将来临。第二营就卧伏在孟良崮西侧山下，待命总攻。

16日凌晨，我军阵地上空突然划过几个曳光弹，接着枪声大作、大炮轰鸣、震耳欲聋，顿时孟良崮上浓烟滚滚，它告诉我们总攻已经开始。我第二营的任务是攻下五四〇高地，该高地是孟良崮守敌的翼侧屏障，筑有坚固的工事与炮兵阵地。机炮连在连长何田根、指导员姚永钦的指挥下，首先向敌人发起猛烈攻击，左右两侧的几个步兵连，在机炮连的轻重机轮与火炮掩护下，立即向敌人发起猛烈进攻。我第二营六连二班为突击班，排长朱松林带领他们观察地形，前面有处陡壁，他们就从敌人认为爬不上去的地方突击。夜幕中，我军的大炮开了腔，山顶响起了爆炸声，曳光弹似流星一样划过夜空，万分惊恐的敌人不断地用照明弹壮着胆子，突击班战士借着照明弹的闪光，爬过崎岖乱石，登上陡壁。当敌人发觉向我战士射击时，已经来不及了，突击班的机枪、冲锋枪像倾盆大雨似的泼向敌人，手榴弹也同时落在敌群中爆炸，敌人再也挡不住，开始动摇逃跑了，突击班占领了五四〇高地，牢牢地站住了脚跟。

突击班占领这一高地后,后续部队尚未跟上,敌人看到只有几个人,企图抢占回去,用炮弹向突击班轰击。突击班则利用巨石石缝,坚持抗击敌人,一次又一次地击退了敌人的反扑。排长朱松林和几名战士相继负了伤,但是仍然坚守着。此时,敌我之间隔着一块50米左右的开阔地,开阔地上躺着几十个敌人的尸体,这是条分界线,双方谁也无法越过。突击班的处境相当艰难,班长周木良和突击组长又负了伤,子弹也不多了,敌人还继续向他们冲击,战士们就从敌人的工事里搜集弹药,用敌人的子弹打垮了敌人的攻击。

我第四连连长陆万良、指导员马豪率领全连攻击孟良崮翼侧的又一高峰五二○高地,五班的马思进小组冲在最前边。连长陆万良见机枪班长王先成中弹倒下,立即拿起机枪向敌人猛扫,敌人遭到重大伤亡,只得逃走。我第二营教导员袁辉南指挥四连向敌人步步进逼,马思进小组还是冲在最前面。追过几个山头,顽固的敌人仍不肯缴枪。我军就发起政治攻势,让解放战士向敌人喊话,最后终于迫使敌人缴械投降,缴获了大量武器、弹药、马匹,俘虏敌人130多人。模范指导员马豪不幸在这次激烈战斗中英勇牺牲。

16日下午,敌人在我军从四面八方密集火力的进攻下,且战且退。正当激战之际,敌人数十架飞机向我军阵地狂轰滥炸,可是蔚蓝的天空突然乌云密布、狂风大作,大雨倾盆,敌机只得向南逃遁。就在此刻,我第二营各连与兄弟部队同时发起冲锋,敌人在我猛烈的冲杀面前,只得节节溃退,我军战士从峭壁乱石中攀登崮顶,号称常胜军的敌第七十四师官兵如同无头的羊群,纷纷向我军指战员缴械投降。第二营指战员一直冲到张灵甫藏匿的洞口，张灵甫的卫士排已全部缴械，张灵甫已被乱枪击毙。战斗胜利结束，我第二营各连经清查，共俘虏敌人官兵300多人，缴获成堆的枪支弹药。此时，山顶上还放着敌第七十四师与敌机联络的标记。敌机又飞来投掷干粮，第二营指战员悉数收下。劳累的战士们饱吃了一餐，嬉笑地说："蒋介石对我们慰劳得真及时，真该谢谢他。"

战斗刚结束，我第二营就奉命转移阵地，但干部战士已连续四昼夜未吃过饱饭，现在肚皮饿得咕咕叫。见孟良崮下有刚被我军打死的国民党军的数百匹战马，于是大家就将死马的腿割下，用行军锅煮熟后充饥，吃得饱饱的。同志们吃完马肉正准备向北出发时，原准备救援敌第七十四师的整二十五师等敌军拼命向我涌来，激烈的枪炮声震天动地。战士们说："蒋介石真懂道理，我们打了胜仗，他又来送行了。"

（姚永钦口述，陆坚执笔《沙家浜战士足迹》）

行军途中的一场遭遇战

1947年7月，我华野第一纵队在攻打山东滕县城失利，遭国民党30万大军围追堵截。我纵历尽艰险，经历了3个多月的一场冲杀突围战，最后冲出了敌人重围。在这场突围战斗中，我纵途经鲁西南，穿越安徽，进入河南。在这3个多月边行军边战斗中，部队历尽艰辛。在敌人上有飞机，下有大炮，还有重兵堵截围追下，我军在阴雨连绵中渡过10里宽的汪洋泽国——白马河，再越过荒无人烟的黄泛区，部队每天只能吃一次或两次干粮，甚至饿着肚子行军、战斗。全体指战员筋疲力尽，部队大量减员。直到大雪纷飞的冬天，部队还穿着单衣。但是，我军士气仍很高昂，对胜利充满信心。是日拂晓时分，我纵队警卫队行军途经朱仙镇南面的一个土围子村庄，遇到国民党顽固派一个连对我进行拦击，我警卫队立即与其接火。顽敌虽仅一个连，但武器精良，都是美国装备。而我警卫队与之一接上火，就犹如猎犬遇见了野兽，不顾一切地向敌人猛烈冲击。红小鬼出身的队长袁彩阳，带领全队冲在最前面。两个机枪班班长颜如喜、高玉林动作最为迅速，抢先冲在前边。第一、二排的冲锋枪手也决不示弱，在排长戴阿土、战斗组长周阿连带领下，战士王世昌、朱学文紧紧跟上。敌人在我猛烈火力冲击下，迅速溃退到土围子内，企图依仗围墙进行顽抗。但冲在最前面的二、三班战士同时掷出数十枚手榴弹，立即将敌人打得哑口无言。紧接着发起冲锋，另有两个班迅速插向敌人左右两侧,防止敌人逃逸。我连战士迅速翻过低矮的土围墙,冲到敌人面前喝令敌人放下武器。敌人见我到了面前,自觉已无法顽抗立即举起双手、放下武器、缴械投降,不到3个小时,敌人一个连就成了猎物,除伤亡10余人外,全部当了俘虏。袁彩阳队长命令俘虏集合清点人数与武器,俘敌80余人,缴获长短枪近百支。这是我连行军途中的意外收获。此时,大家忘记了疲劳,精神百倍。时近中午,随即我们继续向许昌、漯河方向前进。

（原载《东南烽火》）

我军以少胜多取得淮海战役
的伟大胜利

淮海战役是决定中国命运的战役,是战争史上罕见的战役。这一战役,我军以 60 万人马战胜国民党 80 万现代化装备的大军,从而奠定了解放战争胜利的基础。那么,我军是怎样以少胜多,取得淮海战役胜利的呢?

淮海战役开始于 1948 年 11 月 6 日,此战役是在以徐州为中心,东起海州(现连云港),西至河南商丘,北起临城,南至淮河广大地区进行的一次决定性战役,是战争史上规模空前的伟大战役。集结在这一地区的国民党军队,有徐州剿总司令刘峙,副司令杜聿明指挥下的邱清泉、李弥、黄伯韬、孙元良 4 个兵团以及刘汝明、李延年、冯治安等 3 个绥靖区部队,连同以后从华中增援的黄维兵团,共 5 个兵团和 3 个绥靖区部队,共 80 余万人马。

蒋介石企图在徐州地区与我决一死战,守住中原,作为南京的屏障;在形势对他不利时,再把主力撤往江南,巩固长江防线,阻止我军过江。毛主席早已洞察到敌人的阴谋,下定决心要坚决歼灭蒋军主力于淮河、长江以北,为我军进军江南、解放全中国创造条件。

我军参加这次战役的华东野战军 16 个纵队,42 万人,中原野战军 7 个纵队 13 万人,加上华东、中原、华北、冀、鲁、豫军区的地方部队,总共 60 余万人。在兵力对比上,敌军装备和交通运输条件都比我军好。

　　整个淮海战役历时 65 天,共分三个阶段。第一阶段从 1948 年 11 月 6 日到 22 日,这一阶段我军集中兵力,首先歼灭黄伯韬兵团,完成中间突破。在战役初始,我军就以迅雷不及掩耳之势神速出击,大胆穿插,迂回包围。在短短几天时间里,把敌人 80 万重兵弄得肢离体解,分割成互不联系的几块。

　　战役一开始,我军从四面八方发起攻击,使敌人晕头转向、一片混乱。在敌黄伯韬兵团不敢应战、狼狈逃窜的情况下,华野前委根据毛主席指示,向全体指战员下达了全歼黄伯韬的命令,号召全军不怕疲劳,不怕困难,不怕饥饿,不怕伤亡,敌人逃到哪里就坚决追到哪里,全歼黄兵团,活捉黄伯韬;担任主要突击任务的是我华野第一纵、第四纵、第六纵、第九纵、第十一纵队,沿着陇海铁路南北两侧,冒着敌机的轰炸与扫射,逢山过山,逢水涉水,人不歇脚,马不停蹄,顾不上吃饭与睡觉,不分昼夜日夜兼程,以日行军 140 里的速度,开始了勇猛的追击。指战员们跑得疲劳不堪,边跑边打瞌睡。在追击中,各连党支部、各级干部党员均起了模范作用,帮体弱的同志扛枪、背包等等,保证没有掉队人员。黄伯韬兵团在我大军勇猛追击下,狼狈不堪,溃不成军。担任掩护的敌第六十三军在窑湾镇被我一纵追上一举全歼,俘敌 1.37 万余人,受到华野首长通令嘉奖。逃在后面的敌第四十四军在溃逃中被我歼灭了一半。在三天追击中,我纵歼灭逃敌两万多人。

　　在我军节节胜利面前,敌第三绥靖区副司令张克侠、何基丰两将军率冯治安所辖的敌第五十九军和敌第七十七军 3 个半师 2.3 万多人举行战场起义。敌第一绥靖区副司令兼一〇七军军长孙良诚率该军军部和一个师的 5800 余人向我投诚。

　　11 月 11 日,黄伯韬兵团被我军前堵后追,包围在徐州以东

150里地的碾庄地区,如瓮中之鳖。至11月19日晚上,我军发起总攻,20日凌晨结束战斗,兵团司令黄伯韬被击毙,敌第六十四军刘镇湘被俘虏,10个师的12万多人全部被俘,淮海战役首战告捷。

淮海战役第二阶段

歼灭黄伯韬兵团后的第三天(11月25日),中原野战军将敌黄维兵团包围在双堆集地区。12月16日,我军发起总攻,经过激烈战斗和反复争夺,至7日晨我军攻占敌人好多阵地。12月12日,我军下令黄维投降,黄维拒绝投降,15日黄维企图突围,在突围中被我军全部歼灭,此役生俘敌人12万多人,活捉兵团司令黄维,副司令员吴绍周,另有1个师起义。

淮海战役第三阶段——全歼杜聿明集团

在蒋军大败亏输的情况下,蒋介石看到大势已去。为了保全最后一点本钱,他急忙命令杜聿明放弃徐州,率领邱清泉、孙元良、李弥3个兵团30余万人向西南逃跑。我一纵队奉华野指挥部十万火急的命令:直取萧县,猛追逃敌。我纵队刘飞司令员命令各部"不要尾追,要迂回猛插到敌人前面去"。每天行军没有目的地,饭也没法吃,有时一天吃两餐,有时一天吃一餐。部队跑得疲劳不堪,边跑边打瞌睡,一休息下来就呼呼大睡了。一天晚上,我紧跟前面快跑,谁知前边有条河一个急转弯,我没看清,一味向前快跑,一下跌进河里,棉裤全湿,棉衣湿了一半,冻得浑身哆嗦,再也不打瞌睡了。

就这样,我们追了四天四夜,到 1948 年 12 月 4 日,我华野各部已将 30 万逃敌全部截住,将敌军包围于永城东北的陈宫庄、青龙集地区东西 10 公里,南北 5 公里的狭小地域内,成为瓮中之鳖。我第一纵队在 4 天追击作战中,共经大、小战斗 30 余次,俘敌近万人。我警卫营攻占黄白楼,全歼守敌数百人。

从 1948 年 12 月 16 日开始,我前线部队奉命围而不打,进行阵地休整。在风雪交加的阵地上,战士们和衣抱枪倚在战壕中睡觉,吃着冰冷的饭菜,没有水喝,不洗脸,不刷牙。用钢盔当锅,劈弹药箱作柴烧水、热饭菜。战士们风趣地说:"我们现在开饭,像进饭馆吃暖锅了。"

12 月 20 日,淮海大地朔风凛冽,大雪纷飞,对于包围圈内的蒋军来说,完全陷入饥寒交迫的境地。此时,我军各部遵照前线指挥部发出的《敦促杜聿明等投降书》在阵地上不停地广播,有洋喇叭也有土喇叭,各种喊话活动十分活跃。几天之内,仅李石林、陈官庄两地,夜间来投降的蒋军就有 2000 多人。

来降者受到热情接待,吃饱了热饭菜之后,便向我们诉苦:包围圈内没吃没喝,为了争抢食品互相火拼。

部队经过 20 天休整,养精蓄锐,兵强马壮,斗志昂扬,士气更加旺盛,时刻等待发起最后的总攻。

1949 年元旦,前委发出命令:为庆祝元旦,从晚上 7 时开始所有部队向包围圈内炮击 1 小时,到点后我军万炮齐鸣,震天动地,震耳欲聋,每一发炮弹均要杀伤好多个敌人,打得敌人抬不起头、喘不过气来。

1949 年 1 月 6 日发起攻击,1 月 10 日上午 10 时发起总攻,至下午 4 时许结束战斗。就在这天上午,敌第五军第四十五师 7000

余人向我投降。

战斗结束后,战场上到处是俘虏,我军只要几个战士就押着几百名甚至上千名俘虏,俘虏都已饿得形同乞丐,排成长队的俘虏群跟着我军战士走向我军驻地去吃饭,烧饭的民工忙得不亦乐乎,米不洗就直接往锅里倒,饭还半生不熟就取出吃,没有菜光吃白饭,没有碗筷就用帽子装着,用手抓着吃。

从淮海战役第三阶段开始,我军于1月6日发起攻击,到1月10日结束战斗,仅经过90多个小时激烈战斗,就全部干净彻底地歼灭了包围圈内的所有敌人。据统计,消灭敌军3个兵团、10个军、26个师共26.2万余人,俘敌高级将领83名。这一战役,合计歼灭了国民党精锐部队22个军、56个师(内有4个半师起义)共55万余人,至此淮海战役胜利结束。

我军之所以能取得这一战役的胜利,除了我们所进行的战争是正义战争外,主要有六大原因:一是我军指挥员能运用毛主席的战略战术与毛主席的军事思想,能做到知己知彼,在战术上集中优势兵力,能抓住战机灵活用兵等等。二是我全体指战员觉悟很高,都明确地知道为谁而战,因此能奋勇作战,不怕困难、不怕流血牺牲,一往无前。三是我军各部队能团结一致,协同作战,互相配合,互相支援。四是我们的干部党员均能起模范带头作用,在行军时能帮助体弱同志扛枪背背包,使大家不掉队,按时到达作战地点。在作战中,能冲锋在前,轻伤不下火线。五是在淮海战役第三阶段,我们把敌军包围后能发动政治攻势,劝敌投降瓦解敌军,起了很大作用。最后,我们有广大人民群众的支援。在淮海战役中,有数百万群众推着车子,牵着毛驴为我军运送弹药、粮食、伤员,这与我军的胜利也是分不开的。

以少胜多的光辉战例

——渡江战役前夕坚守新老洲战斗纪事

1949 年 1 月 10 日，我军在取得淮海战役伟大胜利后就转移到长江北边扬中北区集结，进行整训练兵，准备横渡长江。4 月上旬，我所在的中国人民解放军第二十军警卫营与侦察营一起，为渡江战役作准备。先后扫除了国民党军在长江边的几个桥头堡，歼灭了前后墩子、荷花池几个村落的 4 个连。4 月 8 日，我警卫营乘胜攻占了长江中的新老洲高桥镇。我营部驻在高桥镇上，我本人当时担任营部指导员、支部书记，领导营部 1 个通信排，1 个骑兵班以及供给、管理、医务、勤杂、炊事等人员。第一连驻在离营部 2 里许的长江边，第二连、第三连驻在营部左右面村里，机炮连驻在紧靠营部北面的村子，在此待命，准备横渡长江。

新老洲是长江下游的一个小岛，它南临江苏省镇江，北靠苏北扬中，历来是军事要地，也成了我大军横渡长江的天然跳板。由于它具有重要的战略地位，成了国民党军与我军的必争之地。我军如攻占了新老洲，当然就会给国民党反动政府的首都南京和其江苏省会镇江造成直接威胁。

盘踞在镇江的国民党陆、海、空三军司令汤恩伯、桂永清、周至柔得悉我营孤守在高桥镇上，即谋划企图将我一口吃掉。他们决定于 4 月 9 日凌晨发起偷袭，派出 3 个步兵主力团、1 个保安团以及 12 艘军舰、4 架飞机，以陆、海、空三军联合向我守岛部队举行疯狂进攻。汤恩伯狂妄地说，这是三个手指拿田螺——稳吃。9 日黎明前，我第一连连续派出 3 名通信员到营部报告长江南岸的敌情，敌人活动频繁，有向我进攻的迹象与动向。就在此刻，敌 3 个步兵团和 1 个保安团在海、空军的炮火掩护下，在我营第一连阵地前的长江边登陆，我第一连即与其展开激烈战斗。由于前两天战斗后尚未补充弹药，无法长时间坚持战斗，且伤亡惨重，只得步步后撤。当撤到营部时，我营部已有好几个人被敌炮炸死。军部直工部下来的一位干事邹达生同志就在我身边被敌炮弹片削掉了脑袋，光荣牺牲。我即率营部通信排冲上去，顶住汹涌而来的敌军，然而战不多时通信排战士便伤亡无数，最后只剩我一人，五六十个敌人围住我嚷叫："抓活的！"但他们既不开枪又不敢上前，相互持枪对峙着。敌人认为我已成瓮中之鳖，抓活的已有把握，只等我放下武器。当时，我的背后有一条 2 米宽的渠沟，东边 10 米左右有一小木桥。我深知，如果我要从小木桥过去是绝对不行的，敌人肯定会把我打倒。我急中生智，一瞬间翻过身来尽力纵身一跃。还没等敌人反应过来，我已越过渠沟到了北边。我营机炮连就在北边，副营长余德勤见到我立即叫我翻滚过去。就这样，我只身跳出敌人包围圈，脱离了险境，回到了机炮连的阵地上。

两位营长在机炮连阵地指挥全营战斗，第一连从江边撤下后就与机炮连一起在高桥镇北高坎上坚持抗击敌人，营长马日新命令第二连、第三连在营部左右两侧布开阵地狙击敌人，不让敌人断我后路。敌人企图切断我后路进行围歼，凭借飞机向我轮番轰炸，兵舰上的火炮向我猛烈轰击，高桥镇一片火海。但敌人不管多么猖狂，就是不敢接近我方阵地，只是远距离向我阵地射击。

而我全体指战员则十分沉着,且机智灵活、勇敢顽强,只要敌人进入了有效射程就猛烈给予痛击,打得他们人仰马翻、鬼哭狼嚎。我军寸土不让,阵地始终屹立不动,坚决保住后路不让敌人切断。鏖战至太阳西沉,北边夹江开始退潮,我营全体人员均从新老洲北边的夹江中泅水撤至江北,国民党军原以为可以一口吃掉我营的美梦成了泡影。此战我营伤亡110余人,我自己也负了伤。敌人"偷鸡不着蚀把米",死伤多达600余人。

此战,也开创了我军一支小部队顽强抵御敌陆、海、空三军数倍于我兵力联合进攻的战例。当夜,我营奉命转移阵地,到达长江边的口岸龙窝口。4月21日深夜,我营又在国民党军飞机的"掩护"和大炮的"欢迎"下,威武雄壮地渡过长江,攻占了丹阳陵口镇,和兄弟部队一起取得了渡江战役的伟大胜利。

（原载《东南烽火》）

"沙家浜"部队与"沙家浜"精神

被人们称为"沙家浜"部队的中国人民解放军第二十军第一七五团,是一支英勇善战的部队。自成立至今,历尽艰辛,取得了举世瞩目的辉煌胜利。就解放战争来说,国民党于 1946 年 6 月底向解放区发动全面进攻,声称要在 3 至 6 个月内消灭我人民军队,这支由 36 个伤病员发展而成的部队,与其他兄弟部队一样,在党的领导和人民的支援下,发扬了勇猛顽强的战斗作风和不怕困难、不怕牺牲的革命大无畏精神,经历了宿北、鲁南、莱芜、孟良崮、豫东、淮海、渡江、解放上海等战役,参加战斗达 32 次,歼灭敌军 35615 人,缴获了装备两个步兵团及两个重炮营的武器。3 年战争中,全团涌现出华东人民英雄 33 名、人民功臣 766 名、模范人物 64 名,荣获集体功 29 个。当然,也付出了沉重的代价,先后牺牲与负伤 33645 名指战员。

第一七五团能在 3 年中取得如此辉煌的胜利,是与这支部队的优良传统和战斗精神分不开的,这就是我们所说的"沙家浜"精神。什么是"沙家浜"精神呢?依我所感,那就是"把我们的血肉,筑成我们新的长城"的民族精神。突出表现在两个方面:

一是艰苦奋斗、不怕困难、不怕牺牲、猛打猛冲、勇敢顽强的精神。"沙家浜"部队从成立起,到取得全国胜利,所以能从无到有,从小到大,从弱到强,与它具有以上的战斗作风和战斗精神是分不开的。

　　1946 年底的宿北战役,华野第一纵第二师第四团(第一七五团前身)在宿迁以北嶂山镇以东地区勇猛地插进了敌人的心脏,把敌第六十九师、预三旅、第十一师切成了 3 截。最后,第四团从敌心脏部位投入全线总攻,与兄弟部队一起将敌第六十九师 3 个旅歼灭,师长戴子奇被击毙,旅长李步新被活捉,这种像孙悟空钻进铁扇公主肚子制敌于死地的挖心战术,没有顽强的战斗意志是不可设想的。

　　1947 年国民党实施重点进攻,45 万大军猖狂进犯我山东解放区,我军没被其气势汹汹所吓倒、压垮,而以猛虎掏心的战术,"从百万军中取上将首级"的气概,歼其王牌军、第七十四师,这就是孟良崮战役。当时第一纵第四团插入敌后,分割敌人,腹背受敌,坚决完成战斗任务,对整个战役起了巨大作用。该团第一连在战役中表现了高度的革命英雄主义精神,敢拼敢杀,勇猛顽强。连长沙苇在激战中负了伤仍继续带头冲锋,指导员张继亲自端机枪向敌人扫射,朝敌人阵地冲上去,自己腿断了仍坚持站着向敌人扫射,用模范行动做全连的思想工作:冲在前! 伤在前! 死在前! 五班班长曹相佐在战斗中被敌人手榴弹炸破肚皮,肠子流了出来,他一边抓起肠子往肚里塞一边继续战斗,与敌盘肠大战直至牺牲。一班班长赵良战斗到双目失明,还抱着敌人滚下悬崖与敌人同归于尽。就这样,敌人 5 次反扑均被一连击退。他们用生命和鲜血死守无名高地,直到敌第七十四师被我各路围歼部队全部歼灭。他们这种可歌可泣的英雄事迹,被华野一纵领导授予"孟良崮战役大功连"的荣誉称号。

　　在豫东战役的前哨战——谢家集战斗中,第四团第三营九连和机炮排 182 名指战员,在教导员谢申冰的指挥下,抗击了敌人两个团在飞机、大炮、坦克配合下的围攻，指战员与敌人血战拼杀的英勇行为是极为罕见的。182人牺牲了166人，剩下16人其中3人还负伤。教导员谢申冰在战斗最危急的时候，把生的希望留给了战友，命令第九连指导员寿朝阳带人突围，自己为掩护战友与敌人血战到底。50年后的1988年，怀念在心的寿朝阳写出文章悼念谢申冰等166名烈士。

在淮海战役第一阶段歼灭敌黄伯韬兵团第六十三军的窑湾战斗中，我第四团二、三营紧密合作，进行连续爆破，炸毁敌人在窑湾北门运河堤上的坚固碉堡，从而使部队攻入了窑湾北门。纵然敌人顽固，但在我指战员的刺刀、手榴弹的猛烈攻击下，敌第六十三军终于彻底崩溃、被我全歼。

1998年抗洪抢险中，第一七五团二连驻守在长江干堤最险段之一——石首市东升镇湖口，先后排除重大险情18次，堵管涌27个，加固子堤4200米，转移群众1800人，受到国务院总理朱镕基及总政首长接见。军区首长和灾区群众称赞他们"特别能战斗，特别能吃苦，特别守纪律"，从而受到中央军委的奖励，被授予"抗洪抢险英雄连"称号。这都是"沙家浜"精神闪烁出的耀眼的光彩。

二是军民团结一致，军爱民、民拥军，是我军无往而不胜的基础。抗战时期，以江抗留下的36名伤病员为骨干组建的新江抗，之所以能在斗争环境十分险恶的苏、常、太、澄、锡、虞地区发展壮大，这是与人民群众的爱护、支持分不开的。早在1939年春天，江抗就来到我们的家乡澄、锡、虞地区；在黄土塘、浒墅关、上海近郊连续打了胜仗，鼓舞了广大群众，深得群众的拥护和爱戴，使群众认识到江抗是真正抗日的队伍，是为人民服务的队伍。1939年9

月江抗西撤,11 月 6 日新江抗成立,随后部队迅速发展至 3000 多人。1941 年 1 月 31 日,在江阴桐岐镇歼灭了青阳日寇警备队,击毙日寇中尉等军官 4 人,士兵 17 人,击伤 15 人,共歼灭日伪军 42人,缴获轻重机枪各 4 挺,掷弹筒 1 门,步枪 30 余支及一批军用物资。澄、锡、虞地区老百姓夸奖新江抗为"江阴老虎"。自此以后,每当新江抗队伍来到,群众就欣喜万分,积极为他们准备睡觉的门板和稻草,部队对老百姓犹如亲人,为老百姓打扫卫生、挑水,还为老百姓下地劳动,帮助插秧与收割庄稼,借了东西总是及时归还,损坏东西按价赔偿,对群众利益秋毫无犯。我当时参加儿童团,新江抗的战士教我唱抗日救亡歌曲,并向群众宣传抗日救国道理。群众见到如此好的队伍,就有不少青年跟随他们去打日本鬼子。我哥哥就是在这时参加新江抗民训班的。新江抗到了澄、锡、虞地区,就燃起了燎原的抗日烽火。新江抗还在上海地下党的支持下,到上海英、美、法国控制的租界区扩军,先后有 1400多人参加新江抗,这些人以后成为新江抗的骨干力量。那时,新江抗部队还有伤病员来到我们家乡,群众就组织起来去慰问他们,送去募捐来的鞋子、毛巾和鸡蛋等物品,体现军民亲如一家。我还记得 1940 年秋天,新江抗部队为粉碎日伪军"扫荡",组织发动当地群众去破坏无锡到常熟的公路。新江抗一个号召,数千名群众就手执锄头、铁耙,浩浩荡荡地前往公路,一夜之间十多里公路全部被破坏。每逢新江抗有战斗任务,群众就自发帮助部队带路、运送粮食、照顾伤病员、掩护指战员脱离危险。1940 年 12 月13 日,新江抗在张家浜战斗中转移时,刘飞突遇日伪军。在这危急关头,村民宋阿玲大婶急中生智,叫刘飞藏入柴堆中,当日寇赶来搜查追问新四军时,她指着河对岸谎称新四军已逃过河去,边

芳草集

36

说边做着驾船的样子,要帮日寇过河去追赶,日寇看看河面宽阔,又不知对岸有多少新四军,叽叽喳喳地走开了,从而使刘飞安然脱险。

也是在这次张家浜战斗中,新江抗几名伤员因未跟上部队来到姚家漤村时,妇抗会会员李巧英热情接待他们,积极为他们清洗伤口进行包扎,又用丈夫的干净棉衣给他们换上,最后设法把这几位伤员安全送到后方医院。

这些事例,充分体现了我军与人民群众的鱼水深情。就是这种关系保证了新江抗部队不断取得战斗胜利。真是"人民军队靠人民,有了人民就取胜;如果人民不支持,想要胜利是泡影"。军民关系犹如鱼水情深,鱼没有水就不能生存;也犹如树木与泥土的关系,树木没有泥土就不能生根成长。

"沙家浜"部队已经诞生65周年,这支部队的官兵一茬又一茬已换过许多次,但他们的革命优良传统——"沙家浜"精神仍然保持着,这种精神是革命的宝贵财富,有了它革命和抗洪抢险才取得了胜利。今天,我们要建设中国特色社会主义国家,部队要成为现代化、正规化革命军队,同样需要这种精神。我们应继承和发扬"沙家浜"精神,让这种精神在全面建设小康社会、实现中华民族伟大复兴中,开出更加鲜艳的花朵,结出更加丰硕的成果。

(原载《沙家浜部队与沙家浜精神》)

鲜血铸成的沙家浜荣誉

1960年,继上海沪剧团创作沪剧《芦荡火种》以后又移植京剧,毛主席定名为《沙家浜》,广泛演出后使沙家浜有了名气,涌现了沙家浜革命传统教育馆、沙家浜革命历史纪念馆、沙家浜芦苇荡风景区、"沙家浜"部队、新四军"沙家浜"部队历史研究会、沙家浜镇、《沙家浜战士足迹》……沙家浜这一称谓传遍全国,成为人民心中敬重的荣誉、无形的精神资产,还取得了良好的经济效益。单沙家浜红色经典旅游景区一地,从2005年以来游客就达几十万人次,旅游收入达几十亿元。

是什么铸成了沙家浜的荣誉呢?这要追溯到抗日战争时期,新四军36名伤病员在群众呵护下得以生存,并坚持武装斗争,逐步发展壮大成为一支英雄团队,历经抗日战争、解放战争和抗美援朝,成千上万烈士用鲜血创建了辉煌的战绩,铸成了崇高的荣誉。

在抗日战争期间,这支由新四军36名伤病员组建发展起来的部队,在地方部队配合下,于1944年3月对驻守在淮安县车桥镇的日伪军,发起了进攻。车桥驻有日军两个分队,伪军一个大队600余人,镇周围有高墙,深沟,沟宽水深,周围有碉堡53座,工事坚固,易守难攻。3月3日,该部分两路对车桥实行远距离奔袭,5日深夜发动偷袭,仅25分钟就突破围墙,占领全部街道,接着,战斗向纵深发展,敌人负隅顽抗,进行反冲锋,我军奋勇抗击,用手榴弹、刺刀、火炮向敌人攻击，经 20 个小时激战，占领全部碉堡，攻下车桥镇。在攻打车桥期间，我军五次击退日寇的增援部队，并在白刃格斗中刺死日寇 60 余名。战后迫使淮阴、宝应等地区的 10 多个据点撤退，为我新四军解放。此次战役我军取得攻坚打援双丰收。计击毙日军大队长山泽大佐以下官兵 383 人，伪军官兵 212 人（内有军官 29 人），伤日军官兵 58 人，伪军官兵 103 人，俘日军山本一三中尉以下 24 人，俘伪军官兵 168 人，缴获步兵砲一门，重机枪 1 挺，轻机枪 2 挺，步枪 242 支，短枪 19 支，弹药一部分。我军牺牲排长 7 人，战士 46 人，伤连长 3 人，排长 8 人，战士 174 人。这就是取得胜利的代价。

1945 年春天，这支部队在苏北顺和集胜利地抗击了 1500 多人日伪军的攻击。开始，他们以一个排的兵力，狙击伪军两个连的猛烈进攻，他们以顽强的战斗，打垮敌人两次冲锋，让敌人留下几十具尸体，还被我军活捉 7 名俘虏，缴获几十支步枪，挺轻机枪。我军也付出一定代价，该排 45 人，牺牲 20 余人，牺牲 1 名指导员。随后日伪军发起全面进攻，我军用两个连与其展开一场鏖战，在用尽弹药后，即与敌人展开白刃格斗，我军指战员用刺刀与敌人进行英勇顽强的拼杀，刺刀断了，就用枪托打，枪支损坏了，就徒手与敌人搏斗。有的战士拉响身上最后一颗手榴弹与敌人同归于尽。战士王开全，力大过人，他左刺右杀，前戳后挡，一连捅死了好几个敌人，敌人见了他十分畏惧，几个鬼子合在一起也近不得他，在格斗中他刺断 6 把刺刀，王开全的英勇，引起鬼子注意，便向他打冷枪，不幸牺牲了。班长陈彬杀得两眼通红，手背被鬼子刺破，仍坚持战斗，用枪托砸烂了鬼子小队长的脑袋，阵地上敌尸狼藉满地。我军也伤亡惨重。正在激烈拼杀之际，我军的增援部队赶到了,立即发起反冲锋,敌人坚持不下了,只得向淮阴逃遁而去。

在这场气壮山河的顺和集战斗中,我军打垮了敌人14次冲锋,打死日军70余人,伪军200余人,击毙日军指挥官天井中佐。我军牺牲38人,两个连的连、排干部仅剩下一个班长。粉碎了敌人的扫荡,保卫了军部,保卫了根据地。战斗胜利结束后,新四军张云逸副军长在追悼大会上高度评价这次战斗的伟大意义。

1945年4月,从"沙家浜"出来的文支部队,在苏中三垛河打了一场激烈而胜利的伏击战。他们以英勇善战革命大无畏精神,通过英勇战斗,歼灭日军两个中队,伪军一个团,计打死日军240余人,伪军600多人。活捉鬼子7名,伪军958人。日军山本硕间,伪军团长马佑铭,中校副团长等都做了我军的俘虏,缴获各种枪支1900支,各种炮16门,大量弹药和物资。我军牺牲干部、战士78名,伤干部、战士73名。

在这场战斗中,我军指战员都无比英勇顽强。我军班长海有鱼,表现得最最突出,值得大书特书,他的杀敌气势使日寇畏之如虎,格斗一开始海有鱼的刺刀就对准手握指挥刀的鬼子的胸膛,吓得其他鬼子急忙后退,海有鱼趁势一个突刺,"咔嚓"一声,又一个鬼子倒地。海有鱼的刺刀捅进了第三个鬼子,他刚拔出刺刀,就有六七个鬼子向他围过来,海有鱼两手紧握钢枪,两眼怒视敌人,大步向前,吓得鬼子心惊胆战,不敢跨前半步。海有鱼趁虚而入,立即将身子向左一闪,趁势将枪托对准左边那个鬼子脑袋劈去,鬼子的脑袋开了花。接着,海有鱼又一个突刺,又一个鬼子"哇"地一声倒了下去,旁边的鬼子吓得魂不附体,纷纷逃跑。海有鱼越战越勇,最后把一个肥头大耳、满脸横肉的鬼子用刺刀送上西天。在此同时,鬼子的刺刀戳进了海有鱼的腹部。英雄的共产党员海有鱼,以压倒一切敌人的英雄气概,使出全身力气狠狠地将刺刀压过去,枪管穿透了敌人的胸膛,刺刀把鬼子钉死在土墙上。而海有鱼的身体已受伤六七处,胸部鲜血直流,两眼怒视,霍霍生光,双手紧握钢枪,两腿前后交叉着,直立不仆,保持着英勇杀敌的战斗姿态……

我军向敌人总攻开始后,顷刻间,枪声大作,吼声震天,英勇无敌的新四军从四面八方冲向敌人,战斗胜利结束。

就解放战争来说,国民党于1946年6月底向解放区发动全面进攻,声称要在3至6个月内消灭我人民军队。这支由36个伤病员发展而成的英雄团队,与其他兄弟部队一样,在党的领导和人民的支援下,发扬了勇猛顽强的战斗作风,不怕困难、不怕牺牲的革命大无畏精神,经历了宿北、鲁南、莱芜、孟良崮、豫东、淮海、渡江、解放上海等战役,参加战斗达32次,歼灭敌军35615人,缴获了两个步兵团及两个重炮营的武器。三年战争中,全团涌现出华东人民英雄33名,人民功臣766名,模范人物64名,荣获集体功29个。当然也付出了沉重的代价,先后牺牲与负伤33645名指战员。

在豫东战役的前哨战——谢家集战斗中,该团第三营第九连和机炮排182名指战员在教导员谢申冰的指挥下,抗击了敌人两个团在飞机大炮坦克配合下的围攻,指战员与敌人血战拼杀的英勇行为是极为罕见的。全连牺牲了166人,剩下16人中还有3人负伤。教导员谢申冰在战斗最危急的时候,把生的希望留给了战友,命令第九连指导员寿朝阳带人突围,自己为掩护战友与敌人血战到底。50年后的1998年,一直怀念在心头的寿朝阳写出文章悼念谢申冰等 166 名烈士。

抗美援朝期间,这支英雄部队发扬猛打猛冲,不怕牺牲的大无畏精神,运用分割、穿插、迂回的战术,打出了威风,在长津湖畔歼灭了号称"天下无敌"的美国王牌军——美国海军陆战第一师,遏止了美军的骄横气焰,长了我军的威风。因此受到志愿军总部的表彰。

正是这些可歌可泣的英雄事迹,使诞生于"沙家浜"的这支抗日武装,经过文学艺术上的创作扬名四海。人们便将它的名字冠用到戏剧、纪念馆、旅游景区、部队爱称以及地名、书名上,让人们来瞻仰、游览、学习,教育下一代牢记历史、不忘过去、珍爱和平、开创未来。

这就是用鲜血铸成的沙家浜荣誉的来历及其深刻含义,值得我们永远传承和发扬光大。

（原载《崇尚荣誉》一书）

注:所谓"沙家浜"部队,即是现在中国人民解放军第二十集团军第五十九师第一七五团。最早在抗日战争时期是新四军第六师第十八旅第五十二团,解放战争时又编为新四军第一纵队第二旅第四团。

英雄群体　永垂史册

浙江省文学期刊《江南》杂志 2003 年第一期刊登的小说《沙家浜》，借用郭建光的嘴巴说什么"十八个伤病员死的死，被俘的被俘，只有我一个人凭着水性好逃了出来。"而逃出来的郭建光，又被小说作者写成摇头摆尾的哈巴狗式的阿庆嫂的情夫。如此胡编乱造，污蔑我新四军指战员英勇抗敌的高大形象，实在令人气愤。我今年 81 岁，是"沙家浜"部队 36 个伤病员之一，作为历史的见证人，一定要把 36 个伤病员的真实情况写出来，还历史的本来面目。

事情要回溯到 1939 年 5 月，由叶飞同志率领的新四军老六团沿用"江南抗日义勇军"名义，东进至澄锡虞苏常太地区，先后进行血战黄土塘、夜袭浒墅关、火烧虹桥日寇飞机场等数十次战斗。这时，遭到国民党"忠义救国军"大举进攻，形势陡然严峻起来。为了保存有生力量，顾全抗日大局，同年 9 月奉命西撤，在阳澄湖畔留下了一批伤病员计 36 名，本人也是其中之一，当时名叫吴凤根，担任第六团一连文化教员。

36 名伤病员在当地人民的全力掩护下治伤养病，11 月 6 日，根据上级党指示，以痊愈的伤病员为骨干成立了"江南抗日义勇军东路司令部"（简称新"江抗"），组建了特务连。新"江抗"成立后，运用机动灵活的游击战术，首战梅李、恶战阳沟溇、血战张家浜、火烧桐岐庙、大闹伪军头目包汉生寿辰、夜扰顽军马乐鸣婚宴和围剿胡肇汉（即京剧《沙家浜》中土匪司令胡传魁的原型）等数十次战斗，打得日、伪、顽胆战心惊，人民群众拍手称快。至1940年10月，部队发展到3000多人。皖南事变后，改编为新四军第六师第十八旅。至今这支英雄部队仍留在中国人民解放军的编制序列中。证实这支部队63年战斗历程的《沙家浜战士足迹》一书，也于2011年正式出版。

史实证明，36个伤病员根本不是小说作者所说的"死的死、被俘的被俘"，剩下一个郭建光又是"既可怜又可笑"的窝囊废。正是这36个伤病员，随着战争的发展、部队的壮大、编制的变动，分散到了全国各地各个部队，在抗日战争、解放战争、抗美援朝战争中发挥了骨干作用。直到2002年，关于这36个伤病员的情况，"沙家浜"部队的老同志在编纂《沙家浜战士足迹》一书时，向我本人与其他十多位早年参加新"江抗"的战友了解，查出了35人的名单，其下落为：战争年代牺牲的有8名，如1944年1月在攻克宝应大官庄时牺牲的新四军第六师第十八旅第五十二团一营副营长叶成忠；1943年8月在余姚丈亭镇敌前侦察中牺牲的新四军浙东游击纵队第五支队第二大队队长张世万等；新中国成立后陆续病故的有19名，如南京军区副司令员刘飞、福州军区空军政治部主任黄烽等。健在的尚有居住在南京的夏光和我两人。情况不明的有6名，如王佑才、赵阿三等。

随着岁月流逝，36个伤病员会走完各自的人生征程，然而这一英雄群体创建的历史功绩，我相信会永垂史册。小说《沙家浜》的作者违背历史事实，丑化郭建光、阿庆嫂的英雄形象，大大伤害了新四军老战士和人民大众的感情，是极其错误的，我们坚决不答应！

（吴志勤口述，陆坚执笔原载《铁军》）

不要做"亲痛仇快"的事

阅读上海市新四军历史研究会浙东、浙南研究分会 2003 年 9 月《简报》刊出的《何来"沙家浜部队"?》一文,使我十分惊愕,没有想到作为一名新四军老同志的杨某,竟会对历史、社会与法律如此无知,写出这样的文章来。

杨某认为"沙家浜"部队"是人为制造的"。杨太高估他人了,谁也没有这个能耐。"沙家浜"部队的称呼,决非是谁能制造得出来的,它是历史形成的。这段历史,全国许多报刊曾刊载过,杨同志不会没有看到。因此,"沙家浜"部队已是广大群众约定俗成的事,已成为新四军的缩影。事实又是怎样的呢?"沙家浜"这一名称,始于毛主席为京剧《芦荡火种》易名,在改革开放以后广泛应用,成为人们敬重的爱称,因它代表着在沪宁铁路以东敌伪心脏地区建立新"江抗"的军民团结抗日史。这是苏南东路人民的光荣,新四军的光荣,中华民族和人民解放军的光荣。正因为如此,作为新四军一支战斗部队缩影的"沙家浜"部队,受到广大群众的拥戴与热爱。宣传"沙家浜"部队,实际上就是宣传新四军,宣传军民鱼水情,使我军指战员和人民群众都得到激励,这实在是一件于国于军于民都有百利而无一弊的大好事。可是杨某却不遗余力地否认、责难、诋毁"沙家浜"部队这一名称,究竟为什么呢?这不就与今年浙江《江南》杂志刊出薛荣的小说《沙家浜》歪曲历史、丑化英雄人物遥相呼应,起了异曲同工的作用了吗?

由中国人民解放军第二十集团军、中国共产党常熟市委员会、上海市新四军历史研究会"沙家浜"部队委员会编著的《沙家浜战士足迹》一书,是弘扬我军光荣传统,学习实践"三个代表"重要思想的好书。就在此刻,杨某煞有介事地跳了出来,以教训人的口吻指责"何来沙家浜部队"?以此抹杀"沙家浜"部队的历史、否定这一名称,这到底是在为谁说话?这实际上是做了一件"亲者痛、仇者快"的事!

杨某在文中指责某个具体工作人员,列举种种罪名,这纯属未经过调查,凭空想象,有的还违背法律常识妄加指责以挑起事端,实有"文革"遗风之嫌。这些不利于团结的做法,应当收起。

杨某以往是我们共同战斗的战友,今日不应意气用事而产生矛盾、摩擦。为了建设我们的新社会,我们应共同切磋、携手前进,有意见应采取善意的态度互相帮助,从团结的愿望出发达到团结的目的,共同前进。

（于 2003 年 11 月 28 日）

二、战友情深

——追思与缅怀

粟裕同志与孟良崮战役

在纪念粟裕同志 100 周年诞辰之际,我想起了当年的孟良崮战役。虽然已过去 60 年,可当时的情景还如昨天发生的一样历历在目。那时我在华东野战军第一纵队司令部警卫队当文化教员。孟良崮战役一开始,粟裕同志就从华野司令部来到第一纵队司令部的驻地蒙阴大曹家圈,与叶飞同志一起不分昼夜地指挥战斗。孟良崮战役打了四天四夜,粟裕同志基本没有合过眼睛,两眼熬得通红,喉咙也嘶哑了。今天为纪念粟裕同志 100 周年诞辰,特将粟裕同志怎么指挥孟良崮战役的过程写在下面,以表达我对这位老首长的敬仰和怀念。

1947 年 5 月,国民党反动派发动内战尚不到一年时间,在我各解放区军民坚决自卫、英勇抗击下,屡战屡败损兵折将,已无力向解放区发动全面进攻,不得不改向我党中央所在地陕北解放区和山东解放区发动重点进攻。在山东解放区,蒋介石调集了 24 个师(军)60 个旅,约 45 万人马,排成一字形齐头并进,从鲁南向我沂蒙山区步步进逼,以王牌军第七十四师为核心力量放在中央,两边有五大主力的第十一师、第五军等部队为其掩护,大有黑云压城城欲摧之势,逼我在沂蒙山区与其决战,妄图一口吞掉沂蒙山区的解放军或将我军赶过黄河。

在国民党的重点进攻面前,华东野战军领导运筹帷幄,战役指挥重任由粟裕同志担任。粟裕同志根据已往与蒋军作战的经

49

验,反复分析敌我双方的优劣势,作出了这次战役的作战方针与作战部署。他认为,敌人集中45万大军(24个师、60个旅)向我发动全线进攻、与我决战,恰恰为我军带来了有利的战机。因为以前敌军密集靠拢,行动谨慎小心,很难捕捉,而现在敌军全线进攻,对我军实施中央突破,我军可改变先打敌人薄弱环节的计划,以反突破来对付敌人的突破,即迅速就近调集几个强有力的纵队,集中优势兵力,以"猛虎掏心"的办法,从敌战斗队形的中央切入,切断对我威胁最大的中路先锋敌第七十四师与其友邻的联系,并将其全部消灭掉。这个设想是粟裕同志经过反复思考决定的,并立即向陈毅司令员汇报。陈毅司令听后表示十分赞同,说,"我们就是要有从百万军中取上将首级的气概",随即定下战役决心。

在陈毅司令同意后,粟裕决定以5个纵队第一、第四、第六、第八、第九纵队担任围歼任务;以第二、第三、第七、第十共4个纵队担任阻援任务,抗击阻止敌第七十四师周围的敌军,不让其增援靠拢敌第七十四师。同时对各个纵队如何作战还作了周密部署,具体分配了任务。作战准备工作就绪后,定于5月13日黄昏发起战役。

5月11日、12日,中央军委两次来电指示,这些指示充分表示了对前线指挥员的支持和信任。粟裕又发电上报军委,报告了我华野围歼敌第七十四师的决心和计划:第七十四师等敌军向我坦埠进攻及其他敌军之动态,我军已集结4个纵队向第七十四师出击,于明晨完成包围,战斗约需两三天,待歼灭第七十四师后再视情扩张战果。

粟裕同志深知,要把敌第七十四师从密集的核心集团中挖出来予以歼灭是不容易的,他认为实现战役胜利的关键是必须隐蔽我军意图,达成对敌第七十四师的合围。遵照粟裕同志的指示,我5个主攻纵队都按时坚决完成了各自的分进合击任务。

5月12日晨,敌第七十四师在重山附近渡过汶河,占领了黄鹿寨、佛山、三角山等地,与我第九纵一部发生激战。13日下午,该敌攻占马山等地,距其攻击目标坦埠尚有10余里,踌躇满志,准备于次日攻占该地。敌第二十五师、第八十三师则分别进到旧寨、依汶庄地区。

面对敌军进攻,在粟裕的指挥下,我第九、第四两个纵队全力抗击敌第七十四师。我第一纵队则利用敌军之间的矛盾,增援部队的自保心理,于13日晚以小部对敌第二十五师发起进攻,该敌因为受我攻击无法照顾别处,我主力则利用山区地形实行迂回,从该师与第七十四师的结合部向纵深猛插,并抢占制高点,第八纵队以同样的方式从第七十四师与第八十三师之间插入,并夺取制高点,第六纵队则从鲁南兼程挺进垛庄,以断敌后路。到14日,我第一纵一部逼近蒙阴城,构筑了阻击敌第六十五师的工事,主力攻占了蛤蟆崮等几个制高点,第八纵队也攻占了桃山等几个要点;第六纵队于14日晨到达离垛庄西南20余公里的观上、白埠地区。而正面的第四、第九纵队,经过激战,已向敌阵推进,并攻占了马牧池、隋家店,我军对敌第七十四师的包围遂告形成。15日凌晨,我第六纵队在第一纵队的协同下攻占了垛庄,第八纵队则攻占了万泉山,3个纵队沟通联系,最后封闭了合围口;并构成了阻击敌第二十五师、第八十三师的对外正面的坚强防线,使敌无法前进一步。

到14日上午,敌第七十四师发现我军对其迂回穿插有被包围的危险,便仓促南撤,企图退向垛庄,但垛庄已为我所占,只得退到孟良崮山区,并把重炮和现代装备丢下,从而失去了它原有的装备优势。

至此,各纵队按粟裕的部署,完成了合围第七十四师的任务,第七十四师成为瓮中之鳖。可是敌人却有10个整编师包围着我们,且敌第七十四师所占的孟良崮山区均系悬崖峭壁,山高峰陡,易守难攻,胜负如何尚待决战。

果然,当敌第七十四师被我们包围后,蒋介石认为该师战斗力强,居高临下,易守难攻,又有强大的援兵,正是与我军决战的好时机,一面命令第七十四师固守,一面命令其他各部队内外攻击与我决战。在蒋介石的严令下,各路援军一齐向孟良崮方向急进。

在这胜负的关键时刻,陈毅司令发出了"歼灭七十四师,活捉张灵甫"的号召,广大指战员提出了"攻上孟良崮,活捉张灵甫"的口号,决心把红旗插上孟良崮。

歼灭敌人是一场剧烈的阵地攻坚战。15日下午,粟裕发出总攻命令,命令强调要攻上孟良崮,活捉张灵甫,只准胜利,不准失败,如果哪个部队攻不上去,就取消这个部队的番号,干部撤职,各部队的主管首长都要亲临前线,一级一级下基层指挥。

敌第七十四师及第八十三师1个团麇集于孟良崮及附近山地,依托巨石,居高临下,不断对我军进行反冲击。由于敌人占据优势阵地,我军由下向上仰攻,每攻一点均经过反复激烈的争夺,其激烈程度也是十分罕见的。

我军指战员打得英勇顽强,不断粉碎敌人的顽抗。张灵甫在我军的强大攻势下,一再组织反击,妄图突围,均被我军击退,并遭到重大杀伤。15日晚,敌军被我逼迫在一块狭小山区,面临弹尽粮绝的境地。虽有飞机来空投,但大多空投粮弹与水囊落到我军阵地,数万敌军陷入饥渴交迫的狼狈境地。我军各路打击支援部队,打得坚忍顽强,决不让敌之援军与第七十四师靠拢。

16日上午,遵照粟裕同志的命令,我军继续发起攻击,炮弹在敌群中猛烈爆炸,孟良崮上浓烟滚滚,一片火海,指战员越战越勇,不待上级指挥,哪里有敌人就冲向哪里。16日下午,我军攻克所有敌占阵地,大批敌人纷纷放下武器被我俘虏。就在此时,敌机在上空进行狂轰滥炸,企图帮助第七十四师炸开缺口实行突围,但老天突然乌云密布狂风暴雨,敌机只得夹着尾巴逃走。骄横一时的张灵甫及副师长蔡仁杰被我击毙。第七十四师全军覆没。我军担任突击的5个纵队的英勇健儿攻上了孟良崮,将红旗插上顶峰,宣告战役取得完全胜利。

孟良崮战役的胜利,是我军指战员英勇善战的结果,是广大人民群众全力支持的结果,也与粟裕同志运用毛泽东军事思想、实施英明指挥分不开。战役的胜利,大扬了我军军威,震慑了蒋军军心,不仅打破了国民党军对山东解放区的重点进攻,而且成为转变华东战局的关键性一役,在中国革命军事史上留下了光辉的篇章。

(原载《苏公校友》)

叶飞带领我们粉碎敌人的围歼

抗日战争期间,叶飞司令员在大江南北打过不少著名的胜仗,如夜袭浒墅关,全歼日寇守敌;夜袭虹桥飞机场,焚毁敌机数架;黄桥战役歼灭顽军韩德勤部万余人;车桥战役,歼灭日伪军数百名,缴获大量武器弹药;三垛伏击战,歼灭日、伪军一千几百余人。从而大大地震慑了日、伪、顽敌,叶飞司令的大名在大江南北广泛传颂,敌人闻之丧魂失魄。

解放战争开始后,叶飞同志率领部队连续取得宿北、鲁南、莱芜等战役的胜利。1947 年 5 月中旬又取得孟良崮战役的伟大胜利,全歼国民党王牌军第七十四师,击毙师长张灵甫,彻底粉碎了国民党蒋介石对山东解放区的重点进攻。紧接着又攻下费县,歼灭国民党军第三十八旅 6000 余人。

经过一年战斗,形势大变,我军开始掌握了主动权,即由战略防御转向战略进攻,向外线国统区出击。7 月中旬,我华野第四纵队攻击津浦路南段邹县。与此同时,第一纵队包围了津浦路南段的滕县国民党军。滕县是津浦路战略要地,是敌人的补给基地之一。城墙高 7 米,周围有护城河,防御工事坚固,还有鹿砦、铁丝网。据战前获得的情报,滕县守敌仅有敌整编第二十师的 1 个师部和少数炮兵及保安部队,附近的官桥也仅有伞兵部队的 1 个营。叶飞、何克希、谭启龙、张翼翔等首长商定了攻占滕县的作战计划,给各师下达了战斗命令。

7月中旬,淫雨连绵。7月14日午夜,我第一纵队各师冒雨对滕县守敌发起攻击,经过两天激战,滕县四关和火车站均被我军占领,并俘敌一部,只有东关的宝塔及城北的北楼未攻下。

在攻城战斗中,各师各团指战员打得勇猛顽强,但伤亡很大。7月17日夜间,我军在倾盆大雨中对滕县县城发起总攻。据守东关宝塔之敌居高临下,以密集火力封锁通道各要口和北关通道。战斗开始不久,我第一团就有两位营、连干部负伤。打东关的第二团爆炸手无法接近城墙,特等功臣王金达也身负重伤。第一、第三师受制于宝塔制高点之敌密集火力的封锁,第二师攻击也未得手,第四团一营营长涂才标身负重伤,英勇牺牲。18日,我军再次发动攻城,第七团遭重创,第九团两个营先后三次突上城墙,均遭北楼之敌反击被迫撤下。

后经查明,滕县守敌远远不止战前得悉的情报所述,实际上有敌第二十师师部,第一二四旅旅部及1个步兵团,第二十师1个炮兵团,第七十四师1个炮兵团,还有1个保安团。鉴于滕县守敌兵力较多,战斗力较强,叶飞及时调整作战部署,由第一纵、第四纵会同再行强攻。此时,野指鉴于由鲁中回援之敌已迫近我第一、第四纵队,决心改变原定作战计划,遂命令我第一纵队立即撤出战斗与第四纵队共同东渡沂河回师内线,继续寻机歼敌。

叶飞、陶勇同志当即指挥第一纵队和第四纵队,由津浦线东之滕县、邹县地区向东南方向之枣庄东北地区集结。蒋介石得悉我第一、第四纵队攻打滕县失利欣喜若狂,认为造成了"聚歼"我第一、第四两个纵队的良机。7月12日,蒋作出了"聚歼"我第一、四两个纵队的方案,并亲自指挥7个整编师按他的计划实施。

蒋介石这次把聚歼我第一、四纵队的希望主要寄托于欧震兵团。这个兵团是蒋介石临时组成的,把整编第五十七师、第七十五师、第八十五师都划归该兵团指挥。其次,蒋介石还把希望寄托于原汤恩伯指挥的第一兵团序列中的整第七师和整第四十八师。这次"聚歼"我第一、第四纵队,是这两个师大显身手的时候了。

至7月22日,蒋介石根据侦得的情报和欧震兵团掌握的情况,察知我第一、第四纵队正由津浦线向枣庄方向移动,他认为我第一、第四纵队必从枣庄东北的梁丘地区往东抢渡沂河返回鲁中。于是,蒋介石以十万火急的命令,调欧震兵团的三个整编师和第六十五师向梁丘地区推进;令整第七师、整第四十八师向梁丘东南地区推进;整第八十三师布防在沂河一线,堵截企图渡河之我一、四纵队;令第三十三军和整三师向东北推进,切断我第一、第四纵队的后路。

就这样,蒋介石调集了30余万兵力,撒下了"围歼"我第一、第四纵队的天罗地网,蒋介石得意忘形、暗暗自喜,盲目地认为胜算已经在握。

叶飞司令员深知面前摆着极大的困难:一方面遭受国民党军7个师的围追堵截;另一方面正逢连日大雨,河水暴涨,所处地势低洼一片汪洋,交通阻断行动困难。东面沂河山洪暴发,河上没有桥梁,也无法涉水过河,西有津浦铁路和微山湖,南有陇海铁路和运河,敌军正在步步向我逼近。

形势极为险恶,华野陈、粟、谭首长也为我第一、四纵队的处境担忧,致电叶、陶作出指示,要叶飞"机断处理"。叶飞深感责任重大,向南、向北突围都不行;向西,津浦线上敌人有重兵守候;只有向东北渡沂河,冲向沂蒙山,但山洪暴发致沂河猛涨,无法通过。考虑再三，只好决定东返，但又觉会遭蒋介石的暗算。陶勇同志也赞同叶飞同志的想法，如果东返必遭敌人合围。

叶飞同志最后当机立断，决定声东击西，向鲁西南突围，首先以一部劲旅佯作往东，造成敌人错觉，引敌跟踪。这样，使我第一、第四纵队主力与追击之敌拉开距离，我军即可乘机往西，闯出敌人合围圈。于是，叶飞同志指令第一师参谋长余光茂率第三团，佯装大军东去。

7月23日傍晚，我第一纵队从滕县西集出发，冒着滂沱大雨，在泥泞的道路上，一夜走了90里。该夜行军万般艰难，因路滑如油，一路摔跤。一跤跌下尚未爬起，第二次又跌下了。几乎没有一人不摔跤的，每人都跌得如同泥人。至24日早晨，大部队抵达枣庄东北的羊留店地区集结。这时，司令部从电台上侦听到敌欧震兵团的几个师已在向城、卞庄地区设伏，正等待我军继续向东投入其包围圈，妄图将我第一、第四纵一举歼灭。

此刻，我第一、第四纵队的处境确已到了千钧一发的地步。7月25日，我佯动部队向东至向城与敌展开激战，敌人即认为我第一、第四纵队向东突围。这天，叶飞在纵直全体人员大会上讲：30万敌人在我们周围，我们的处境十分艰险，现在我们只有两条道路：一是不怕艰苦，不怕流血牺牲，杀开一条血路，冲出敌人重围。二是如果怕苦怕流血牺牲，我们只有当俘虏，甚至全军覆没。叶飞的话音刚落，全体指战员齐声高呼：我们不怕困难，不怕流血牺牲，冲出敌人的包围，我们决不当俘虏！叶飞的讲话，给大家以极大的鼓舞和信心。大家振作起精神，决心冲出敌人的包围圈。

此时，蒋介石已确认我第一、第四纵队向沂河突围，他急令整个欧震兵团向东追击。

　　叶飞同志见敌主力均已向东而去,于是立即命令第一、第四纵队5个师调头往西行进,命令第一师为前卫。第一师不怕艰难,英勇向西开路,夺取我军西去路上必经之要隘上下山口。又命第十二师担任后卫,保障我军能顺利前进。

　　第一师师长廖政国命令担任前卫的第二团去完成攻占上下山口的任务,要求赶在敌人未到之前完成占领任务,开辟我军西进道路。第二团不负众望,经过一场拼杀,终于抢占了上下山口。我西进的第一、第四纵队就在敌人近旁,迅速冲过了上下山口,终于粉破了敌人第一个围歼我部的计划。

　　这时,敌欧震兵团等还在向东追击,当欧震兵团发觉我第一、第四纵队大部队已挥师西去,自己追击的只是第一、第四纵队的佯动部队时,已和我第一、第四纵队的大部队拉开了一昼夜的行程,欧震兵团的头头们大呼上当。

　　当蒋介石得知围歼计划落空时,对欧震大发雷霆,破口痛骂欧震是废物,但这又有何用呢?

　　蒋介石并不甘心失败,他又设下了一个围歼我部的新计划。在蒋介石的亲自指挥下,欧震兵团放弃了追赶我第一、第四纵队的佯动部队,掉头向津浦路西追杀过来,并调第五十七师车运至津浦路西雨下店,拦击我第一、第四纵队,企图将我第一、第四纵队消灭于津浦路西、沙河两岸、独山湖以东的狭小地域内。

　　我第一、第四纵队虽然摆脱了敌欧震兵团的追击,但还没有完全离开困难境地,摆在面前的是近百里的泽国汪洋,敌人重兵又从前面压将过来,我第一、第四纵队的艰险程度可想而知。况且我第一、第四纵队离开鲁中老解放区出击敌后以来,部队伤亡很大,减员严重,大部连队只剩下一半人员,部队长时间连续行军作战已经十分疲劳,部分非党员群众情绪波动。此时,各级领导向所属人员作动员报告,说明我军形势大好,已掌握战争主动权,转入战略进攻。国民党存在三大危机,即:政治危机,全国人民反对它;军事危机,处处打败仗,军心涣散,士气低落;经济危机,要求美国支援。我们的困难是暂时的,大家要有必胜的信心。可是有的战士仍讲怪话:"我们也有三大危机,即:鞋子危机,行军没有鞋子穿;房子危机,宿营没有房子住,经常露营;粮食危机,每天行军吃不饱,有时一天甚至只吃一餐。"事实真是这样,没有鞋穿,每天赤着脚行军;经常露营;粮食供应困难,饿着肚子行军打仗。现在前面有几条河道洪水暴涨,如何渡过河去确实困难重重。

为了争取时间尽快通过津浦路,叶飞司令员决定让部队彻底轻装,将笨重的装备与物资、大炮等重武器一律掩埋或炸毁,指战员的行装严格限制重量(干部背包不得超过 8 斤,战士 6 斤)。是日傍晚雨稍停时,我第一、第四纵队就出发了。时至午夜,突然又雷电交加,下起罕见的倾盆大雨来。我部冒着大雨越过了津浦路,来到鲁西地区。大雨仍不停地下着,这儿的田野成了一望无际的汪洋,部队在没膝的水中艰难地行进。次日到了沙河边,湍急的流水不断翻滚着浊浪,部队不得不停下来另想办法。

叶飞司令员、谭启龙副政委及二师师长刘飞等望着汹涌河水十分焦急,而此时敌欧震兵团的整第七十五师和第八十五师、第五十七师已从滕县向我扑来,妄图将我第一、第四纵队"围歼"于独山湖以东地区。此时,我第一、第四纵队情势极为严峻,前有浊浪滚滚的沙河阻挡,后有敌主力兵团追击。据此,叶飞同志立即命令第二师刘飞师长派部队抢先占领休城东北之战家河地域,坚决阻止追敌,掩护我第一、第四纵队主力渡过沙河。刘飞遵命,立即派兵抢占战家河地域,构筑工事,等待阻击来犯之敌。叶飞同志同时动员部队准备作战,彻底粉碎敌人新的进攻,号召全体干部和共产党员起带头模范作用,经受住艰难险恶和生死存亡的严峻考验。

等了半天,河水终于下降,流速缓慢了,但没有渡河工具要徒步涉水过河,对不会游泳者还是有很大威胁的。时间已不允许等待,叶飞、谭启龙两位首长站在沙河岸边,沉着地指挥部队过河。这时,敌人的飞机轮番向我渡河部队轰炸扫射,我们的部队就组织对空射击,虽然不能击落敌机,但对敌机也是个威胁,迫使他不敢低飞,轰炸、扫射无效。但也有极少数同志被敌机击中而牺牲或负伤,如第九团团长林达就在渡河时被敌机扫射击中而牺牲了。

叶飞司令员任凭敌机频繁扫射轰炸,仍沉着镇静地指挥部队有序地渡河,表现出一副大将风度,而我们这些警卫员却为他的安全捏出几把冷汗。

没有渡河工具,就在两岸打上桩子,拉起绳索或电线,由会游泳的同志组成救护队,过河时指战员们手拉着手,沿着绳索,互相照顾,防止被河水冲走,但也有少数不会游泳的人和女同志不慎被河水冲走而牺牲的。

叶飞、谭启龙等首长是在大部队过完后才起渡的,他俩骑着马浮在水面上,我们警卫人员在两旁护卫着,将马推向彼岸。

当蒋介石获悉我第一、第四纵队已于7月31日越过三道沙河,正朝西北方向猛进,他的"围歼"计划又一次落空,便严厉质问欧震兵团行动为何如此迟缓,丧失"围歼"良机。欧震兵团的头头都叫苦连天地说:国军是靠两条腿走路,与"共军"进行了一场跑

芳草集

路比赛。半个多月以来，从鲁中南下翻山越岭，遇上雨季行动十分艰难，追到鲁南又转过头来向西追击，道路泥泞寸步难行，尤其是武装了重装备的行动更是难上加难，这怎么能责怪我们对党国不尽力呢？

于是，蒋介石煞有介事地又设计了第三个"围歼"我军的计划：令整编第五十七师抢占大古村北一带高地，构筑堵截我第一、第四纵队的坚固阵地；令整第六十五师尽速赶上，以加强整第五十七师侧翼，令第三十三军等部兼程北进，迅速构成对我军的合围态势，务必将我第一、第四纵队消灭于泗河以南、南阳湖以东之白马河洼地。

叶飞得悉上述情况后，马上与陶勇磋商，急派第十二师抢占大古村以北的 3 个高地，掩护第一、第四纵队主力继续向西北挺进。第十二师抢先占领了这些高地后，敌整第五十七师紧接着赶来，一场争夺高地的激烈战斗打响了。叶飞马上命令第一纵第一师赶去大古村一线接替第十二师，继续在这里与敌整第五十七师展开激烈的争夺战，最后终于夺下并巩固了阵地。

就在夺下上述高地的第二天，我第一、第四纵队赶到白马河泛滥区。为掩护部队通过泛滥区，叶飞同志又命令第一师师长廖政国派部队抢占郭里集东北之扬宿，第一师所部在这里顽强阻击敌整第五十七师的攻击中付出了相当惨烈的代价，坚守在这里的第一团第九连的 1 个排，指战员在激烈的阻击战中全部壮烈牺牲。

就在第十二师、第一师顽强阻击敌整第五十七师的同时，叶飞、陶勇两位首长指挥第一、第四纵队紧张有序地徒涉白马河洼地。

由于连日暴雨,白马河马坡一带泛滥成灾,水深过胸,近10华里洼地一片泽国,数万人马要强涉过这广阔的汪洋,对每人都是严峻考验,尤其是广大指战员已处于足无鞋、食无粮的境地,身上衣衫发臭,且已数天未能宿营休息,体力已到了难以支撑的地步。但是大家深知,一定要坚持,不然就会如叶飞司令所说的"怕艰苦,就会全军覆没"。

我们从马坡出发横渡白马河,在过肚的水中拉着绳索一步一步行进,每跨一步都要使出很大力气。由于我们赤脚走路,脚下经常被蒺藜刺得十分疼痛,但又不能用手去拔刺,只能咬着牙坚持。大家手拉手,沿着原先的道路行走,如果脚下走偏就会遭到灭顶之灾。从马坡到彼岸的季庄约10华里,我们在黑夜中足足走了8个多小时。8个小时在水中行走,我们1分钟也没有休息!最后,我们几万人马终于冲过了"水门关"。

部队一过白马河,全体指战员已疲劳不堪,叶飞同志命令继续前进!部队继续向西北方向的泗河前进,因为部队还没有离开险境。叶飞说:再苦再疲劳也得继续前进。8月1日,我第一、第四纵队终于越过了泗水,和陈(士渠)、唐(亮)兵团的第三纵队胜利会师。

蒋介石获悉我第一、第四纵队越过泗河的情报后,甚感气恼,但仍未放弃围歼我第一、第四纵队的图谋。他再次想入非非地"闭门造车",给徐州指挥所开出了第四张围歼我第一、第四纵队的处方:令整第五十七师和整六十五师由兖州以北向西侧击;令第五军、整第七十五师至宁阳向西拦堵;令第七十三军在汶河以北阻止我第一、第四纵队过河;令兖州的第七十二师和济宁的第八十四师出城拦击。这一计划的目标是将我第一、第四纵队最后歼灭于汶河以南地区。为配合蒋介石的这个"胜算"的"围歼"计划，国民党中央电台向全国人民吹牛"数万共军仍在我国军包围之中"。

为最后粉碎蒋介石的恶毒图谋，叶飞同志命令第一、第四纵队在济宁西渡运河。8月1日晚上，部队抵达济宁东南之前后二十里铺、前后十里营地区。此时，敌整第八十四师已抢先占领了城南之桥梁，准备阻止我第一、第四纵队西渡运河。

据此情况，叶飞决定部队由济宁东南插向济宁西北。8月2日，敌整第八十四师、整第五十七师、第六十五师从兖州、济宁两地东西向我第一、第四纵队攻击。叶飞同志急令第一纵第二团、第七团前往抗击，激战竟日将敌击退。是日午夜，我第一、第四纵队夺路北上，在陈、唐兵团支援下迅速经大长沟从浮桥上越过运河，进入鲁西南平原与南渡黄河的刘、邓大军会师，从而使蒋介石的"围歼"计划终成一枕黄粱。

1947年8月6日，党中央、毛主席向第一、第四纵队发来慰勉电，还关切地祝愿全军将士安好。至此，叶飞司令员指挥我华野第一、第四纵队突破敌军重围，彻底粉碎了国民党蒋介石妄图歼灭我第一、第四纵队的图谋，如期实现党中央和毛主席的伟大战略部署，为加速解放全中国的进程创造了有利战机，成为我军战史上的光辉范例！笔者作为自始至终经历了这一艰苦卓绝作战过程的一员，在时隔60多年的今天写此回忆录，仍感惊魂动魄，也为自己是幸存者而感到自豪与幸福。

（原载《东南烽火》）

我印象中的刘飞司令

刘飞（阳澄湖畔新四军36个伤病员之一）司令是我敬爱的首长，从抗日战争到解放战争，从我认识他到跟随刘飞司令十余年，他给我的印象颇为深刻：他作战勇猛是英雄；他严守纪律，令行禁止，执行任务坚决；他是优秀的政治工作者；他待部下如严父；他平等待人，无丝毫官架子，如普通一兵；他关心、爱护和体贴战士，如父母、如兄长，又如良师益友。

刘飞司令在上海华东医院

刘飞同志是中国人民解放军第二十军首任军长，上海市第一任警备区司令，他是放牛娃出身的将军。1939年春天，刘飞来到我家乡澄锡虞地区。当时他是江南抗日义勇军政治部主任，以后任新四军第六师第十八旅第五十三团团长、第五十四团政治委员，第六师第十八旅政治部主任、副政委员，第十八旅旅长，苏中军区一分区副司令，苏中军区独立第二旅旅长，新四军第一师第二旅旅长。他在大江南北打过许多震慑敌人的战斗,战绩辉煌,功勋卓著。

1939 年,我认识了刘飞司令。那时他叫刘双清,是江南抗日义勇军政治部主任,我在无锡北乡怀仁中学读书,"江抗"部队来到我校与师生及附近农民开军民联欢晚会,刘飞主任在大会上作抗日战争形势报告,他分析了抗战形势,号召人民大众团结起来,一致抗日。他讲得深入浅出,有声有色,富有号召力,很有鼓动激励作用,从而在我心中留下了深刻的印象。

其时,江南抗日义勇军在澄锡虞一带打了许多威震京沪线的胜仗,刘飞是这些战斗的指挥者与组织者。1939 年夏天,"江抗"一举出击就拔除了京沪线上的浒墅关据点,歼灭日军 30 余人,京沪线交通中断 3 天,大大地震慑了京沪日伪军,鼓舞了江南群众,扩大了我军的政治影响。

接着,我"江抗"又夜袭虹桥飞机场,焚毁敌机数架,大扬了我"江抗"军威,提高了我军及群众对抗战胜利的信心。

在"江抗"积极抗战的影响下,不久后我参加了新四军,就在刘飞司令的部下。在我跟随刘飞司令的岁月中,有以下几件事给我的印象最为深刻,因此使我深深怀念他。

带头冲锋的指挥员

刘飞同志身为高级指挥员,每次战斗除了积极组织、指挥部队作战,自己还身先士卒带领部队冲在前边,让广大指战员跟他一起冲杀,使战斗很快取得胜利。1945 年 8 月 15 日,日本宣布无条件投降。当时,在我新四军所辖苏中地区的日寇认为我新四军不是中央军,拒绝向我新四军投降,于是刘飞担任旅长的苏中军区独立第二旅（教导旅）所部即向盘踞在兴化城的日伪军发起进攻。兴化是水城，三面环水，只有北门一条陆路。在战斗中，刘飞身先士卒，在向兴化发起进攻时手拿竹篙，飞快地撑着木帆船，带领部队冲在最前边。在刘飞旅长的鼓动下，部队如划船比赛一样，很快冲向滩头、登上岸、迫近城墙、攻入城内，最后全歼兴化之敌，俘获师长刘湘图以下5000余人。紧接着，又挥戈攻打如皋城日伪军。敌人凭借城高墙厚，城河深又宽拼命顽抗，我部因敌弹密集无法接近城墙和翻越城墙。刘飞司令员与大家一起研究，想出了种种办法，用桌子盖上棉胎当土坦克，掩护部队接近城墙。我们捡起敌人掷来的手榴弹再回敬敌人，让敌人的手榴弹在敌人中间爆炸杀伤敌人，就这样我们攻进了如皋城，生俘敌旅长孔瑞五以下3000余人。

在激烈的孟良崮战役中，刘飞同志坚决执行命令，不计个人安危，带领部队猛插敌人纵深，断敌退路。发起总攻后，为了攻上山头，消灭负隅顽抗的敌第七十四师精锐部队，刘飞同志手握双枪，带领200余位共产党员、干部组成的突击队，高声喊道："共产党员、干部们跟我上！"冒着敌人的枪林弹雨，首先突破敌第七十四师的主要防线，攻上孟良崮，与兄弟部队一起全歼了敌王牌师。

刘飞同志身为指挥员而带头冲锋的行动，鼓舞激励了广大指战员的士气，从而使战斗很快达到指挥的目的，取得战斗的胜利。因此，可以说刘飞司令是个模范指挥员。

在数十年的戎马生涯中，刘飞同志浴血奋战于沙场，由于每次战斗冲锋在先，负伤十余次，直到谢世之时身上还留有敌人的子弹与炮弹片。刘飞同志堪称是一位钢铁战士、常胜将军。

对部下要求严格,对自己令行禁止

刘飞同志对部下的要求是极其严格的,他坚持原则,不讲情面。谁不遵守公务规则,不坚决执行任务,不严守纪律,他就要严厉批评,毫不留情。但他的批评不是训斥,而是充满深刻的道理,因此被批评的同志都能心悦诚服地接受他的批评,对他的严格要求没有反感,认为是对自己的爱护与关怀。因此,同志们并不因此对他感到畏惧,反而感到他可亲而温暖。

他还善于做深入细致的思想工作,循循善诱。对于有思想问题的同志,总是耐心细致地反复谈话,把道理讲清讲透,坚持说服工作;对于犯错误的同志,总是做到仁至义尽,尽最大努力,教育帮助转变思想,挽救失足的同志转变过来。

刘飞同志对自己则严于律己,是服从命令、遵守纪律令行禁止的模范。1946 年 1 月,国共和平谈判期间,刘飞带领的新四军第一师第二旅将攻下兖州。就在此刻,国共谈判达成停战协议,国共双方宣布停战令。此时,第二旅攻下兖州已功亏一篑,但刘飞毫不犹豫地坚决执行停战令,忍痛命令部队撤出兖州城。

战士式的将军,关心部下的好首长

刘飞同志身为高级将领却平易近人,没有一点官架子,并很关心、爱护部下。在战斗间隙,他能与我们这些警卫员谈笑风生,使我们对他感到可敬可亲。直到他当了大军区副司令员以后,仍一如既往。1970 年冬天,我从杭州出差去山东,返回途中特地在南京下车去看望刘飞同志。此时我已与他多年不见，恐怕他不认识我了，当我敲开他家大门、警卫员领我进去时，刘飞同志已听到我的声音从里面迎将出来，一见我就说："小陆你来了，好得很，好得很。"他如同见到久别重逢的战友一般让我落座，亲自为我削苹果、倒茶。因天气较冷，他就叫警卫员拿木炭生火炉。他的热情接待使我深受感动，内心很过意不去。

刘飞司令还很关心我的学习。1945年，兴化战役胜利结束后，当时他是二旅旅长，我在旅部。他遇见我时，曾关心地问我："小陆，你好吗？你写字有笔吗？"我说："我很好，我用铅笔写字。"他随即从口袋内拿出一支魏脱曼黑杆金笔交给我，说："送你这支笔，这是我从日本鬼子那儿缴来的战利品。"我接过金笔，连声表示感谢，这支金笔我一直用到"文革"时期。首长对我的关心，我是铭记不忘的。

1948年春天，我们部队在河南濮阳休整，当时我在第一纵队司令部警卫队，刘飞同志在第二旅当旅长。一天，刘飞同志到纵队部开会见到我，他知道我胞哥在第四纵队炮兵营，与我已多年不见且无音讯，他就告诉我，叫我马上写封信给我哥。不日，我哥来到我处，他要我同去看望刘飞旅长，但纵队部离第二旅驻地有30华里路程，于是我向纵队首长借了匹马，两人赶去第二旅驻地。当刘飞看到我俩时，热情有加地招待了我俩，让其夫人朱一烧了肉丝炒辣椒、鸡蛋炒韭菜和久未吃到的大米饭等美食。刘飞旅长同桌陪同，与我俩边吃边谈，为我俩兄弟久别重逢而高兴。刘飞同志对我俩的关心、爱兵如子的态度，令我俩很是感动，将永藏心间。

1980年至1981年间，刘飞同志在上海华东医院住院，我曾三次去看望他。第一次去看他时，当传达室传告刘飞司令后，他就独自走下楼梯来迎接我，到病房就问我，现在转业在何处？在什么单位、什么部门工作，并叮咛我要好好工作，与地方同志搞好关系，尊重地方同志，好好向地方同志学习等等。他的一番话，使我很受教益。

第二次去看他时，他走到楼梯道口相迎，我握着他的手到病房后，与我寒暄几句，还关心地询问我的工作与身体情况。第三次去看他时，他已不能自理生活，吃饭要朱一同志喂他了。这次我看他时心里很难过，只是一再对他讲一些安慰的话，并说首长的身体一定会好起来的，谁知这次见面竟成了永别，不久他转院到南京后就去世了。

刘飞同志离开我们已20多年，他那赤胆忠心、全心全意为革命的精神，我们永远不会忘记。刘飞同志的一生是革命的一生，战斗的一生，为人民服务的一生，也是受人尊敬的一生。我永远不会忘记他赤胆忠心为党为人民英勇战斗的光辉业绩和团结同志、帮助同志、爱护和关心部下，以及平易近人、艰苦朴素的高贵品质与优良作风，他永远是我学习的榜样。我要永远纪念他、学习他的优良品质与作风。

（原载《东南烽火》）

我记忆中的何克希司令员

何克希司令员是我的好首长、好领导。他是部队政治思想工作的先行者,引导我们紧跟形势;他平易近人,没有官架子;他关心部下生活,形同父母;他密切联系群众,关心群众疾苦,深受群众拥戴;他重于革命情谊,待同志如手足。因此,他是我敬仰的革命先辈。

何克希司令员是我平生最早见到的共产党部队的领导人。那是1939年农历三月十八日,何克希司令员带领的江南抗日义勇军第三路军,由当地的地下党政治交通陆富全领路来到我的家乡无锡东房桥。当时我刚小学毕业,我们以儿童团的名义去欢迎"江抗"部队的到来。"江抗"部队到了东房桥,在河南村打谷场上集合,当地的群众由地下党组织召集召开了欢迎大会,何克希司令员在会上作了演讲。何司令员说:"日本帝国主义侵略我们中国,要我们中国人做亡国奴,乡亲们,你们同意吗?"群众齐声回答:"我们绝不做亡国奴。"何克希说:"是的,我们绝不做亡国奴,我们就要团结起来,参加抗日的队伍,一致抗日,最后胜利一定属于我们的。"何克希的演讲话不多,但很有鼓动性、激励性。从此,在我心中树立起抗日的决心、信心和热爱、向往共产党的根子,可以说是他对我以后参加共产党、新四军起了引导作用。

此后,我参加了新四军苏中教导旅(新四军第一师第二旅),何克希同志去了浙江,担任新四军浙东游击纵队司令员。日本宣布无条件投降后，我们两支部队都北撤到山东进行整编，整编为新四军第一纵队，何克希同志担任第一纵队副司令员。正是有缘，我到了第一纵队司令部警卫队，就在何克希同志身边。因此，我能与何克希副司令员朝夕相见。在以后几年接触中，我深感何克希同志是一位好首长、好领导，现将我的记忆写在下面，以示纪念。

一、政治思想工作的先行者，引导部队思想紧跟形势

抗战胜利，部队从南方到了北方，生活很艰苦。北方没有大米吃，只能吃高粱、小米，再加上语言不通、生活习惯不同等等原因，部队思想相当复杂，很多人认为抗战胜利了，天下太平了，可以解甲归田、马放南山、刀枪入库了，希望回家过太平日子。还有些同志认为，在部队太艰苦，成年跑路打仗，不安心在部队工作，希望转业到地方工作，过和平生活。正在此时，毛主席应蒋介石邀请去重庆举行和平谈判。此时，部队的和平麻痹思想和离队思想相当普遍，十分严重。为了扭转和克服上述这些错误思想，稳定部队思想情绪，纵队部召开了干部大会，何克希副司令员在会上作了报告。他分析了形势，指出内战危机依然严重存在，和平麻痹、贪图安逸是危险的思想，并指出蒋介石企图独吞抗战胜利果实消灭共产党和取消解放区，蒋介石的这些野心绝不会放弃。我们如果不克服这些错误思想，就有丧失抗战胜利果实的危险。为了保卫已经取得的胜利果实，保卫解放区，将革命进行到底，解放全中国人民，应当继续准备艰苦斗争，安心在部队工作。何克希副司令员还指出，现在我们共产党已经受到全国人民的爱戴与

拥护，国民党已丧失人心成为孤家寡人。如果国民党反动派要坚持内战，我们就应团结全国人民，坚持斗争到底。毛主席说，估计三至五年，我们可以打垮国民党反动派。如果国民党玩弄假和平，进行选举，则至多两个三年，我党将成为领导全国的政党。何克希副司令员强调，为了保卫胜利果实，争取革命胜利，绝不能放下手中的武器，要时刻准备对付国民党发动内战，准备斗争到底，直到取得革命胜利。何克希副司令员的报告使大家认清了形势，克服了各种错误思想，明确了革命目标，安定了部队思想情绪，树立了长期斗争的观念，部队面貌焕然一新，从而为迎接解放战争的胜利奠定了基础。

二、平易近人的好领导，关心部下的好首长

何克希同志身为高级将领，但他没有一点官气，待人随和，平易近人。我们这些警卫人员在他面前毫无拘束，常能与他一起谈家常，甚至说笑话。

何司令员还十分关心警卫人员的冷暖。1947年年底，我第一纵队向鲁西南出击到了河南许昌漯河地区。时值隆冬，气候十分寒冷，老天下着鹅毛大雪，河水结了厚厚的冰，而整个部队由于远离解放区，还未发棉衣，身上穿着单衣。每天午夜，当我们这些警卫员在他寝室门口站岗，何司令员总是关心地对我们嘘寒问暖。他见我们身上穿着单衣站在寒风中，就将自己的棉大衣脱下披到我们身上，当我们表示不愿意接受与他推却，叫首长自己睡觉时用时，何司令员总是坚持要我们穿上他才离去。这时，我们身上早已感到温暖了。

也是在这年,我们部队出击到了河南。正逢雨季,连日滂沱大雨,道路泥泞,部队日夜兼程长途跋涉,很多战士无鞋可穿,有的战士讲起了怪话。我们警卫队有一个有名的老油条,名叫朱学文,他作战勇敢,但怪话连篇。有一次,他当着何司令员的面讲怪话说:"首长,我们讲国民党有三大危机:政治危机、军事危机、经济危机,其实我们也有三大危机,我们的三大危机是:粮食危机,经常吃不饱肚皮;鞋子危机,跑路没有鞋子穿;房子危机,到了宿营地经常露营。"何司令问他:"小鬼,你有什么困难?"朱学文将穿着露出脚趾的鞋跷得高高的毫不拘束地说:"何司令你看,这不是鞋子危机吗?"何司令说:"你们怎么不向四科要鞋子?"朱学文说:"四科不给啊!"何司令马上把四科科长叫来,告诉他将仓库里的鞋子发给警卫队,在何司令的关心下,我们警卫队每人发了一双鞋子。何司令就是这样,周到地关心部下。

同时,何司令对我们警卫员也很严格。每当部队处于紧急情况下,或部队要赶赴前线时,他总是严厉地要求我们紧紧跟上他的步子,并不断鼓励我们:"要取得胜利,就要跑得快,赶在敌人前头,掉队就要当俘虏。"在他的鼓励下,我们这些警卫人员始终紧紧地跟随在纵队首长身边。首长骑着马行进,我们紧跟在后面从未掉过一步队,从而保障了首长们的安全,保证了首长顺利地指挥战斗。此时,我们才感到何司令对我们的严厉要求,实则是对我们的关心。

三、热爱群众的好首长,深受群众拥戴的好领导

何克希司令员带领的"江南抗日义勇军"密切联系群众,与群

众打成一片,关心群众的疾苦,受到群众的真诚拥护。1939年,何克希同志带领的"江南抗日义勇军"在苏南澄(江阴)、锡(无锡)、虞(常熟)地区打日本鬼子时,与当地群众相处得如鱼水一样,"江抗"部队爱民如爱父母,纪律严明,不拿群众一针一线,每到一地就为群众做好事,为农民干活,关心群众的生活疾苦,深受群众爱戴。群众知道"江抗"部队的司令员是何克希同志,因此对何克希同志十分敬仰。直到今天,当地的老年人还深深地怀念他。一谈到何克希同志,就津津乐道地谈论当年何克希同志在这里领导人民打日本鬼子的故事,颂扬何克希同志当年的抗日功绩。

1965年,何克希同志从北京调来杭州,自此我经常去他家中看望他。每次我去他家中,经常遇见当年何克希战斗过的浙东四明山地区来的老乡,他们挑着当地的土特产送给何克希司令,以表对他的敬重,可是何司令从来不收受这些礼品,他总是热情地接待他们,招待他们喝茶吃饭,然后耐心地向他们解释,让他们将土特产带回去。有的老乡坚持不愿带回去,何司令就按市场价格付给人民币后,才热情地送他们回去。

四、革命情谊情同手足

1979年春天,无锡地区的一位土地革命时期(1928年)的老共产党员陆富全来到我家,要我陪同他去看望何克希同志。我陪同他到了何克希同志家后,他们一见面互相欣喜万分,寒暄过后就自然谈起了当年抗日战争的情景。1939年农历三月十八日,何克希同志带领"江抗"部队,到无锡北乡东房桥,就是由这位老党员陆富全同志领路的,以后他们密切联系、并肩战斗。他们回忆了如何打击日寇，如何反"扫荡"、反"清乡"，如何逃过日寇的清查，如何反击国民党顽固派忠义救国军周振纲部的摩擦进攻，又怎样去联络、争取、团结朱松寿，将朱松寿争取过来……他们越谈兴致越浓，一直谈了整整半天。为庆祝以往的胜利，何克希同志一定要宴请，陆富全同志欣然应允。何克希同志特地将黄源同志请来，还从里屋拿出一瓶茅台酒对着黄源同志与我说："老黄、小陆，你们俩是酒仙，把这瓶酒干光。"黄源同志笑着说："司令员的命令，一定遵命。"大家一起举杯庆祝。这次畅叙，还专门用录音机录下来，充分体现了何克希与陆富全之间的深厚战斗友谊。

1981 年，陆富全同志逝世，我将此噩耗告诉何克希同志，并请他为陆富全题写墓碑，何克希同志满口应允。过了几天，他将亲笔书写的墓碑题字送来我家，充分体现了何克希对陆富全同志的革命友谊情同手足。

何克希同志离开我们已经 30 年，但是他的音容笑貌及为革命而奋斗的精神仍历历在目，永远铭记在找心中。

谭启龙同志二三事

谭启龙同志是红小鬼出身的高级领导干部,他未读过一天书,12岁参加红军,从红小鬼升任新四军第一纵队副政委,还担任过几个省的省委书记,可谓是我党的杰出人才。

谭启龙同志在第一纵队担任副政委时,我在纵队警卫队,有幸能与他经常会晤。他风度跌宕,气质深沉,不多言语,很是斯文,深有修养,与人见面时总是微微一笑,轻声寒暄一声:"你好!"在1946年12月的宿北战役中,激烈的战斗进入第二天下午,敌第十一师被我纵打得节节败退,震慑了敌第六十九师,敌第六十九师乘机向南逃窜,该师机炮营向我纵队部驻地慌张溃退时,谭启龙得悉这一情况后立即走出屋外来到我警卫队大声命令:警卫队全体人员立即向北出击,拦截溃逃之敌。我警卫队立即紧急集合,冲向散乱的逃敌。在那宽广的开阔地上,我警卫队战士如一群猛虎一样,大声呼唤着,冲呀!杀呀!冲向敌人。在队长袁彩阳带领下,两挺日式三八弯巴子机枪冲在最前,两个冲锋枪班齐头并进,步枪班紧紧跟上,经过数分钟跑步冲锋,我队方才开火,即将与无头散乱的敌接近时,敌人立即缴械投降,我立即命令俘虏站队清点,200余人成了我队的战利品。

1947年7月,我华野第一纵队攻打鲁南滕县失利,反遭敌国民党30万大军围追堵截。在部队突围途中,谭启龙同志始终保持冷静态度,虽然军情十分紧急,但是在3个多月紧张的突围途中,谭启龙与叶飞两位首长总是有条不紊地指挥部队边打边撤。他俩一面了解部队后撤行进的情况,一面紧紧地与部队同时后撤行进。有时,当他俩了解大部队还在后边,他俩就在中途停下,在路边找一户人家与叶飞同志对弈围棋,直到看到大部队上来才继续与部队一起行进。在部队横渡汪洋一片的白马河和泅渡水流湍急的大沙河时,谭启龙与叶飞两位首长总是镇静地指挥着部队一批又一批地泅渡过去,纵使空中有敌机来轮番轰炸扫射,谭启龙与叶飞两位首长若无其事,仍沉着地指挥着,直到部队大部过去,他俩才渡过河去。

不久,部队到了河南漯河,纵队司令部警卫队长不幸负伤。谭启龙同志知道后,立即亲自跑到警卫队,叫来担架将警卫队长送到卫生部治疗队,并亲自交代卫生部王部长:一定要全力以赴进行抢救,这是位老同志,是革命的资本。谭启龙同志对部下的关心,委实令人感动。

1990 年秋大,谭启龙同志从济南来到杭州,住在西湖边大华饭店。是日晚上,我去他下榻处拜访他,到了他寝室就谈起家常,他第一句话就问:"听说你叔叔陆富全已经去世了?"我说:"是的,已去世 10 年了。"坐在旁边的他夫人严永洁说:"你们一家真不简单,都参加了革命。"接着谭启龙同志插话说:"有几个人参加?"我回答:"7 人,我叔叔全家 4 人,我兄弟 3 人。"因谭启龙同志的妻子严永洁是我老乡,她同我说话较多,她就谈起了当年我叔叔的故事。她说:"你叔叔陆富全是 1928 年土地革命时期参加共产党的,抗日战争开始后,他是当地游击队头头。因他经常袭扰日寇,日寇对他恨之入骨,到处捉拿他,但始终无法捉到,后在无锡日报上发出通缉悬赏布告:凡捉到陆富全,赏给银元 1000 元。陆富全同志为躲避日寇以防不测，常到我家躲避，因为我们与富全是很要好的。"接着她又讲，"陆富全在群众掩护下，日寇始终抓不到他，日寇就恼羞成怒，恶毒地将他妻子与3个儿子抓去，逼迫陆富全同志去投降，陆富全宁死不屈。在这万分危急之际，我地下党与富全母亲策划设计，为富全办假丧事。家中摆了灵堂和牌位，挂起孝幡，还请和尚念经超度，其母亲早晚痛哭。日寇知道这情况后，以为陆富全同志真的已经死亡，就将其妻子和3个儿子释放了。"严永洁同志还告诉我，部队北撤时，她还将小女儿交给陆富全同志安排在农民家抚养。此时，谭启龙同志说，你是光荣人家，应好好保持。这时我见时间已是晚上9时，就向他告别。临别时，我将我写的打印体《戎马歌声》送给他，请他指正。谭政委回山东济南，两个月后给我来信称，诗已阅，写得很有意义，很好，可去出版，并寄来了题词。阅过信后我很激动，我立即将谭政委的信与题词拿去给黄源同志看，黄老阅后也很兴奋，即对我说："我给你写序言。"又是在黄源同志的大力支持帮助下，该诗集得以面世。但是应该说，如果没有谭政委的提议，该诗集是决不会付梓的。因此，谭政委对部下的关心，我是由衷地感谢的。

我所敬重的黄源同志

黄源同志是一位德高望重的老共产党员。在 70 余年的革命生涯中,他品德高尚,无私无畏,对党赤胆忠心,为人热情真诚,心胸坦荡耿直,对战友情重如山,对青少年热情关怀,生活上艰苦朴素,从不讲究享受。我俩有 56 年的交往,现将铭记在心的几件事写出来,以表达我对他的敬重和怀念。

普通一兵令人敬

我是 1947 年 2 月莱芜战役后认识黄源同志的。莱芜战役胜利结束后,黄源同志就来到华野第一纵队司令部叶飞司令员身边。当时我在叶飞身边当警卫员,从此与黄源同志朝夕相见。黄源戴着一副高度近视眼镜,穿着一套深灰色的细布军装,文质彬彬,很少言谈,一派知识分子模样,形同一位乡村教师。当时,有人说他是延安毛主席派来的一位大作家,一直与叶飞司令员在一起。用现在的话说,他像司令员助理。行军时,骑着一匹大白洋马,跟在叶司令后边,除了与叶飞同志在一起生活、行军、作战,他还参加纵队领导的各种会议,享受纵队级(军级)待遇。

但他没有一点架子,每当部队集合行军出发前,遇到我们警卫员总要寒暄几句、嘘寒问暖。每逢战斗间隙部队休息时,只见他笔耕不停,显然是在把现实的战斗生活记录下来,以便到全国解放时,将我军夺取的胜利与战斗事迹写出来,让后人永远记住胜利是怎样取得的、新中国是怎么诞生的,可惜的是由于众所周知的原因,没有见之于文。他儿子明明从他当年的现场记录中整理出一篇《枣庄总攻之夜——战地指挥纪实》刊于2004年第1期《黄源研究》。

莱芜战役后,在孟良崮战役、滕县战斗、鲁南突围等许多次战役中,黄源同志与战士一样打着一副灰布绑腿,遇到雨天无任何遮盖。尤其在鲁南突围中,我们途经河南黄泛区,好多天部队在水深及膝甚至齐腰的汪洋草荡中行军,天上大雨倾盆,脚下道路泥泞,满地是蒺藜,无法穿鞋,衣裤全湿。黄源与战士们一样,卷起军裤,高一脚低一脚,深一脚浅一脚,一步一滑、摇摇晃晃地与大家并肩行进。因为这时,他原来骑的那匹大白洋马在行军途中累死了。他跟我们全体指战员一样历尽艰辛,最后尝到了胜利的滋味。这样一位知识分子,能来到部队过艰险的战斗生活,我从心底里敬佩他。

黄源同志是个大学问家、大作家,但他虚怀若谷,平易近人。他不像有些知识分子,有了点文化就趾高气扬、看不起工农兵甚至盛气凌人,似乎天下的书都被他一个人读完了。而黄源同志却像名普通一兵,对我们警卫战士十分谦和,我们对他也十分尊敬。

大局为重识大体

黄源同志于1948年离开第一纵队后,我直到新中国成立以后的1980年,才又见到他。那天,我陪同无锡地区一位革命前辈——1928年入党的老党员、游击队头头陆富全同志去看望何克希司令员，一起畅谈当年抗日战争和解放战争时期在澄锡虞地区的对敌斗争，从上午谈到中午，司令要设宴招待。这时，他告诉我，黄源的"右派"已得到平反，现住在他家后边，于是就请来了黄源同志。大家会面了，十分高兴。开宴时，何司令拿出一瓶茅台酒说：你们两位是酒仙，将这瓶茅台酒喝光！于是，我陪同黄老喝完了这瓶茅台酒。这次欢聚畅饮，我对黄源同志得到平反昭雪表示衷心祝贺。

黄源同志从被划为"右派"到平反改正，消磨了23年宝贵时间。对此他丝毫没有怨言，不像有的人耿耿于怀、充满怨恨。他胸怀博大，光明磊落，无私无畏，不计恩怨向前看，昂首阔步向前进。早在他被错划成"右派"的时候，就怀着坚定不移的共产主义理想，深信终有一日党和人民会对他作出公正的结论。他始终抱着真金不怕火炼的精神，即使在下放劳动期间，见到有人提出亩产万斤粮时，仍毫不顾忌地为了党与人民的利益，向地委书记当面提出异议。可见其坚持真理、坚持实事求是的精神，是何等可嘉。

平反改正后，他不顾年迈和体弱多病，为文艺事业积极工作，写了上百篇文稿，出版了《忆念鲁迅先生》、《鲁迅致黄源书信手迹及注释》、《在鲁迅身边》、《黄源回忆录》等著作，还应邀去北京参加《鲁迅全集》的注释工作，为不少战友、文友写了序言与纪念文章。黄源同志的一生是革命的一生，为真理而奋斗的一生。犹如在他临终前最后写的回忆录中所说："回顾我的一生，我认为所选择的道路是正确的。"他选的是什么道路呢？这就是由中国共产党领导的，以鲁迅、茅盾为主帅的进步文化工作的道路，中国共产党领导的武装斗争的道路和走共同富裕的道路，黄源为此奋斗了终身。

　　黄源同志在耄耋之年常年住在医院,每次我去看望,都见他仍不是看书就是伏案写作。可见黄老晚年继续为文化事业而学习和笔耕不辍,是想要将过去失去的时间夺回来啊!他是一个不计个人得失、以党的利益为重的人,是一个真正的共产党人。

乐于助人为己任

　　我于1991年离休后,将往昔在战争年代写下的诗歌加以整理汇总打印成册,取名《戎马歌声》。当老首长谭启龙政委来到杭州住在大华饭店时,我将打印成册的《戎马歌声》送给谭政委,请他指正。谭政委离杭返鲁后,约过了两个月来信勉励我说,诗写得很现实很有意义,同时寄来他的题词。我拿到信与题词后就给黄源同志看,黄老看后欣然说道:"我给你写序言,帮你联系出版。"这时,正是盛夏高温季节,黄老冒着酷暑,花了两星期时间为拙著《戎马歌声》写了3000多字的一篇序言,介绍和评述了我的这册打油诗。为出版诗集,他亲自为我打电话、写介绍信给省出版局局长,后因经费问题没有成功。之后,他又提议去省新四军研究会请他们帮助出版,又因经费原因而未成功。最后,他要我去南京市找新四军苏中公学校友会,并为我写了信。我去南京找到了苏中公学校友会负责人,终于同意以他们的名义出版。黄老这种不厌其烦、乐于助人的精神,使我深受感动、永志不忘。

　　1998年,无锡地区一些离退休老同志自发组织发动捐款建造"锡北革命历史纪念馆"。本人积极支持,首先捐献人民币5000元。之后,经费仍然匮乏,我又捐助数万元在桐庐定制一座石亭献给"锡北革命历史纪念馆",取名"警世亭"。因为石亭柱子上要写几副楹联,便将此事告诉黄源同志,请他写副楹联,他当即欣然允诺。考虑到写什么内容,他一再向我了解锡北地区的革命斗争情况及其历史背景,我向他作了详细介绍。没隔多时,他就写出了楹联初稿给我看。我看了认为非常合适,颇有教育激励后人继承革命精神的作用,便表示认可,说此楹联我去请人书写。黄老却说,他自己写。当时黄老正住在浙江医院治病,为了他的身体着想,我劝他由我去请人代劳,但他坚持自己动手。时值炎夏的一个下午,由医院护士拿来笔墨,我送去宣纸,黄老在护士办公室花了半天时间才写好楹联。只见他满头大汗,尽管已很疲劳了却满脸笑容,高兴地说:"总算完成了任务。"现在这副楹联已刻在那座纪念亭上,永远留作纪念。楹联全文是:

　　沙家浜巧斗沪宁敌伪闻名全国
　　警世亭欢呼振兴中华再立新功
　　　　　　　　新四军九三老兵黄源敬题

　　我钦佩黄源同志处处事事乐于助人的精神,正是这种精神,推动着社会前进,激励人们向上,积极投入建设祖国的洪流中去。黄源同志赢得了人们的尊敬。

　　　　　　　　　　　　　　　（原载《黄源纪念集》）

深切怀念陆富全同志

1926 年,陆富全同志的家乡——无锡地区在党的领导下掀起了农民运动,富全同志积极参加,并担任了天下区农民协会宣传委员。1927 年,蒋介石背叛革命,疯狂屠杀革命群众,但陆富全同志没有被敌人的白色恐怖所吓倒,反而更加坚定了革命意志,于1928 年加入了中国共产党。从此以后,富全同志在党的指引下为了祖国的解放、民族的独立和人民的幸福,同国内外敌人进行了一系列艰苦卓绝的斗争。

1937 年,抗日战争爆发后,陆富全同志到锡北和锡澄边区一带发动群众,秘密组织抗日救亡团体。他还到江阴朱松寿部队工作,为抗日救国发展武装力量。

1939 年春天,叶飞、何克希等领导的江南抗日义勇军到达锡北东房桥。当时敌顽势力猖獗,环境十分恶劣,但陆富全同志总是热情地为部队当向导,每次都和"江抗"首长一起并肩走在队伍的前列。

1939 年 6 月,针对顽"忠救军"第十支队司令周振纲、陈玉宝作恶多端,富全同志亲自布置夹山支部侦察敌情后报告了何克希司令,并带领部队到大诸巷夜袭顽军,生擒陈玉宝,缴获数百支枪及无数弹药。不久,富全同志在锡澄地区组织了一支武装力量。神出鬼没地出入于日寇驻防的据点之间,到处打击敌人,使敌人惊慌不安。

84

陆富全同志贫农出身，文化水平不高。但在党的教育下，对革命坚定不移，对党无限忠诚。在日本鬼子"清乡"前夕，他担任璜马区区长兼天下区区长，带领武工队在敌后坚持斗争。这时他接到了敌人给他的一封劝降信。富全同志见信后非常愤怒，克服了识字不多的困难，连夜写了一封回信严词痛斥。他在信中说："我姓陆的投了红旗，决不投白旗，我是一个中国人，就要有中国人的骨气。"敌人拿他毫无办法。

陆富全同志担任锡北工委委员，率领武工队到处打击敌人，敌人视他为心腹之患。驻锡的日寇就贴出告示缉拿陆富全，扬言谁捉到就赏大洋1000元。可是，富全同志在群众的掩护下，仍然坚持在敌后活动。1942年秋，日寇在叛徒引领下将陆富全同志的爱人江秀锦和3个年幼的孩子以及10多个亲戚抓去，并声称如果陆富全不投降就要杀害他的妻子、儿女。在这种紧急情况下，富全同志说："妻了儿女要紧，革命更要紧，宁可牺牲妻儿决不投降敌人。"这是多么可贵的革命精神，永远是我们学习的榜样。后来，在地下党的营救下，富全同志的妻子、儿女、亲戚方才得救，但他的妻子终因受伤成疾，不久就离开了人世。

陆富全同志参加革命50多年来，从不考虑个人的名利地位，总是忠心耿耿、积极认真地为党工作。早在1949年渡江战役前夕，第三野战军一位首长要调他到某军去负责后勤工作，但他却说："我是农民出身，还是回到家乡搞农村工作吧！"

陆富全同志作风朴实，平易近人，生活朴素，廉洁奉公，数十年来始终保持着劳动人民的本色。他每到一地，都能与群众打成一片，受到群众的拥护和爱戴。新中国成立后，虽然他的地位变了，生活好了，但劳动人民的本色没有变，穿的仍是布衣布鞋，仍是那样平易近人,并长期在农村开展农业科学实验活动,搞科学种田,为发展农业生产日夜操劳。

陆富全同志还十分关心教育事业。早在抗战期间,在环境十分恶劣、条件十分艰难的情况下,他曾在锡北地区筹建了一所中学,后被日本鬼子破坏了。1949 年新中国成立后,他又在这里创办了学校,就是现在的斗山中学。他还在严朴同志的故乡、夹山赤卫军司令部旧址——严六祭祠堂创办了夹山中学。直到临终之前,他还在计划创办一所职业大学。富全同志不但关心教育事业,还关心下一代的健康成长。他每到老同志家去,总要教育其子女好好学习,要刻苦耐劳,勤俭朴素,做一个有用的人。这一切,我们都是铭记不忘的。

在十年浩劫中,陆富全同志经受了很大冲击,身体受到了严重摧残,经治疗稍有好转后,他就继续为党工作。为写回忆录,他不辞劳苦,经常东奔西走,最后终因年老体弱,在一次路途中因淋雨得病,从此卧床不起,最终与世长辞了。

富全同志虽然离开了我们,但他的音容笑貌犹在眼前。特别是他忠于党、忠于革命的高贵品质,仍然激励着我们前进。

(与陆兴祥、李觉合作,原载《陆富全纪念文集》)

陆富全同志二三事

陆富全同志是一位德高望重的老共产党员。在数十年的革命征程中,他无私无畏,对党赤胆忠心,从不考虑地位待遇。他生活艰苦朴素,从不讲究享受。他对战友情重如山,对青少年热情关怀。

早在抗日战争期间的 1940 年,当时陆富全同志担任政治交通员,来往于"江抗"东路指挥部,谭震林司令经常与他促膝谈心,向他征询意见。后来组织上决定把陆富全调到锡北文(林)堰(桥)办事处任主任,陆富全同志担心挑不起这副重担,特地找谭震林倾诉衷肠:"我文化低,能力差,搞交通还可以,当主任无枪无人搞不了。"谭震林同志拍着陆富全的肩膀,深情地鼓励他:"老陆,共产党人有双手,可以打出个天下,我们能被小小的困难吓倒? 文化低,可以学嘛,我的文化不是很低吗? 靠自己苦练,能力差可以锻炼提高。没有武器可以创造条件争取。你应该服从组织分配,扛大梁!"

谭震林同志语重心长的话语使陆富全同志心悦诚服,愉快地走上了新的岗位。

新中国成立后,陆富全同志一直在无锡、苏州工作,我由部队转业到杭州。1970 年后,每年春秋季节,他总要到杭州造访浙江省军区副司令戴克林和第二十军副军长朱全林、副政委沈云章同志。他们出于对陆富全同志的敬重,都要陆富全同志住在他们的招待所内,让他安适地休息游玩几天,并派招待所所长照顾他,表示对他的敬意。可这两个优越的招待所他都不住,一定要住在我家简陋狭窄、条件很差的房子里。他说:"他们是领导,工作忙,去打扰会影响他们的工作。"每次去看望他们时,本可以用车来接他,他却总是步行而去。我因他年迈不便,就陪同步行前往。夜晚,他们设宴请陆富全。宴毕时间已不早,几位军首长再三挽留他住在那里,可是陆富全同志坚决不肯;要他住在招待所,他也不同意;用车送他,他又坚决谢绝。最后仍由我与他一同步行6华里而归,回到我家时已是午夜。他从来不愿意麻烦别人,他说不要增加人家的麻烦,我们过去一直是走路的,还是跑跑路好。他就是这样,没有架子,不求享受,始终保持着艰苦朴素的作风。

1979年春天,陆富全同志与其大儿子陆浩清来到我家,要我陪同他去看望"江抗"原副司令何克希。我陪同他与浩清到了何克希同志家后,他们一见面,互相欣喜万分。寒暄过后,就自然谈起了当年抗日战争的情景。1939年春天,何克希同志带领"江抗"部队到锡北斗山东房桥,就是由陆富全同志领路的,以后他们密切联系,并肩战斗。他们回忆了如何打击日寇,如何反"扫荡"、反"清乡",如何逃过日寇的清查,如何反击国民党顽固派忠义救国军周振纲部的摩擦进攻,又怎样去联络、争取、团结朱松寿,将朱松寿争取过来⋯⋯他们越谈兴致越浓,一直谈了整整半天。为庆祝以往的胜利,何克希同志一定要宴请,陆富全同志欣然应允。何克希同志特地将黄源同志请来,还用茅台酒款待大家,一起举杯庆祝。这次畅叙,陆浩清同志还专门用录音机录下来,充分体现了何克希同志与陆富全同志之间的深厚战斗友谊。

1981年陆富全同志逝世,我将此噩耗告诉何克希,并请他为陆富全同志题写墓碑,何克希同志满口应允。过了几天,他将亲笔书写的墓碑题字送来我家,充分体现了何克希同志对陆富全同志的真挚友谊。

陆富全同志每次来到我家,总要给我的孩子讲抗日战争的故事;讲当年日寇侵略中国的野蛮残忍、杀人放火、奸淫掳掠、无恶不作的种种残暴行径;讲新四军如何英勇作战打击日寇;又讲锡北的人民群众如何团结起来,组织起来,在共产党领导下进行抗日,破坏敌人的交通,为新四军送情报,在日寇"清乡"时掩护新四军逃过日寇的搜查,以及为新四军抬伤员、送子弹等动人事迹。这在孩子们心中留下了深刻印象,增强了爱国主义思想,如今我的孩子还怀念着陆富全同志。

陆富全同志对党、对人民赤胆忠心的革命精神和高贵品质永远铭记在我们心中,我们将以他为榜样,为把中国特色社会主义事业不断推向前进作出贡献。

（原载《陆富全纪念文集》）

二、战友情深——追思与缅怀

一个铮铮铁骨的老游击队员

在纪念抗日战争爆发 48 周年之际,回忆起艰苦的战斗岁月,我们都情不自禁地想起了久经考验的共产主义忠诚战士、长期坚持苏南东路澄锡虞地区革命斗争的老游击战士陆富全同志。陆富全同志已于 1981 年逝世,但他的无产阶级革命战士的高风亮节和英勇斗争的业绩,永远留在我们心中。

——

陆富全同志是一位在革命风暴中锻炼成长起来的农民出身的干部。他于 1902 年出生在江苏无锡一个贫农家庭。16 岁丧父,家庭一贫如洗。旧社会的剥削压迫制度,使他过着饥寒交迫的生活,他挨饿受冻,逃过债,卖过苦力,含辛茹苦地挣扎在水深火热之中。残酷的现实使他离家出走,"逼上梁山",投身到革命的洪流之中。

陆富全同志是大革命时期就参加革命活动的老同志,1924年,轰轰烈烈的大革命洪流开始席卷他的家乡时,陆富全同志就参加了朱秀谷组织的进步团体青年会;以后又参加了严朴等领导的农民运动,并担任无锡县天下区农民协会的宣传委员,转辗于锡北锡东农村,发动群众,开展对土豪劣绅、恶霸地主的斗争。1927 年 11 月,他参加了严朴等领导的无锡农民秋收起义。

在"四一二"后农民起义又遭失败的险恶形势下,革命处于低潮,革命队伍中一部分不坚定分子对革命丧失了信心,脱离革命,甚至背叛革命。但陆富全同志却怀着革命必胜的信念,于1928年7月毅然决然地参加了中国共产党。

从此,他在党的领导下,以坚定的共产主义信念,机智、勇敢、顽强地长期战斗在敌人心脏——苏南东路澄锡虞地区。陆富全同志在枪林弹雨中出生入死、风餐露宿、艰苦卓绝,一直战斗到全国解放。他那具有传奇色彩的英勇斗争业绩,使敌人丧魂落魄,使人民欢欣鼓舞。陆富全同志无愧为驰骋在敌后斗争沙场上的无畏勇士,始终战斗在第一线的智勇双全的"虎将"、"福将"。

二

1937年"七七"卢沟桥事变,抗日战争爆发。陆富全同志满怀抗日激情,不顾家庭的困难,置生死于度外,积极投身于伟大的抗日斗争。特别难能可贵的,就是在我党我军尚未来到东路之前,他就主动联络江阴、常熟、无锡地区大革命时期的老党员严公伟、严振山、诸耿耀、徐全林等自觉行动起来,发动、组织群众,秘密建立抗日救亡团体,为迎接我党我军挺进苏南,开辟东路抗日游击根据地做了不少准备工作,作出了宝贵的贡献。

1938年2月,陆富全同志等看到上海八路军驻沪办事处编印的《华美晨刊》上号召所有老同志迅速到游击队中去,开展抗日武装游击战争的社论后,即在无锡夹山沈巷聚会商议,作出了三点决定。

1. 积极创造条件,开展敌后抗日武装斗争。

2.由严公伟打入"忠救"十支队周振纲部,长期埋伏,伺机行动。

3.由陆富全同志联络澄锡虞地区抗日地方部队,扩大抗日武装力量。

从1938年2月开始,尤其是在当年5月王承业到无锡重建无锡县委后,陆富全同志和陈枕白、朱若愚、李哲先、徐全林等同志一起,冒着生命危险,长途跋涉,辗转澄锡虞各地,联系老同志,联络动员打着各种旗号、尚有爱国良知、坚持抗日的地方游击部队,做了许多工作。

1.由季翼依同志到无锡查桥联系陈凤威的抗日联防队(陈系大革命时期的老同志)。后来陈部100多人的兵力整编为"江抗"二路二支队。

2.由季翼依同志到梅村联络强学曾抗日地方游击队。后党又委派陈枕白、李哲先一起去搞兵运工作,强部300多人枪被收编为"江抗"独立一支队。

3.由朱若愚同志争取尤国桢的抗日地方游击部队。后党又委派季楚书到尤部担任尤的秘书,在尤国桢遭"忠救"暗杀后,尤部也被编入"江抗"部队。

4.陆富全同志与朱若愚同志等共同研究后,决定分别由宋文光同志打入前洲高祖盖地方游击队,李梦远同志打入钱桥周阿福游击队,李耀铨同志打入张村寺头姚阿玉、张盘度游击队,马庭柏同志打入安镇朱冰蝶游击队。虽然对这几支部队的争取工作并未完全成功,只拉回了部分人员,但对抗日的影响还是有利的。

5.陆富全同志自己在朱松寿部队做了不少工作。后来朱松寿部和梅光迪部一起被新四军整编为"江抗"三路,成为东进抗日的"江抗"主力部队之一。

陆富全同志还曾在澄、锡、虞、苏等地与苏州的王志芳同志一起积极开展抗日救亡活动,宣传动员和组织进步青年参加抗日部队。如1938年4月,苏州黄埭进步师生陈伊、李关玉、李冰等,就是经由作为联络站的陆富全家转赴江阴长寿,参加了朱松寿部队的抗日救亡剧团。以后苏州、常熟、无锡、江阴等地有不少进步男女知青陆续通过日、伪、顽的关卡来到锡北,一时陆富全家中"宾客"盈门。陆家本来贫苦,粮食一下就吃完了,陆富全同志前妻江秀锦就东借西凑,热情地接待路过的抗日青年。

在此前后,陆富全同志等在锡北不少地方相继建立起农会、青救会、妇救会、儿童团、游击小组等抗日群众组织。这些组织的成员很多都先后参加了革命部队,在抗日战争和解放战争中作出了贡献。

三

抗战爆发不久,由于国民党消极抗日,积极反共,苏南大片河山很快沦于敌手。溃散在苏南各地的国民党部队改编为"忠救"军,名为"抗日",实为拥兵自利,同日寇和平相处,甚至狼狈为奸,对群众欺压荼毒。在东路澄锡虞地区就有袁亚承、郭墨涛、杨竹夫为头子的第五支队,季伯琴、周振纲、董惠民为头子的第十支队,还有罗国希、扈汉之为头子的第二支队等等。

陈毅同志率领的新四军遵照党中央"向一切敌占区发展"的指示,挥师东进。1938年10月,时值中秋节前,派王必成率老二团1个营抵达锡澄一带作战略性侦察。接着于1939年5月派叶飞、吴煜、何克希等同志率老六团以"江南抗日义勇军"为番号挺进东路地区,开辟和建立抗日游击根据地。

当时,我党我军要在这个地区站稳脚跟,开创抗日新局面,首先要探明情况,做到"知己知彼",才能"百战百胜"。为此必须有地方党和人民群众的支持。陆富全受地方党的派遣,在新四军这两次东进作战中,都长途跋涉,专程前去接应,为部队联络和带路。

陆富全同志被委任为新四军联络员和无锡兵站站长之后,在党、政、军首长直接领导下,出生入死,日夜奔走,做了大量的侦察情报、交通联络和统战工作,并担负了部队的后勤任务。

1939年5月,"江抗"在黄土塘袭击下乡"扫荡"的日军,毙伤敌30多名,取得东进抗日的首战大捷。在"江抗"与日军激战之际,"忠救"第十支队居心险恶地环伺在周围,企图在日军打垮"江抗"时乘势收缴我人枪。为了扫除抗战的障碍,"江抗"在取得黄土塘战斗的胜利后,果断地决定打击专搞反共摩擦的"忠救"第十支队。陆富全同志布置夹山支部侦察敌情;并通过严公伟将顽军的枪支弹药数量、兵力分布、口令等情报搞到手。在"江抗"叶飞、何克希等首长指挥下,陆富全同志又亲自当向导,带领部队以迅雷不及掩耳之势,奇袭顽军第十支队,将其两个大队击溃,缴获了大批枪支弹药。

黄土塘战斗和击溃"忠救"第十支队的胜利,打开了东路澄锡虞地区的抗日局面,为开创和建立江南东路抗日游击根据地奠定了坚实的基础。

1940年6月,由张开荆、戴克林同志率领的"新江抗"一支队与国民党顽固派"保三纵队"赵北、马乐鸣部在无锡港下发生了激烈的战斗。顽军凭借重武器的优势,负隅顽抗;而"新江抗"由于没有重武器,压不住敌人强大的火力,战斗打得十分艰苦。在这关键时刻,陆富全同志向首长汇报,他知道曾有一架日寇飞机堕落在太湖中,飞机上的两挺重机枪被锡南地方抗日武装打捞上来后,经该部负责人杭果人同志派人调试修复,可以借来使用。经首长同意后,陆富全同志立即带领一个班去锡南借枪。这两挺重机枪在战斗中发挥了很大作用,很快压住了敌人的火力。经过"新江抗"指战员的英勇奋战,彻底打垮了赵北、马乐鸣顽军的进攻,取得了港下战斗的胜利!

在"江抗"部队刚抵东路澄锡虞地区时,由于人生地不熟,筹集军饷、添置军火、安置伤病员、甚至选择宿营地等都有一定的困难,这些有很多是在陆富全同志积极帮助下解决的。像在黄土塘战斗中伤病员的治疗和安置就是这样。又如有一次"江抗"部队在江阴急需军饷,但从无锡至江阴必须通过"忠救"控制的地区,途中极多险阻,陆富全同志与严振山同志一起毅然决然将三千元经费伪装成花边用布包着送去,途中恰遇"忠救"在河里掏枪,他们从容应付,安全准时将这笔军饷送到部队。

陆富全同志还曾先后护送王仲良、翁迪民等领导同志来往于澄、锡、虞、苏、常、大地区,安全可靠,从未出过差错,被首长和同志们誉为"党的老交通",谭震林同志还风趣地称呼他为"我们的交通部长"。

四

1941年7月开始,日寇对我苏南东路地区进行猖獗的"清乡"、"扫荡",新四军第六师第十八旅主力部队为了保存有生力量开辟新的抗日根据地,奉命渡江北撤。江南区党委书记、新四军第六师师长谭震林北撤前特意找时任璜马区区长兼区常备队负责人陆富全同志谈话,谭师长怀着高度的信任和希望对陆说:"党信任你,我信任你,组织上决定留下你坚持原地的游击战争。"并亲自交给他两支驳壳枪,寓意是:一个共产党员要用双手为人民打天下。

当时一面是日伪军大举"清乡""扫荡",一面是国民党"忠救"乘机捣乱,我党处境十分艰难险恶。就在此时陆富全同志收到一封劝降信,他见信后非常愤怒,自己识字不多,就在妻弟江渭渔的帮助下,熬了个通宵写了一封回信,予以严词痛斥。他在信里说:"我陆富全投了红旗决不投白旗,我是一个中国人,就要有中国人的骨气。"之后陆富全遵照党"隐蔽精干,分散埋伏,等待时机"的方针,埋藏好枪支,转赴上海,到大中华橡胶厂隐蔽,依靠工人,积蓄力量,准备迎接新的战斗。1942 年 1 月,陆富全同志动员和带领一批上海产业工人下乡重新投入了澄锡虞地区的抗日武装斗争,后任中共锡北工委委员。敌人视他为"眼中钉,肉中刺",驻锡日寇贴出悬赏告示,到处缉拿他,赏金达大洋 1000 元。可是陆富全同志在人民群众的掩护下,仍然活跃在敌人心脏里,到处打击敌人,使敌人惶惶不可终日。

1942 年秋,日寇在叛徒的带领下,将陆富全同志的妻子和 3 个幼儿以及十多个亲戚统统抓去,声称如果陆富全同志不投降,就要杀害他妻儿。在家破人亡的危急关头,陆富全同志铁骨铮铮,毫不动摇,他铿锵有力地说:"妻儿要紧,革命更要紧,宁肯牺牲妻儿,决不投降敌人!"表现了一个共产党员威武不屈的大无畏革命精神。之后他在人民群众掩护下突出重围,经茅山等地,转赴苏北根据地。当时任苏中三分区政委的叶飞同志亲自接见了陆富全同志和后来脱险赴苏北的陆富全之妻江秀锦同志,给予了深切的慰问和鼓励,并用"留得青山在,不怕没柴烧"的成语,来鼓励陆富全、江秀锦夫妇。

1946 年 10 月,为了配合全国解放战争的胜利进行,陆富全同志奉一分区政委钟民的指示渡江南下,立足上海郊区,投入澄锡虞地区的武装游击斗争。他先后建立了上海宁海路、徐家汇及郊区北新泾等联络站,配合农村武装斗争的蓬勃开展。

1947 年 3 月,陆富全同志将澄南武工队几位同志隐蔽在敌人的眼皮底下——上海郊区北新泾联络站孔一森同志家里,一起研究部署除奸作战方案,经研究决定,首先镇压刚出任国民党锡澄联防办事处副主任的土霸王陈肖平。3 月 12 日,武工队员周德明、陆景和、俞栽棠等同志乘陈肖平在门村茶馆吃茶听书之际,以迅雷不及掩耳之势,突然出现在他面前,陈肖平目瞪口呆,惊慌失措,瞬间枪响人倒,神枪手陆景和以百发百中的枪法,干净利落地结束了战斗。当敌人发现后从据点边开枪追击武工队时,武工队员早已在群众掩护下撤离现场,安全返回。敌人做梦也没有想到"神兵天将"来自何方。连在当地农村未参加战斗的友邻武工队员也以为这是敌人"内讧"呢。数月内,武工队先后三次奇袭敌人据点,镇压了江阴、无锡、常熟三个地区的国民党"清剿办"头目陈肖平、蒋鹤鸣和潘梓葆,有力地打击了反动派的嚣张气焰。

五

陆富全同志秉性耿直,胸襟坦荡,实事求是,刚正不阿,丝毫没有奴颜媚骨。他爱憎分明,疾恶如仇,对待同志和战友则满腔热情,亲如手足,真是肝胆相照,荣辱与共。

1941年夏秋,我璜马区年轻的区委书记顾群(当时化名郑枫)在执行任务中不幸被"忠救"陈肖平抓去,押解到前洲据点里。党组织命令全力营救顾群脱险。此项危险而艰难的任务落到了陆富全同志身上。他分析了情况,一方面通过西漳诸阿盘的关系进行合法营救;一方面又对"忠救"高祖羔部施加压力,以新四军区长名义写信给高祖羔,明以大义,晓以利害,要其劝陈肖平交出顾群。随即派吴秉仁、高银芳两同志前往前洲谈判,迫使他们释放了顾群。

陆富全同志从不随波逐流,明哲保身。在逆境中,敢于挺身而出,仗义执言。他立场坚定,旗帜鲜明,敢于直言不讳地发表自己意见,保护同志,营救战友。

由于王明"左"倾错误路线的影响,1941年璜马区常备大队长吴秉仁同志被诬陷为"忠救"分子,区常备队100多人枪被缴械,本人遭逮捕,准备交执法队处决。陆富全同志面对这一突然事件,冒着"重用坏人"而受株连的风险,如实地向"江抗"首长汇报了情况,说明自己十分了解吴秉仁同志,他绝不是"忠救分子",希望组织上对干部的处理一定要慎重,不要无端伤害了干部。"江抗"首长很信任陆富全的申诉,在弄清了事实真相后,正确地处理了这一事件,避免了一起冤案。

1952年"三反"运动中,当时在海军工作的姚家礽同志被诬陷在抗战中有"重大贪污"行为,已被关押起来。陆富全同志闻讯后,立即从无锡赶到上海,向"三野"谭震林副政委汇报了情况。他深情地说:"姚家礽同志是我们的老县委书记,他一贯坚持原则,办事清廉,根本没有贪污行为。"后经调查核实,又避免了这一冤案。

陆富全同志为了维护党的实事求是的原则,从不考虑个人恩怨和得失。他一生不怕战斗艰险,不畏强敌凶残,却不止一次地为殷旭丹、戴兰亭以及1941年"四四"事件的受害者等遭到错误处理的同志难过得伤心落泪,并大声疾呼要求为他们平反昭雪,落实政策。

"十年动乱"中,陆富全同志受到林彪、江青两个反革命集团的疯狂迫害。不仅夫妇俩身受摧残,连亲生儿子也因反对林彪而被打成反革命,并判处死缓,处境十分艰难。面对政治上的大是大非问题,他从容镇定,坦然自若,坚信真理必胜,邪恶必败。他不顾个人安危,仍然指名道姓对林彪、江青反革命集团的倒行逆施进行揭露和斗争,表现了一个共产党员的特殊性格。

党的十一届三中全会后,陆富全同志衷心拥护党的路线、方针和政策,衷心拥护党关于平反冤假错案的英明决策。他不顾年迈体弱,关心和支持一些遭到不公正待遇的老同志的合理要求,一直到临终前,他还在关心新四军老战士夏莲舫的申诉,当得知夏莲舫同志20多年的沉冤彻底平反昭雪时,他感到由衷的喜悦和高兴。深情地说:"我们党又平反昭雪了一桩冤案。"

六

陆富全同志参加革命50多年,一贯大公无私,从不考虑个人的名利地位,从不向党伸手要官要权,反而多次婉言谢绝组织对他的任命和提拔。他总是忠心耿耿,兢兢业业,任劳任怨,踏实工作,几十年如一日。他最不齿那些利用人民给予的权力,专为自己牟私利的人。

今天,我们在回顾陆富全同志光荣的一生时,感到他所以受到人们的敬重称颂,除了他革命早、资格老、贡献大、为人好之外,还因为他有着为革命不计名利的高尚品格。

1949年4月,陆富全同志参加渡江战役后勤工作,担任华中一地委长江工作委员会委员、渡江工作委员会委员、张黄港办事处主任等职务,管理2000多条渡江船只。他深入到船工中去谈心、交朋友,激励群众情绪,工作有条不紊,周密细致,使得几个军顺利地从张黄港打过长江去,赢得了首长和同志们的赞赏。第三野战军的一位首长要调他到某军去当后勤部长,他考虑后说:"我是一个农民出身的干部,文化程度不高,还是让我做点力所能及的工作吧!"诚恳而坚定的话语,使那位首长也为之折服。诸如此类的事例,在陆富全的一生中,至少有五六次之多。他那种视名利淡如水,看事业重如山,"横眉冷对千夫指,俯首甘为孺子牛"的高尚品格,他那种"毫不利己,专门利人"的革命精神是很感人的。毛泽东同志说过:"一个人能力有大小,但只要有这点精神,就是一个高尚的人,一个纯粹的人,一个有道德的人,一个脱离了低级趣味的人,一个有益于人民的人。"陆富全同志真正做到了这一点。

1946年,陆富全同志在江南办事处工作时,上级为了筹集军饷,需要将十多船海盐运往安徽芜湖出卖,再买回粮食大米。这项"买卖"要通过镇江、南京等敌人重点驻守的城市,行程十分危险艰苦。陆富全同志是国民党通缉在案的共产党"红人",本来不宜他去,但由于有人不愿承担,陆富全同志顾全大局,置生死于度外，毅然承担了这项任务，并在群众掩护下胜利地完成了任务。

渡江后，他服从工作需要，在无锡县当了一个区长。许多老同志惊讶地为他打抱不平："你1939年就是新四军无锡兵站站长，1949年还是当个区长？凭你的资历和贡献，这个安排太不公平了。"陆富全同志听后笑道："我这个人走路有瘾，打游击有瘾，就是没有官瘾，我文化低，还是做点实际工作好。"

他经常告诫同志们，一定要培养"先天下之忧而忧，后天下之乐而乐"的高尚情操。

可是当前有些同志，就没有陆富全同志那种为革命献身的"瘾"，对职务只能升不能降；对级别只嫌低不嫌高；有的甚至不择手段，削尖脑袋钻营，沽名钓誉，妄图弄个一官半职。他们在陆富全同志的高尚品格和情操面前，不该扪心自问，感到羞愧吗？

七

陆富全同志生活俭朴、廉洁奉公、待人诚恳、平易近人，始终保持着劳动人民的本色。他热爱人民，关心群众，在长期的革命斗争中与人民群众建立起了血肉的关系。他对敌人无比憎恨，对人民群众满怀深情，每到一地，都与群众打成一片，受到群众的拥护和爱戴。

1945年"忠救"王炳珊部受到新四军游击队和"先天道"群众组织的严重打击，恼羞成怒，疯狂地进行报复。他们杀人放火，从江阴一直烧到无锡陆北庄，将100多户人家的大村庄肆意杀戮之后，又纵火焚毁，这就是震惊澄锡虞的火烧陆北庄事件。陆富全同志怀着无比愤怒的心情，不顾顽敌人多势众，率部进行阻击，制止了"忠救"继续血洗我游击根据地的暴行；同时，对受害的群众给以亲切的慰问和救济。陆富全同志对群众沉痛地说："我们来晚了，没有制止敌人的血腥暴行，我们对不起你们。"

解放初，陆富全同志在无锡县工作。当时由于连年战争，创伤严重，加上天灾频繁，庄稼歉收，人民生活极端困难。陆富全心急如火，连忙要在上海工作的妻子薛英同志向工厂募捐一些钱，买了几百袋面粉，分给群众应急；接着又发动群众上斗夹山开荒种红薯，进行生产自救，度过灾荒。

后来他还继续组织群众在山上种竹子和经济林。经过 30 多年的经营，现在斗夹山已是绿树成荫，花果满山，成为全县富裕地区之一。绿化斗夹山的先进事迹，1982 年《新华日报》用特写作了专门报道，誉之为无锡县最早绿化的山林。

陆富全同志还十分重视和关心教育事业。早在抗日战争期间，尽管环境十分艰难，他就曾在锡北地区筹建了一所中学，后被日寇破坏了。1949 年新中国成立后，他又在这里办了一所学校，就是现在的斗山中学；他还在严朴同志老家的夹山严氏祖祠创办了一所农林技校，就是现在的夹山中学。直到弥留之时，他还念念不忘要创办一所江南职大。正是由于陆富全同志时时处处想着群众，所以群众也处处时时爱护他，支持他。

1941 年春节后 6 天，陆富全同志率部和主力部队一个多营兵力联合行动。他们在锡北八士桥附近西新塘宿营，被汉奸龚全根、龚全林告密。日寇几百人趁黑夜悄悄包围了我军，我军处在十分危险的境地。当地群众对陆富全同志都很熟悉，他们马上行动，帮助部队悄悄地用渔船渡河转移。拂晓，日寇发动攻击时，却扑了个空。

1942年在江阴某地,陆富全同志带了两个警卫员外出执行任务,与日寇遭遇。敌众我寡,警卫员已经打散,敌人紧紧尾随追击,妄图活捉陆富全。他转过一个村庄,看到前面一大批插秧的群众,便急中生智,将短枪往稻田中一插,很熟练地插起秧来。当敌人追来查问新四军往哪里跑时,群众向前一指,说新四军早已向前面走了。就这样他又一次在群众的掩护下,化险为夷。

在陆富全同志从事游击斗争的戎马生涯中,经历了无数次的狂风恶浪、艰难险阻,都是在群众的帮助下化险为夷的。所以陆富全同志经常说:"一刻也不要脱离群众,要全心全意为人民谋利益,永远做人民的公仆,俯首甘为孺子牛,这应该是每个共产党员的终身座右铭。"

（与吴秉仁、孙宗发、李觉合作,原载《陆富全纪念文集》）

访谢申冰烈士弟弟谢仲侠

　　读了寿朝阳同志的《血战谢家集》,深受感动,激励我要去寻访烈士谢申冰的亲属。得悉烈士胞弟在杭州,我冒着烈日去拜访,几经周折,在鼓楼附近的信余里小区找到了烈士胞弟谢仲侠同志。他已75岁,在淮海战役中荣获华东三级战斗英雄。在此战役中,谢仲侠负伤截去了右腿,成为二等甲级残废。后来安上了假肢,走路时用一拐杖拄着走路,现离休在家,身体还算健康,生活也颇幸福。谢老见我登门,热情接待了我,落座后,知道我要他谈谈哥哥牺牲后的情况和想法,沉思片刻,与我谈了起来。

　　谢申冰是1948年6月在豫东战役第一阶段的谢家集战斗中牺牲的,时年25岁。他知道的时候,是在豫东战役结束后的一次行军途中。当时他在华野第四纵队,途经一个村庄时,适逢第一纵第四团在这个村庄休息,他就询问第四团的一位同志,三营教导员谢申冰在哪里? 并向那位被询问的同志介绍自己是谢申冰的弟弟。谁知那位同志知道他是谢申冰的弟弟时,不敢如实告知,态度反而冷淡,面容显得深沉。谢仲侠见如此态度,心里不满,很不高兴。但那位同志最后还是以沉重的心情对他说:"你哥已在谢家集战斗中光荣牺牲了。"随后陪同谢仲侠到了三营营部,将他哥哥遗留的一本日记本,给了他,这一遗物一直珍藏到今天。当他听了这一突如其来的消息,见到哥哥的遗物时万分悲痛,不禁泪流满面。当时,他没有停留,就跟上自己的部队行军了。以后几天他都沉浸在悲伤之中,情绪十分低沉。他的悲痛,增强了对敌人的仇恨,坚定了为哥哥报仇的决心。

谢申冰自小就很聪明,很活跃,爱好音乐,口琴吹得很好,在读小学时就讲普通话。他比弟弟大 3 岁,平时对弟弟十分关心爱护,一切都护着弟弟。读到初中二年级时,抗战开始,他就参加了共产党余姚县训工队,接受了训练与教育,提高了阶级觉悟与爱国主义思想。不久去上海从事党的地下工作,有时他从上海回到余姚老家,就向弟弟宣讲国家兴亡匹夫有责,有志青年应当奔赴抗日前线的抗日救国道理。以后即去苏北南通参加了新四军,并在区中队当指导员。谢仲侠同志在他哥哥的教育引导下,于 1944年 17 岁时向朋友借了钱,又将表弟的一辆自行车卖掉当作路费,毅然离开家乡,从上海乘船去苏北南通县四安区找到了哥哥谢申冰。谢申冰同志在南通县四安区中队当指导员,后来上调苏中公学学习,便将谢仲侠同志交给了他的一位战友蒋俞明。此人也是余姚人,当时在南迪县独立团当宣传干事,谢仲侠就在这里参加了革命。入伍后,他牢记哥哥的教诲,在革命战争中表现英勇顽强,不怕流血牺牲。

1945 年日寇投降时,谢申冰同志从苏中公学毕业分配到当时的第五十二团当连指导员。不久在大中集休息时,谢仲侠同志正巧也在大中集,偶然间相遇,没说几句话就匆匆各自跟上部队行军了。1948 年 4 月,华野第一纵第四团在河南濮阳新式整军,谢仲侠同志所在的第四纵驻在濮阳北面,与其哥驻地相隔 80 里,他特地骑着马去看望了哥哥,这夜他俩抵足而眠,畅谈解放战争的大好形势,哥哥给了他极大鼓舞,使他对胜利充满信心。谁知这次见面竟成永别!

　　1949 年全国解放后，谢仲侠同志分配在宁波工作，他第一次回家就将其哥哥牺牲的消息告诉了健在的母亲。母亲听到这一不幸的消息时，顿时呆若木鸡，欲说无语，欲哭无泪。她没想到盼儿回家盼了多年，竟盼到了这一不幸的消息。最后她说了一句话："他是为解放全国人民牺牲的，是光荣的。"老人在两个儿子参加革命的岁月里，只身一人以缝纫编织为生。邻居们得悉谢申冰同志牺牲的消息后，也都表示了敬意，暗暗流泪。

　　今年 3 月，谢仲侠同志打听到其哥牺牲的具体地址在山东省巨野县谢家集镇后，就下决心去寻找哥哥的坟墓。他独自一人，以仅有的一条腿拖着一只假肢，挂着拐杖，坐上去北方的火车，在山东兖州下了车。此时天色已晚，他"打的"到了巨野县，在巨野过了一夜后，第二天谢仲侠同志找到巨野县党史办，党史办的刘富轩、姚念中两同志接待了他。他向他们说明来意后，党史办就派一位女驾驶员杨秋玲同志开车与他一同到谢家集镇镇政府办公室。办公室的宋传印同志接待了他们，陪同他们到当地一个烈士陵园。这个烈士陵园内安葬着 300 多个烈士，是解放战争中两次战斗中牺牲的烈士。一次是 1947 年 4 月，刘邓大军消灭国民党军队打的一仗；再一次就是 1948 年 6 月由我第一纵队第四团在谢家集镇打国民党新第五军的一仗。两次战斗中牺牲的烈士全部安葬于此，就是这些烈士都不知其名。该烈士陵园原在谢家集镇旁边，后因开发建设，就迁移到谢家集镇北面的徐庄的公路边，现在成为巨野县的爱国主义教育基地。每年清明前后，周围许多学校的师生都来此祭扫悼念烈士，政府对烈士陵园每年整修一次，在墓上培土，整修陵园的环境。政府与人民群众没有忘记革命先烈，谢仲侠同志对此深感安慰。此次谢老来此凭吊，告诉在九泉之下的哥哥,当年欺压人民的敌人已经被打倒,人民早已得到解放,祖国已富强,他的革命目的已经实现,以此告慰九泉之下的哥哥。

在谢仲侠同志前往寻找哥哥坟墓祭扫往返途中,当人们知道他远道而来寻找和祭扫为革命而牺牲的烈士哥哥坟墓,他本人是只有一条腿的残废军人时,一路上受到"的士"司机与一个私营企业老板的关心照顾,给了谢仲侠同志诸多方便。这一事实告诉我们,人们对为革命而作出奉献的功臣是决不会忘记的,烈士是永远受人敬重的。

谢仲侠同志又告诉我,他有 4 个儿子 1 个女儿,现在都已成家立业,当他们还在读书的时候,他就将哥哥的事迹告诉他们。孩子们听了很受感动,都感到为有这样一位光荣的大伯而自豪,几个孩儿都说,长大了要向大伯学习,要当解放军,为完成大伯未竟的事业而奋斗。1970 年前后,他的大儿子与小儿子先后参了军,一个在内蒙古空军部队当修理技师,一个在第二十三集团军。

是的,他们应当为有这位烈士大伯自豪!他们的大伯谢申冰同志在谢家集战斗中,表现得十分英勇顽强和无私伟大,当自己的部队被数十倍于自己的敌人包围时,他把生的希望毫不犹豫地让给别人,掩护指导员突围出去,自己与敌人血战到底。这种视死如归的革命大无畏精神,值得我们永远学习。

(原载《沙家浜战士足迹》)

三、悲欢人生

——家世与自传

我的家世　我的童年

我于 1927 年 7 月 2 日出生在江苏省无锡县北乡东房桥祖屋，一生用过 3 个名字：学名陆培祥；参军后改名金增；新中国成立后又改名陆坚。

我的曾祖父辈乐善好施，曾在清王朝乾隆年间的一个荒年开仓放粮、救济灾民，并煮了大量米粥供灾民充饥。乾隆皇帝得知此善举后，亲书"惠济桑梓"4 个大字以示表彰，并做成金字匾额赐予曾祖父。

我的祖先为何能在大灾之年行此善举，并获皇帝昭彰？得从当时的家境说起。当时，我的曾祖辈在家乡属于商贾士绅人家，殷实富裕。家有高大房屋三开间五进、4 个天井，进门是高耸的墙门，墙顶有砖刻的"和气致祥"4 个大字，四周是砖雕的文武百官，墙门下是半人高的门槛。"一进"为店面房，开设"济寿堂"药店。第一个天井东侧为书房，西侧是厨房。"二进"是大厅，中堂悬挂着"振绪堂"和乾隆皇帝赐予的"惠济桑梓"金字匾额。厅的东西两面墙上挂满

1981 年，作者后排（右）五兄妹合影

了各式字画,大厅正中摆着偌大的供桌,上面安放名贵的古典摆设,桌子前方两边摆放着多把会客用的大圈盘椅和茶几。"三进"为两厅,中堂悬着"凝瑞堂"金字匾额。厅前天井内东、西两侧各有一个花坛。东侧花坛内种了一棵石榴树,西侧花坛内种了一棵桂花树。据说这两棵树当时都已有100多年树龄,是无锡县最古老的。"四进"为卧室与客厅。"五进"为柴屋、农具室和磨坊。综上所述,我曾祖父家的门第可见一斑。

祖父陆子卿排行第三,最幼小。人们叫他小子卿,自小做药业生意。由于他为人和善、乐于助人,在当地群众中享有较高威望。祖母是位心地善良的佛教信徒,整天念佛,家中木鱼声不断。

父亲陆寿泉又名永春,读过4年私塾,后继承祖业毕生经营"济寿堂"药店,另有薄田10余亩雇人耕种。父亲是个待人热情诚恳、喜做善事之人,谁有困难来店相求,他都能视情接济,甚至无偿相助。如有一天晚上,一个从远道(长径)来无锡求医的病人,在医生处看好病,由4个农民抬着到父亲的药店配药,但此时已身无分文。父亲热情地接待了他们,不仅免费配了药,还留饭、留宿,他们十分感激,第二天临别时连声道谢。因此,父

2001年,作者(左)三兄弟合影
陆焕祥(中) 陈兴祥(右)

亲在当地群众中口碑好、威信高。平时,父亲常教育我们"人活在世上要多做善事、好事",我永远牢记心中。母亲季时新是位贤妻

良母,主要操持家务。她读过8年私塾。因此,能协助父亲经营药业,使我家的生活过得尚属安稳,称得上是当时的小康之家。

抗日战争时期,我父母亲接待过无数中共地下工作者和新四军的民运工作人员,经常安排他们在我家吃饭、住宿。直至支持大哥和我兄弟俩参加共产党、新四军。新中国成立后,由于我母亲爱党爱国、思想进步、热心公益、办事公正,建国后一直当选为县人民代表。

父亲有两个弟弟、两个妹妹。大弟炳泉、二弟法泉均为教师;大妹、小妹也均为贤妻良母。

我有同胞兄弟姐妹7人。大哥兴祥于抗日战争初期参加共产党,以小学教师身份作掩护做党的地下工作,经常叫我为他隐藏秘密文件和进步书籍,如《大众哲学》、《联共布党史》等,以后参加了新四军,新中国成立后转业到上海供电局任党委书记。弟弟焕祥是共青团员,曾任无锡市工会委员,以后报名支援后进地区,到苏北沭阳县人民银行工作。一个小弟10个月时因逃难而夭折。大妹荣娥当过教师和干部,60岁时去世。二妹默娥上学后学习用功,成绩优秀,10岁时患脑膜炎不治身亡。小妹爱芬1958年到杭州就读于浙江邮电学校,毕业后在杭州邮电局工作直至退休。

本人于1932年6岁时入学,学习成绩佳,尤其是语文课,次次考试都名列前茅。曾多次参加全地区学校的语文统考和演讲比赛,并荣获奖项。但个性刚强、顽皮,喜打抱不平,绰号"硬石头"。因我的胆子特别大,体质特别好,在玩"打日本鬼子"的游戏中,我游泳最快、爬树最高,干什么都比别人强,所以在大小朋友中颇有威信,大家都愿意跟着我这个"司令员"玩,甚至连打架也言听计从。由于我经常在外惹是生非,少不了有人到家里告状而受到家

113

长责骂,父母因此对我很头痛,不喜欢我。有一天,我将从田野拣到的一枚手榴弹带到学校,同学见到后向老师举报,我就责怪举报人,甚至对他动了手。老师知道后将我叫到办公室训话,批评我违反校纪,我却反驳说:"这个手榴弹是要炸日本鬼子的。"最后,老师没收了手榴弹,并扔进了河里。

我9岁初小毕业,原想上县城报考高小,因日寇入侵没去成,只得就读本镇东房桥小学开设的高小补习班,仅有5名学生。11岁结业后,报考无锡黄土塘怀仁中学。读了一年,因遭遇战乱,加上家道中落而辍学,就此赋闲在家。

1937年腊月无锡沦陷后,日寇经常下乡扫荡,各地陆续出现各种以抗日为名的游击队。1939年后,我家乡在共产党地下工作人员的发动下,抗日运动风起云涌地开展起来。我大哥陆兴祥已与共产党组织接上关系,并由他发起在东房桥镇上成立了以他为团长、朱仰增同志为副团长、20余名儿童参加的儿童团。该团的活动内容有出过墙报,宣传共产党的抗日主张和方针,号召人民群众团结起来一致抗日,以及教唱抗日救亡歌曲。教师身份的共产党员鲁乃铭教唱了很多歌曲,如《义勇军进行曲》、《流亡三部曲》、《大刀歌》、《游击队之歌》和《在太行山上》等,还演出宣传抗日的话剧,开展打乒乓、练书法等活动。我们还欢迎何克希司令带领的"江南抗日义勇军"到我们家乡,慰问因打日本鬼子而负伤的"江南抗日义勇军"将士。我在儿童团里积极发传单、贴墙报,成了团长大哥的得力助手和机要秘书。有一天,突然有许多人纷纷向东面逃跑,并慌张地告知说日本鬼子来了。而我保管的儿童救亡团团旗还挂在家中,我连忙将旗子收下折叠好用报纸包好,从后门逃走时顺手将旗子塞进稻草堆。我刚放好,日本鬼子就闯进我家搜查,幸亏我动作迅速,不然就要闯大祸了。

在此期间,我大哥还办了一个宣传抗日的刊物《农村文艺》,先后出了10余期,以后因遇险而被迫停刊。

1942年夏天,本镇共产党员陆炳泉同志找我谈话,宣讲共产党是为人民服务的,是主张坚决抗日的,八路军、新四军是共产党领导的队伍,要抗日就应当参加共产党、新四军。在他的宣传教育与动员下,我也要求加入中国共产党,陆炳泉同志为我办理了入党手续,告诉我要等上级批准。不久,陆炳泉同志通知我入党申请组织已经批准,并要求我严守党的秘密,不怕牺牲,为抗日多作贡献。从此以后,我的心里就有了无穷的底气,决心做一名勇敢的共产党员。

就在此时,我遇到了一件不平之事,伸张了正义。事情是这样的:我乡有一所小学的5位教师,全靠乡政府向农民按田亩征缴粮食,然后再转发给教师充作工资。可是,这年该乡姓浦的乡长却将收缴来的粮食占为己有,用于吸鸦片烟了。我知道后立即会同一位教师找浦乡长评理,要他立即退出粮食发给教师,不然就武力解决,将他捆绑起来殴打。乡长听后害怕吃苦头,不得不将侵占的粮食悉数分发给了5位教师。

不久,家乡环境万分恶劣:日寇经常下乡扫荡,土匪横行,我家多次被敲诈勒索,经常遭遇不幸。父母不得已将我送往上海一家陶瓷店当学徒,从此让我独自在外过自食其力的生活。但是不到半年,因日本飞机轰炸,物价疯涨,老板小气不让吃饱饭,使我不堪承受。原先每天吃两餐干饭,一餐稀饭,后改为三餐稀饭,我的劳动强度大胃口又好,实在吃不消就向老板提意见,老板又不听,我一气之下就离店回了家。

　　我的童年是不幸的,战乱致使家道中落,不能继续求学。然而不幸的遭遇也磨炼了我的意志,为日后走上革命道路打下了基础。

我的父母亲

敬爱的父母亲离开我们已三四十年了,母亲死于"文化大革命"期间的 1969 年,那年她 70 岁,身患糖尿病。那时我国还没有治糖尿病的药物,医院无法施治,而"文化大革命"运动又给我家带来深重灾难,抗战时参加共产党的大儿子,被诬指为叛徒、假党员,被造反派日夜残酷批斗。二儿了被戴上老右派帽子,也遭批斗。我被诬指为反对解放军的现行反革命,更加罪大恶极。被批斗后,遣送

1967 年,作者夫妇携 4 个子女在杭州保俶塔前合影

农村监督劳动。母亲在这病祸交加的压力下,不幸离开了人世。父亲好不容易熬过了"文化大革命",刚看到太平盛世,却于 1980 年去世了。

父母亲一生生育了 7 个子女:4 个儿子,3 个女儿。抗战开始那年,我那才 10 个月的小弟,因病加饿,在逃难途中不幸夭折;二妹 10 岁时于 1943 年因患脑膜炎不治身亡。

我家世代开设药店,另有薄田 10 余亩,家境一般,过着温

饱生活。

　　母亲是位贤妻良母,是勤俭持家的当家人,家中一切均由母亲主持掌管。父亲只管药店经营,其他事务均不过问,他对家中发生的所有困难遭遇及祸端,都无心事,如若没有发生过一样,安分守己地生活着。

　　1963 年,作者夫妇(后排)与父母(中排)和子女陆纯冶、纯瑶、璇辉在杭州花圃合影。

　　父母亲的一生,遭遇了无数苦难。"七七"卢沟桥事变,给我家带来了莫大灾难。1937 年年底日寇入侵,家乡沦陷,日寇所到之处一路杀人放火,从常熟长江边白卯口登陆的数千日军,向南京方面进攻途经我家时,就在我镇上放火,我家药店内堆放的许多中药材也被鬼子用火枪打着付之一炬,我奔向街中高呼救火,但无人敢搭理,谁也不敢来救火,家中仅我母亲一人,端着脸盆,提着水桶泼水,但无济于事。此时此刻,我母亲急中生智,立即想起房间内的马桶,将一马桶粪便泼上大火,大火顷刻被抑制,然后再用水桶连续泼浇,大火终被熄灭,但房子已被烧掉一半。

就在这天,同时被日本鬼子放火焚烧的还有西街一户人家。在我家周围3个村庄的4家蚕茧行也都被鬼子放火烧成了废墟。

就在这天,我外公、姨母、姑母家的房子,均被鬼子焚烧为一片瓦砾,日寇还在我家附近一个村庄杀死了300多个老百姓。

日寇的恶行在我们心中埋下了仇恨。日寇的侵略,打破了我家原来的温饱安宁生活,就此家道中落。战乱带来了兵匪横行,百姓遭殃。而在此后的日子里,由于我与哥哥先后参加了共产党、新四军,接踵而来的就是父亲屡遭汉奸绑架、土匪勒索,逼得我们卖地借债,家境顿然窘迫,生活陷于困难,母亲不得不去向地主姑母及地主大伯求助借钱,但不仅没有借到分文,还被地主姑母奚落了一番:"你养了两个没出息的末代儿子,不干好事,去当共匪。"此时母亲只得含着眼泪伤心地回家。

有一次,日寇下乡"扫荡"、"清乡"。因汉奸举报我哥参加新四军,日寇将我父亲抓去,要我父亲交出儿子。我父亲否认儿子参加新四军,日寇就对我父亲严刑拷打,还放狼狗咬,致使父亲被折磨得死去活来、遍体鳞伤。最后由我母亲到处托人,通过汉奸花了50担米钱,才将父亲保释回家。母亲见父亲被日本鬼子打得头破血流、血肉模糊、不能动弹,万分痛心,日夜啼哭,同时又只得卖地还债。

几个月后,日寇又一次下乡"扫荡"。我父亲怕再被鬼子抓去,此时从前门已经来不及逃走,连忙向后面跑,想通过地主大伯房子的后门逃到田野去,谁知地主大伯不让我父亲通过。无奈,我父亲连忙再从另一家房子的后门逃出。刚逃出,鬼子就赶到我家中。幸亏逃得快,不然我父亲又将被抓去受一次刑罚,再吃一遍苦。

但是,就在这艰难的时刻,家乡来了共产党、新四军的工作人员。父母亲见他们来家,如见亲人,似待宾客,给他们烧饭沏茶,还留他们住宿在家中。为了接待这些工作人员,拮据的母亲还到亲朋好友处去借钱借粮,热情地招待。其时,每星期总有一两批人员到我家吃饭和住宿。我知道父母亲深怀一个信念:终有一天天会变,天会亮,地主会被打倒,穷人会翻身,人民会当家做主人,共产党会胜利坐天下,领导人民过好日子。

1949年4月21日,一声春雷,解放军百万雄师横渡长江。解放军渡过长江,势如破竹,在向南方进军中,途经我家镇旁。连续两天两夜,日夜盼望两个儿子的母亲坐在镇边大路旁,不停地询问行进中的解放军,我的两个儿子有否过来。等待看望了两天两夜因一直未见踪影,感到大失所望,很悲伤地流泪哭泣。但是她深怀希望,深信两个儿子一定过来了。又过了一个多月,听人们传言上海已经解放,那里有很多原来是新四军的解放军。于是她就去上海寻找,凡驻有解放军的地方全部都找遍了,仍毫无音讯。解放军千千万,谁认识你两个儿子呢!再说我已改名换姓,怎能找得到。后来又听说杭州也解放了,于是我母亲又到杭州寻找了两天,终于找到了我哥哥。母亲万分高兴,问我哥哥弟弟在何处,我哥告诉她,弟弟可能在上海。因当时部队规定不准与家中通信,我尚未告知家中我在何处及详细情况。

上海解放，我因负伤住在浦东白沙镇解放军野战医院。到 8 月间，我身体基本恢复健康，即向院方请假回无锡老家看望父母。我刚走进老家的镇内，有人就发现了我，随即跑来很多乡亲。他们似见到死而复活的人一样，表示惊奇，然后围着我为我回家而高兴，并向我问长问短、问这问那，直到近晚。母亲见到我一味地高兴得说不出话来，只是流泪，连声说着："这下好了，是老祖宗保佑你的。"到了晚上，父母亲就与我细谈我离家后家中所发生的一切。以上所述，均是父母亲告诉我的，我则告诉他俩我离家后到了何处、何地，打了哪些仗，遇到哪些困难和危险，吃过哪些苦。父母亲听后只是流泪不止，同时为我活着回来表示庆幸。

此时，我看到几年不见的父母亲已变了大样。由于两个儿子参加了新四军，要担忧儿子在外是否安全，日夜思念，同时又要受兵匪敲诈勒索的威胁。在此重重压力下，不到 50 岁的父母亲均已满头白发，显得十分苍老，身体也没有从前那样健康了。

新中国成立后，由于母亲关心国家大事，热心公益，坚决拥护共产党的政策等良好表现，历届县人大会上她都被推选为人民代表，受到群众的赞许。

今天，父母亲已经远离我们而去，但父母亲的音容笑貌仍历历在目。父母亲的一生是艰难的，但没有虚度人生，在世时也为祖国的安危、民族的独立自由和解放出过力、作过贡献，我为我有这样的父母亲感到欣慰，我永远不会忘记他们。

千辛万苦投奔苏中公学

在我的母校——苏中公学建校 60
周年之际，回顾当年我从沦陷区苏南无
锡冲过日寇与伪军的道道封锁线，来到
宝应固晋——苏中公学所在地的艰险经
历，至今仍历历在目。

仇恨燃烧杀敌人

那是 1945 年 3 月，日寇、伪军在澄
（江阴）、锡（无锡）、虞（常熟）进行残酷的"扫荡"。一次，伪军十余
人来到锡北抢劫老百姓的财物，后来到东房桥街上的小饭店吃
饭，我时年十七，年少气盛，见此情景，万分愤懑。我父亲数次被
日寇抓去受过拷打、让狼狗咬等刑罚。我对日伪军恨之入骨，认
为为我父亲报仇雪恨的时候到了，就立即去找铁匠师傅杨胜根借
把大刀，并叫他与我一起去杀伪军。当时杨胜根铁店里有许多为
大刀会打好的大刀，我向他借了一把。他在我激励下，也表示与
我同去。于是我们两人各执一把大刀，从西街大踏步向街中央的
小饭店奔去，一路大声叫喊着："杀汉奸啊！"伪军看到我俩高举大
刀向他们冲去，随即慌张地放下碗筷，拿起枪和抢来的东西就向
南弄内逃去。我俩高举大刀紧追不舍，逃在最后一个伪军的肩膀

被我砍了一刀,鲜血直流。伪军们拼命地向八士镇据点逃去,我俩紧追不放,一直追到离八士镇尚有两里地的方村桥边。想到离日寇据点已近,不能再追了,我俩就返回了东房桥。群众见我俩如此情景,齐声喝彩叫好。

离家投奔新四军

追杀伪军后回到家中,我心中有数,深知不能躲在家里让他们来报复,便拿了几件衣衫,马上离家去投奔新四军。这天夜晚,我投宿在父亲的一个中医朋友家中。第二天,经过反复打听,于午后时分,终于找到了新四军锡北武工队,受到了锡北县委书记尤旭的接待。不多日,尤旭叫我到苏北抗日根据地去。

他给我写了一张介绍信,是给在苏北的江南办事处主任钱敏同志的。介绍信约两寸长,大拇指般宽,是看不到字的一张白纸,我把它缝在长衫的边角内。他又告诉我如何联络和途中应注意的事。与我同行的还有两个青年,由我负责。第二天,我们从无锡乘汽车,一路颠簸,到了江阴八圩港。这里日寇戒备森严,三步一岗十步一哨,还有龇牙咧嘴的狼狗。上船前要进行数次检查与盘问,通过检查与盘问,我们才得以上了渡船。到了江北靖江,上岸后,我们按照尤旭的交代分散行进,但前后互相照看,从上岸到走出靖江县城北门,前后又经四道关卡,一一检查盘问通过。在检查中,日伪军肆意刁难威胁。事后才知,这是由于我们没有送买路钱的缘故。如若事先准备好钞票,就不会遇到这些麻烦了。

出了靖江,我们3人又聚到一起。此时已太阳西斜。由于我们不识路途,只知路线及目的地,于是我们就到路边村内找农民问路。这天,我们的目的地是经季家寺到王家寺,老农告诉我,到王家寺直路仅 50 里不到,但必须经过孤山,而孤山上有日寇的据点。日寇看到有人经过,就不分青红皂白地用机枪扫射,已有好多人被打死,这条路不能走。老农说要绕过孤山走,多走 20 多里路。为了安全,我们按照老农的意见走,并请他带路,我们给他带路钱。夜幕来临时,由老农带路,我们跟着他一直走到黎明,总算到了王家寺附近。只见村外有拿着红缨枪的儿童团,见我们走去,他们就大声吆喝叫我们停住,虽然是声色俱厉,但我们的心情已十分宽稳,知道已经到了根据地,似到了自己家里一样欣慰。

进入村内来到江南办事处,从屋内走来一个面色白皙、态度十分斯文温和的年轻人,他向我要介绍信。我即把长衫边角撕开,取出一张"无字"白纸交给他,他将白条拿去房中,大概用药水显影后,出来对我说,你是叫陆培祥(我原名)吗?我说:是的。他自我介绍说他叫钱敏。他介绍了根据地的一些情况,叫我们休息几天再予分配。不几天,钱敏同志来找我谈话,要我去抗大九分校(苏中公学)学习。我问:"学校在哪里?""在宝应。"钱敏同志说。我问:"有多少路?"他说:"说不清楚。"我问:"怎么去法?""步行。"他说。"要走多少天?""少则十天,多则半月。"最后我答复他:"我去。"接着他对我说,这次你们一共去 5 人,由你负责,明天就出发。他又告诉了去宝应的路线、地点,一路上的交通站,要我用脑子记住。不一会儿,他就把介绍信交给了我,又把另外 4 位同志叫来相互熟悉一下,并向大家讲了路上应注意的问题,通过敌人封锁线与据点应如何处置,又交代了一下万一遇到意外情况,应怎么处置……

千辛万苦到苏公

翌日,我们出发了。从靖江王家寺到宝应县,以现在的交通工具来说,最多3小时左右就可到达,可是我们却足足走了10天。一路上,根据敌伪据点与封锁线的不同情况,有时朝行晚宿,有时昼宿夜行。在这10天中,我们在地下交通员的带领下冲过了日伪军设置的道道难关。我觉得印象最深的有四道:

第一道。有的日伪军据点,在白天通过反倒方便,我们都扮成商人,身上都带有伪政府发的"良民证",但几个人不能结伙成行,必须前后拉开距离,远远地互相照看着,交通员走在最前边,直到走出据点两三百米,然后再汇集到一起,结队前进。

第二道。有的日伪军据点,白天根本无法通过,日伪军看守十分严密,不准任何人通行,又无其他道路、桥梁。我们只能在夜深人静时分,通过当地地下党员弄来的小木船,在离敌人不远处驶向对岸,通过据点。

第三道。还有的据点,敌人不仅日夜封锁严密,不准任何人通行,而且无路、无桥、无船只。在此情况下,要通过封锁线十分困难也相当危险。幸亏河道较窄,交通员通过地下党弄来农村挂天灯的长木头,搭在河的两岸,我们从独木桥通过。可是有胆小的同志无法通过,于是我们又弄来长竹竿,作为扶手帮他通过。

第四道。最艰难最危险的一次，是通过日军占据的泰州城北门外的公路。这儿白天不准任何人通行，一到天黑，泰州城墙上日寇的探照灯就照个不停，一旦发现行人，就用机枪扫射。这天深夜，苍穹如黑锅底，伸手不见五指，我们五人每人准备了两枚手榴弹，由交通员带路正要从这条公路上通过，交通员向我们作了交代，要我们在离公路两百多米就拉开距离卧倒，如猫捕鼠一样悄悄匍匐前进，直到爬过公路200多米才可站起来行走。可是正当接近公路，我们拉开距离要爬行时，其中一人突然恐慌起来，掉头站起就跑。幸亏没有被敌人发现，不然后果不堪设想。最后，我们总算安全通过了。

就这样，我们从靖江王家寺出发，历经风雨，走过了苏北平原曲曲弯弯的田间阡陌、泥泞小道，终于在第10天的午夜到达宝应县曹甸固晋。可是，我们问了许多次，好不容易才找到苏中公学校部。原来我们认为学校一定是有相当规模的校舍，谁知学校就设在村内的每户农民家中。后由一位穿新四军军装的干部将我们领到苏中公学校部。不一会，校首长夏征农同志前来接见，对我们讲了话："你们从日寇沦陷区不远千里，冲过重重封锁线来到抗日根据地参加抗日，我表示热烈欢迎……"

苏公是我好母亲

苏中公学是我革命的摇篮，是我踏上革命征途的起点。在苏公学习，虽然仅仅只有 5 个多月，却为我投身革命打下了牢固的基础，它是决定我一生命运的关键。

经过学习，我明白了许多道理，坚定了打败日本鬼子的决心与信心,树立了革命人生观、世界观、价值观,懂得了为人民服务的道理。使我认识了社会发展的必然规律,无产阶级革命必然会胜利。

通过军事训练,使我学到了军事基础知识,知道怎样保护自己消灭敌人;树立了不怕死、不怕苦的思想。

在大生产运动中,我们每天 5 点半起床,拿着向老百姓借来的锄头、铁锹,进行艰苦的田间劳动,改善自己的生活,实践了毛主席"生产自给"的伟大号召。我们全体学员在"人人参加,一齐动手"、"把草荡变成良田"的口号声中,利用 3 天时间,筑起了 1 米多高、800 米长的堤坝,开出 50 亩荒地,并及时种上了茨菇、绿豆。如今,这里已成为农户的养蟹池,成了聚宝盆。

苏中公学的条件与环境是十分艰苦的,住的是农民的茅草房,没有床铺睡地铺,被子只有 1 斤半棉花,洗脸、刷牙用淮河里的黄泥水,平时很少洗澡,夏天蚊虫多又无蚊帐,任蚊虫叮咬。每月 20 个铜元津贴,连平卫生纸都不够。就是在这种艰苦的环境中,培养了我艰苦奋斗的革命精神。

经过苏公学习,我由一个不懂事的莽撞孩子,成长为一个懂得革命道理的战士。

光阴似箭,60 年过去了,现在我已离休,但仍继续在为社会与教育青少年服务。回顾生平,我是可以向母校告慰的。

(原载《铁军》)

我在抗美援朝中的两件事

一、"死"而复生

抗美援朝战争是我国不得不进行的一场战争，可以说是一场卫国战争。1950年10月，当美帝国主义将侵略战火燃烧到我鸭绿江边，朝鲜政府向我国发出请求时，我国政府当机立断，派出志愿军支援朝鲜人民。

1950年10月，朱总司令来到我所在的第二十军驻地山东省曲阜城，召开团以上干部会议，动员我军赴朝抗美。我军在万分匆促中立即乘火车出发。上火车后，在火车上进行动员，并将所有解放军标志的帽徽、胸章、符号取下，服装也来不及更换，仍穿着南方棉军装入朝（南方棉军衣每套3斤，北方每套8斤）。满载我军官兵的火车开往朝鲜时，所有民用客车、货车一律停止运行，一路为我军直达朝鲜开绿灯。

当时，由于新中国方才成立，国家处于贫困时期，再加上时间匆促，部队来不及作准备。而朝鲜的气温寒冷，是年又是朝鲜历史上最冷的一年，温度降至−42℃。未临战斗，我已冻得不省人事，继而体温升至40℃以上，连日高烧不退，以后就失去了知觉，不吃不喝，被送到野战医院抢救。由于当时国家贫困，抢救缺乏药物，医务人员只是一味使用棉被为我的身体保存热量。事后医生告诉我,在我冻得失去知觉的几天内,他们为我盖了 24 条棉被(每条棉被两斤),但我身上毫无暖意。这一抢救措施不奏效,最后就将我放进太平间。因我仍有微弱脉搏与心跳,才未被安葬。医生以为我已无生还希望,院方就通知我爱人李倩英来院见最后一面。结果出乎意料,就在李倩英看望我的第二天,即在太平间安放第九天的我"死"而复生,开始苏醒恢复了知觉。期间,我有位叫凭平的战友已向军部报告:陆坚已经冻死。并添油加醋地称是他亲眼看到放入棺材的。在我住院抢救期间,有三位护士日夜看守着我,其中一位姓杨,我是永远不会忘记她们的。她们是我的救命恩人,我要感谢她们。

出院后,我就留在志愿军第二十军留守处任指导员。

二、悼念英雄杨根思

中国人民志愿军第二十军一进入朝鲜,就向朝鲜南方推进。

1950 年 11 月 27 日,我志愿军第二十军发起了对长津湖地区美国海军陆战队第一师和美军步兵第七师的分割围歼战争。我部攻占了该地区下碣隅里外围制高点一〇七一高地。敌人妄图拔掉这把刺入他们喉咙的匕首,拼死反扑,于是展开了一场激烈的争夺战。

三连连长杨根思奉命坚守一〇七一高地小高岭的任务,杨根思同志率领一个排坚守小高岭。

美军为了排除对下碣隅里的严重威胁,对小高岭阵地进行轮番反扑,并用飞机和重炮疯狂轰炸、炮击,但在杨根思排的坚强阻击下,敌人始终无法爬上小高岭一步。

美军多次反扑，每次总是丢下很多尸体而告失败。与此同时，杨根思同志的一排人在英勇抗击中也伤亡惨重。敌人在数十架飞机的轮番轰炸掩护下，向杨根思排冲来，成群的敌人倒在杨根思排阵地前面。直到杨

1951年，中朝战友在通化合影

根思排只剩下几个人，弹药已快打完。最后，敌人发起第九次反扑，杨根思同志打完了所有手榴弹，阵地前已躺了上千具美军尸体。当杨根思同志打完最后一发驳壳枪子弹，40多个敌人已来到杨根思同志面前。杨根思同志抱起一包10斤重的炸药，拉响导火索冲向敌人。一声巨响，英雄杨根思与敌人同归于尽，英雄们用鲜血守住了小高岭，使我军取得了战争的全胜。

1951年清明节这天，阳光灿烂，万里无云。我志愿军第二十军军部在吉林省通化市为杨根思烈士举行隆重的追悼会。追悼会设在通化市人民大会堂，灵堂布置得庄严肃穆，由军乐队为追悼会奏哀乐。追悼会由志愿军第二十军后勤部政委刘子荣主持，我是会议司仪。参加追悼会的有通化市党、政、军领导与代表以及工、农、商、学、各界、各单位代表，还有朝鲜民主主义人民共和国最高人民会议常任委员会委员长崔镛健，朝鲜人民军总司令金光侠大将等各方面人员600余人。以上单位、领导代表与人员均敬献了挽联与花圈，计有数百件。我作为司仪，就一一接受了这些挽联与花圈。志愿军第二十军后勤部政委刘子荣代表第二十

军党委和司令部、政治部致悼词。追悼会结束后,参加追悼会的全体人员在通化市举行游行,我抱着杨根思的牌位走在前边,一路高呼"反对美帝国主义侵略朝鲜""美帝国主义滚出朝鲜去""打倒美帝国主义"等口号。游行队伍在通过通化市区时,在大街两旁的很多群众也跟着参加到游行队伍中来,一直送到玉皇山烈士墓。

杨根思烈士的灵柩(无遗体,只有碎尸、碎骨)安葬在通化旁边的玉皇山上,同时安葬在一起的还有志愿军第二十军第六十师战斗英雄毛杏表烈士等10余名烈士。

杨根思同志是第二十军的老战斗英雄。1952年5月9日,中国人民志愿军领导机关决定追记其特等功,同时授予"特级英雄"称号。1953年6月25日,朝鲜民主主义人民共和国最高人民会议常任委员会授予"朝鲜民主主义人民共和国英雄"称号,同时授予金星奖章和一级国旗勋章。中国人民志愿军领导机关还决定,杨根思同志生前所在的连队命名为杨根思连。

志愿军司令员彭德怀为杨根思烈士亲笔题词:"中国人民的优秀儿子,国际主义的伟大战士,志愿军的模范指挥员——杨根思烈士永垂不朽!"

我两次入党的故事

抗日战争期间，我的家乡无锡县城沦陷后成了一片废墟，有个村庄被日寇杀死 300 余人，我的外婆、姑母、姨夫家房子均被日寇放火夷为平地，我父亲也曾数次被鬼子抓去严刑拷打、坐老虎凳。当时 11 岁的我，对日寇的暴行看在眼里恨在心头，立志要报仇雪恨。就在此时，家乡从大革命时期就潜伏下来的一批共产党员，如朱逸民、陆富泉、李培泉等开始活动，向人民群众宣传抗日救国的道理，宣传八路军、新四军是一支抗日的队伍，宣传平型关战役的伟大胜利，宣传共产党在抗日战争中的主张，同时秘密发展党的组织，我们很快接受了他们的宣传，我哥哥就在此刻参加了共产党。

1939 年春天，家乡先后来了新四军和国民党的忠义救国军。新四军纪律严明，爱护老百姓，不拿群众一针一线，还帮群众做事。并两次在我家附近袭击日本鬼子，打了大胜仗。而忠义救国军不打日本人，专门欺侮老百姓，还强拿老百姓的东西。两者一对比，使我内心深深地热爱共产党、新四军。

1942 年，本镇的一位共产党员陆炳泉找我谈话，宣讲共产党是为人民服务的，是主张坚决抗日的，八路军、新四军是共产党领导的队伍，要抗日就应当入党、参军。在他的宣传教育与动员下，我也要求加入共产党，陆炳泉为我办理了入党手续，告诉我要等上级批准。不久，陆炳泉就来通知我，党组织已经批准我的入党申请,并要求我严守党的秘密、不怕牺牲和为抗日多作贡献。从此以后,我的心里就产生了底气,决心做一名勇敢的共产党员。

就在此时,我遇到了一件不平之事,打了一次抱不平。事情是这样的,我乡有一所小学的 5 位教师,全靠乡政府出面向农民按田亩收缴粮食,然后发给教师作为工资。可是该乡姓浦的乡长却将收缴来的粮食占为己有,用于吸鸦片烟了。我知道此情况后,立即会同一位教师找该乡长讲理,要他立即退还粮食发给教师,不然就要将他捆绑起来殴打。乡长听后害怕吃苦头,不得不将粮食立即发还给了 5 位教师。

由于我自认为有共产党做靠山,胆子特别大。为了替父报仇和为国人雪恨,我胸中一直怀着怒火,千方百计寻找机会出气。一天,有 16 名日伪军到锡北农村扫荡,抢了农民的财物后到东房桥镇一家饭店吃饭。我见此情景怒火万丈,认为报仇雪恨的机会来了,就向街西铁匠店杨师傅借刀,并激励他与我一起去砍杀伪军。杨师傅也是个爱国青年,立即同意与我同去。于是,我们两人各执一把雪亮的大刀,一边高声呼喊"杀汉奸",一边向伪军们冲杀过去。伪军们见我俩举着大刀冲杀过去万分惊慌,立即放下碗筷,丢下抢来的财物落荒而逃。我高举大刀,狠狠地砍中了一名逃在最后面的伪军的肩膀,使之鲜血直流。我俩一直追杀了三里地才回家。考虑到离此不远处就是日寇据点,敌人一定会来报复,就拿了少许行装离家投奔了新四军。

果真,在第二天凌晨,日、伪军数百人包围了我家所在的东房桥镇,反复搜查一整天,幸亏我已离家出走。这时,我已经参加新四军锡北武工队。1 个多月后,领导又将我送往苏北,编入了新四军主力部队。一天,指导员上政治课,讲到什么人、具备什么条件才可以参加共产党……课后我立即告诉指导员，我早已参加共产党了。指导员说，你没有党员介绍信，怎么才能证明你是共产党员？我不懂什么是党员介绍信，但那时又无法到日寇沦陷区取证。指导员对我说，好好努力，再争取第二次入党。此刻，我就有些懊恼、后悔。我为了报仇雪恨去砍杀伪军，匆匆忙忙离家投奔新四军。仇未报恨未雪，却把一个共产党员丢掉了。但我想想已无办法，只有下定决心，努力争取再次入党。

此后，日本宣布无条件投降，但又拒不向我新四军投降。在逼迫日寇投降缴械的兴化战斗中，我克服重重困难，出色地完成了领导交给的联络东台独立团，按时参加攻城战斗的任务。解放战争开始后，我在新四军第一纵队司令部警卫排（队）任文教。在宿北战役中，我与全排同志一起冲向溃逃的国民党军，我们一个排抓获国民党军俘虏 260 余人。在平时的工作中，我积极宣讲我军的胜利捷报，做好群众纪律工作，还兼任司务长管理伙食和账务工作。攻打莱芜时，我负责纵队司令部的粮草运输任务，包括找民工、动员农民拿出毛驴、牛车、独轮车等，并带着几十名农民及时将数千斤粮食运到前线。莱芜战役胜利结束后，纵队司令部在胶济线旁的大徐家庄召开庆功大会，我戴着大红花上了庆功会主席台。大会一结束，纵队直属政治处主任钱惠民就找我谈话：金增同志，你在宿北、鲁南、莱芜三个战役中的表现都很好、很突出，你已够条件参加共产党，钱惠民同志当场叫我填写了入党志愿书。此时我的心情万分激动，我的愿望终于通过我的努力实现了。这是我一生执着追求的愿望与目的，为它我付出了长期的努力。艰苦奋斗，排除万难，不怕牺牲，归根结底是为了祖国与人民不受屈辱，要长祖国的志气与威风。

我有共产党为我做靠山，我跟着共产党干革命，我什么都不怕。党给了我革命的勇气，正是这样，使我跟着共产党坚持革命一辈子。

（原载《东南烽火》）

三、悲欢人生——家世与自传

千里寻战地慰英魂

今年已 84 岁的我,为了却长期以来的心愿,去寻找 1949 年渡江战役前夕在长江边新老洲高桥镇战斗中牺牲的 120 多名战友的英魂,但因不知有否建墓立碑、确切地点在何处,故一直未能成行。

4 月 6 日,我下定决心从杭州启程去了江苏省扬中市,因为新老洲高桥镇属该市管辖。一到扬中市就找民政局优抚科,常科长热情地接待了我,认真地帮助我寻找新老洲高桥镇的地理位置及当年有否老部队在此战斗过的情况。经过一番周折,只查到一段 1949 年 4 月 9 日解放军第二十军军部警卫营曾在其县境内与国民党军战斗过的记载。

据他分析,新老洲高桥镇可能属扬州市邗江区管辖。次日,我去了扬州市邗江区民政局,该局优抚科的谭科长接待了我,他也认真地进行了查找,从电脑查到档案,就是无法找到叫新老洲高桥镇的地方。他电话联系泰州市民政局请求帮助查找,经查也没有新老洲高桥镇一地。谭科长又打电话与镇江市民政局联系,该局提供了一个线索,要我们与丹徒区民政局联系。谭科长马上拨通了丹徒区民政局的电话,经查后回电告之,新老洲高桥镇属他区所管辖,并告知该镇的具体位置在长江北岸江边、镇江对岸。一波三折,终于搞清了确切位置,我心里很是激动。

于是,我立即雇了"的士",向驾驶员问清新老洲高桥镇的地理位置等情况。真是无巧不成书,这位驾驶员系本地人,对本地地理、历史等情况较熟悉。他开了1个多小时,将我送到新老洲高桥镇,找到高桥镇镇政府的民政部门,但负责民政工作的干部外出,此时正巧来了一位原在此退休的、年逾古稀的民政干部。他知道我的来意后既同情又感动,就热情地向我介绍,他是当年在镇政府负责民政工作的干部,这个烈士墓(塔)就是由他经手在1988年建造的,当时县政府拨款5万元建造了这个烈士墓,在建墓时从高桥镇江边及镇旁的田里挖出了1949年4月9日中国人民解放军在战斗中牺牲的120多具遗骸,移埋到现在的烈士墓内,建墓至今从未有烈士所在部队的人员来看望过。我听了他的介绍,一阵心酸。我即告诉他当时的战斗情况,这些遗骸是解放军第二十军警卫营的同志,是我的战友。随后,他叫来一位同事,陪我搭上一辆三轮车驶向烈士墓。

一刻钟后,我们到了烈士墓。墓地仅有一座纪念塔,上书"革命烈士永垂不朽"八个大字,没有碑文,也无烈士姓名,但它是120多名英烈功勋和光荣的象征,是祖国人民对烈士的永远怀念。当我看到烈士塔时,心情再也按捺不住,眼眶不禁涌出滚滚泪水。我终于找到你们了,你们长眠在此,我到今天才来看你们,我作为当年的指导员深感内疚,深深地责备着自己。战友们,60年过去了,你们的血没有白流,你们的牺牲已经换来了祖国繁荣富强、人民幸福。你们在九泉之下可以感到安心和欣慰,祖国人民为有你们这样的好儿女而自豪。你们为了祖国的独立、人民的解放献出了宝贵的生命,在此我要深深地向你们致敬礼,学习和继承你们伟大的革命精神,为将祖国建设得更加繁荣富强昌盛而努力奋斗。我深深地鞠了三个躬,绕墓塔转了几圈并沉思良久后,才带着沉重的脚步离开了烈士们。

在我寻找战友英魂的途中,遇到一位 30 岁左右姓杨的商人,他得悉我是去寻找在渡江战役中牺牲的战友坟墓时,表示十分同情,他雇了"的士"主动为我领路,一直将我送到扬中市民政局。这说明,为革命而捐躯的烈士是人人都敬重的啊!

（原载《东南烽火》）

提前离休再作贡献

"十年动乱"期间,"四人帮"及其在各地的爪牙为非作歹,有些不良分子趁机钻空子,利用职权打压不同意见的人,使之受到摧残与伤害。我就受到过无法弥补的伤害与痛苦,白白浪费了 10 年宝贵时间。最后,随着"文化大革命"被彻底否定,才恢复了我的自由与权利。但是我深深感到,我已不可能再在原单位继续为党为人民作贡献。因为曾经伤害过我的人没有达到目的是决不会罢休的。这一点,广大群众也都这样认为。他们同情我,认为我因刚直而吃了大亏,受了伤害,吃了苦头。鉴于这一实际情况,我毅然提出离休的请求,这年我仅 50 岁。但是,我不甘心就此安度晚年。我认为我还未老,我强烈希望能继续为党,为人民贡献力量。

离休不久,正当我国恢复律师制度,杭州市成立了第一家法律顾问处(以后改为律师事务所)。因是初创,缺乏人员。该处负责人知道我从事过司法工作,要我去做律师。我经再三考虑,认为这里是可以继续为人民服务,为国家为党继续贡献我力量的地方,于是我接受了聘请,一去我就干了 20 年律师。我认为在这 20 年中,我真正为人民作了很多贡献,做了很多好事,因此受到许多人的赞扬与感谢,还受到《杭州日报》的表扬,对这 20 年我是感到欣慰的。

这 20 年间,我办理了刑事、民事、经济等各类案件 1000 多件,维护了国家和法律的尊严,维护了当事人的合法权益,伸张了正义,挽回了无数经济损失,纠正了好多冤错案件,受到当事人的称赞和感谢,我深感慰藉。在这些案件中,有的甚至是当事人自己都认为是不会胜诉或者是无法诉讼的。最后不仅进行了诉讼,并且获得了胜诉。仅举以下几例。

第一个案件

1991 年,桐庐县光火冶炼公司与宁波钢铁厂因联营发生纠纷,光火冶炼公司投资宁波钢铁厂 78 万元,款付清后却未签订合同与投资协议,付款后也未写收据。两年后,桐庐县光火冶炼公司去宁波钢铁厂要求清算投资利润,却遭到宁波钢铁厂的否认。无奈,桐庐县光火冶炼公司起诉宁波钢铁厂,就先后去桐庐、杭州多个律师事务所请律师,但因无协议也无收据而没能受理,最后来找我为该厂代理。我询问情况后,该厂拿不出任何证据,按此情况是无法打官司的。我又问桐庐县光火冶炼公司总经理刘光火,此事的情况有谁知道,刘光火说,有好多人知道的。并点名如桐庐县县长、县委书记和经委主任,七里泷电站党委书记、总工程师、建德县县长、副县长;乌溪江区区委书记等等,说了十多个人的名字。我说:"他们知道,他们能不能为你作证?"刘光火说:"我想应该会为我证明的,这是实事求是的事实。"第二天刘光火亲自驾车陪我去找了这些人,向他们了解有否以上这件事。我找了桐庐县县长、县委书记、经委主任、七里泷电站党委书记、总工程师等 8 人,结果这些人都证明确有其事,并向我讲了这件事发生的时间、地点、投资协议的内容等等,我作了详细记录,由这些同志签名,还盖了公章。于是我按此内容写了起诉书,将此诉讼与调查笔录一并送到杭州市中级人民法院。经杭州市中级法院审查后,受理了这件案子。最后经法院开庭审理,我又请求法院对被告宁波钢铁厂的生产经营情况进行审计,最终桐庐县光火冶炼公司胜诉,法院判决被告宁波钢铁厂归还桐庐县光火冶炼公司投资款和利润 120 余万元。胜诉后,刘光火十分满意,高兴地对我说:"陆律师,谢谢你,今后你不要做律师了,我养你一辈子。"我说:"我有共产党养我,用不到你养。"

第二个案件

1985 年,德清县武康供电所一位书记和一位所长凭自己全家劳动收入积累建造了一幢楼房,被当地有关人员怀疑为建房资金系受贿所得,被公诉机关起诉受贿罪而判刑一年六个月。庭审时,我作为两被告辩护人,对起诉所列收受贿赂之事,进行过仔细调查,发现起诉所述的受贿事实不符合法律原则,均是不实之词。起诉所列证据也全凭主观推测,有牵强附会、强加于人之嫌。他们将当时国家对钢材规定的双轨价格(官价与议价,官价便宜议价贵,相差一倍)均算为议价,例如两被告向粮站买的几吨钢材,粮站是官价买来的,他将没有用掉的钢材按原价卖给被告,而起诉单位强要按议价算,将两者的差价定为受贿。还有水泥与砖头,被告与厂方约定价格后待房子建成后再付款,结果在此期间,水泥砖头已涨了价,起诉人却也要按涨价的价格计算,将其中的涨价数定为受贿,就这样,起诉两被告受贿罪。虽经本人举出事实予以驳诉,全力辩护,法院就是不予采纳,最终判了两人有期徒刑。刑满释放后,我继续为两被告申诉,花时三年,案子到了浙江省高级人民法院,该院受理后进行了深入调查,证明本人原来的辩护词全是事实,证据确凿,理由充分,最后作出了平反判决,两被告恢复了工作,没收的房子归还给了他们。

第三个案件

萧山长巷印染厂向宁波染色机厂购买一台染色机,尚欠 36 万元。因萧山长巷印染厂未按时付款,宁波染色机厂向宁波法院起诉,要求被告长巷印染厂立即还款并付给违约金。被告长巷印染厂丁其华厂长请我作代理人,要求原告能让他延期还款,并免除违约金。开庭前,我向被告长巷印染厂详细询问,购买的染色机有哪些证件,并到厂内观看了染色机。该厂厂长丁其华告诉我,只有发货单,没有其他任何证件,我再问有没有给产品许可证,因染色机上有压力容器部件,该产品必须获得国家劳动部颁发的产品许可证,方可被认可合法出厂,否则就是非法产品,但宁波染色机厂生产的染色机未经国家劳动部认可而获得许可证,故是非法产品。庭审时,原告宁波染色机厂要萧山长巷印染厂立即还款,给付违约金。法官表示支持。我作为被告长巷印染厂代理人,提出了以上代理意见,指出原告宁波染色机厂的印染机是非法产品,应予退货并处以罚款,法官听了目瞪口呆。我即将国家劳动部文件出示,使法官立即改变了态度,表示支持我的意见。最终法院判决退货和罚款,原告败诉,被告胜诉。被告长巷印染厂长丁其华十分高兴,连连感谢,此案震动了萧山企业界。

第四个案件

1985 年夏天的一天,有位 30 岁出头的中年男子来找我,要求我为他申诉一件案子。他说他有冤枉,法院定他犯了反革命罪,判刑八年,现在刚刚刑满释放。我要他将判决书给我看,判决书上罗列的犯罪事实是这样的:××年 7 月 1 日,叶致祥伙同七位朋友在清波公园开会,组织反革命组织,命名为青年党,叶致祥任主席,拟于××年 10 月 10 日正式成立,并决定出版反革命杂志"新青年……"叶致祥又向我说了事情的全过程:1977 年,叶于厦门大学毕业,在梅家坞初级中学当老师,这年 7 月 1 日晚上,我们六七个朋友在清波公园玩耍聊天,有人说,今天是共产党的生日,党员、团员都去开会了,我们非党非团人员没有事做。有人就说,我们也组织一个党好了,于是大家七嘴八舌说了一通,说成立个青年党好了,谁当主席呢? 大家说,叶致祥好了,他是大学生,又说我们可以办个杂志……就这样说了一通就散场了。散场后,其中有一人即去派出所报案,连夜将我抓去。最后法院定我为反革命,判处八年徒刑。

我看过判决书,听了他的陈述,感觉他做反革命实在太容易了。他有哪一点够得上呢? 根本不符合反革命的要件。反革命组织必须要有反革命的纲领、目的、行动等等,他们仅仅谈了一场空天,就被定反革命罪,判徒刑,显然是错误的。于是,我为他写了申诉书,送给原审法院,仅仅一个多月,法院就给他彻底平反,恢复其名誉和工作。为此,叶致祥对我十分感谢,我也为他高兴。

以上 4 件案例充分证明了律师的重要性,是律师为他们弄清了事实,维护了合法权益,不然几位当事人就要在政治上遭受终生损害,在经济上受到损失,有的还要受冤枉、坐冤狱。

在此期间,我还义务为社区群众进行法律咨询,书写法律文书,如写遗嘱、诉讼、家庭财产协议等等。还义务为贫困老太因其儿子不赡养自己而进行诉讼,并获胜诉,解决了老太的赡养问题。我还为运输专业户因为他人运输而讨不回运输费,反被债务人殴打致伤而帮其诉讼,讨回了欠款等。种种案例不胜枚举,由此获得人们的赞扬与感谢,在事务所内连年评为先进,受到表彰,还在《杭州日报》上刊登了表扬报道。

我在做律师期间,始终坚持以事实为依据,以法律为准绳,对每件案子认真做好调查工作,弄清案情,掌握证据,依法辩护,据理力争,争取胜诉。因此,在我 20 年律师工作中,获得当事人的好评、信任、满意与感谢。同时,我坚决反对某些律师在当事人面前吹牛说大话,甚至表示保证打赢官司的行为。我总是按照实情向当事人说清案子能否胜诉的理由,即使有充分理由取得胜诉,也不好打包票,因为胜诉与败诉的权力在法院,不在律师。如果没有道理,也必须明确告诉当事人。不要欺骗当事人,也不要让当事人存在幻想。总之,律师一定要实事求是,既要维护当事人的合法权益,更要维护国家法律的尊严。

我提早 10 年离休,在政治上、经济上是受到损失的,但我决不后悔。提早离休,我是逃出了笼子,换来自由与舒畅,能更好地为党为人民贡献力量。我认为,我做 20 年律师为党为人民作出的贡献,绝不亚于在原工作岗位上作出的贡献。有人认为,我当律师赚了更多钱,这完全是莫大的误会。要说我赚到什么,我告诉你,我是赚了许多表扬、感谢我的锦旗,这样我是值得的。

回忆一生，我认为我这一生没有白活。虽然我受过许多苦难甚至迫害，有人企图置我于死地，可惜他终究没有达到目的，只能让他终生遗憾了。我知道我有缺点，一定要改。

我为新中国的成立贡献了一份力量，我是可以慰藉、也可以自豪的。我无愧于党，无愧于人民。更令人欣慰的是，直到今天我还活着，不但看到新中国的成立，还看到中华民族的复兴、强大，人民开始扬眉吐气过幸福生活，我相信新中国一定会更加富强，人民会更加幸福。

我是怎样开展宣讲工作的

年逾古稀血如潮，有闲不休找辛劳。

不为名利为什么？为保江山固又牢。

不辞艰辛写讲稿，不畏寒暑作宣教。

十年一日为什么？誓让神州更妖娆。

浙江省新四军历史研究会宣讲团成立已经10周年了。从宣讲团成立起我就参加了。10年来，在浙江省新四军历史研究会领导下，我与宣讲团同志们一起进行了宣讲工作。在开展宣讲工作中，省会浙西分会宣讲团在组织宣讲任务时，根据各人的不同情况进行了分工。因我身体相对较好，对桐庐县情况较熟悉，因此就分工担任桐庐这一地区的宣讲工作。

宣讲工作开始时，我对宣讲工作如何开展心中无底。尤其是当今社会上存在不少不利于宣讲工作的情况与障碍，不少人对我们去宣讲表示没有信心；有些人认为我们去宣讲革命传统是"背时"，没有人要听；又有人说："今天是市场经济，以钱为纲，讲革命传统已不适合时代精神。"针对这些情况，当时我与其他同志一样，没有因此而退却，放弃宣讲。相反，我认为，越是这样，越有必要去宣讲。我们要更坚决、更理直气壮地去讲。我认为，一定要让青少年知道旧中国是怎样受帝国主义的侵略、压迫和欺侮的，旧中国人民过的是牛马不如的悲惨生活；告诉青少年新中国是怎样诞生的,人民今天的幸福生活是怎样取得的,让青少年知道新旧中国的历史。于是,我们坚决开展了宣讲工作。

宣讲什么呢?按照新四军历史研究会《章程》的宗旨,要结合形势任务和各个纪念活动开展爱国主义和革命传统教育,同时要针对听讲对象——青少年、学生中存在对我国近代史缺乏了解,存在拜金主义、怕苦畏难、享乐主义思想等情况,有的放矢地进行宣讲。10年来,我先后在桐庐县中学、桐庐镇中学、横村中学、桐君中学、钟山中学、窄溪中学、桐庐邮电局、杭州武警部队下城中队、临安市临目中心学校、富春江中心学校、严陵中学、严陵小学等20余个单位,宣讲了庆祝中国共产党成立70周年、抗日战争与世界反法西斯战争胜利50周年、庆祝国庆50周年、纪念渡江战役及浙江解放50周年、庆祝香港回归、声讨日本右翼分子反华罪行,以及革命传统等报告会及法律知识讲座,计50余场,听众3万余人次。通过宣讲,使大家了解了我国100多年来受帝国主义侵略与奴役的屈辱史和封建主义、官僚资本主义对人民的压迫与剥削,以及党领导的中国革命史,激发了听众对帝国主义、封建主义、官僚资本主义的痛恨,认识了新中国的成立和人民的幸福生活是千百万革命志士流血牺牲换来的,是来之不易的。有了中国共产党的领导,我国才有今天的繁荣富强,从而帮助大家逐步树立起共产主义世界观、人生观、价值观,确立革命的理想与信念,激发大家的革命热情、奉献精神与创新精神,提高了青少年的思想道德品质。大家表示,要继承革命先烈的遗志与革命精神,保卫革命的胜利果实,把祖国建设得更加美好。

我是怎样开展宣讲工作的呢?回顾10年来宣讲工作的历程,对今后进一步搞好宣讲工作是不无益处的。以下是我开展宣讲工作的几点体会。

第一,应通过有关部门,如县关工会、党史办等与学校及单位取得联系,落实宣讲任务。如 1991 年庆祝中国共产党成立 70 周年、1995 年纪念抗日战争和世界反法西斯战争胜利 50 周年时,为了开展宣讲活动,我从省会浙西分会开了介绍信来到桐庐县关工会与党史办,通过他们取得了与该县桐庐中学、横村中学、桐庐邮电局等单位的联系,挂上了钩后才跨进了这些单位进行宣讲,并且担任了这些学校的校外辅导员。

第二,要有毛遂自荐的精神,主动上门自我推荐。1997 年香港回归时,我主动到杭州武警部队下城中队等单位自我推荐。当他们知道我是省新四军历史研究会宣讲团成员时,马上受到了他们的热烈欢迎,于是我在这里开展了宣讲。桐庐县的旧县中学、桐君中学、莪山中学、歌舞中学,均是我上门自我推荐,尔后受到了他们的欢迎,并建立了关系。

由于我在桐庐县内讲的时间长、单位多,对周围地方有了影响,因此,还受到其他地方学校如窄溪中学、临安市临目中心学校的邀请。在那里,我讲了革命传统,讲了抗日战争、解放战争的故事,均受到师生们的好评与欢迎。

第三,不怕艰苦困难,不摆架子,以一名新四军老战士的身份上门服务,进行宣讲。在我去宣讲的单位中,有的单位地处山区,路程较远,又无交通工具,只能靠步行前往。如我去桐庐县芦茨中学宣讲时,因为没有交通工具,我是从富春江镇顶着烈日,满身是汗,步行 10 多里到该学校宣讲的。讲完后,又步行返回。由于路程远,又是崎岖山道,我穿的一双皮鞋断裂成了两段。学校领导知道后,表示十分感谢。我尽了一份责任,心里是愉快的。再

148

如我去临安临目中心学校宣讲时，那天正遇大雨倾盆。我冒着大雨，一路问讯辗转乘车，找到了离城 40 多里地处深山的临目中心学校。这时我的衣服已经湿透了，但是我的目的达到了，我心里很甜美。

第四，宣讲前，一定要取得所在单位领导的共识与支持，这是开展宣讲工作的基础。在我进行宣讲前，首先向该单位领导商议和阐释宣讲的内容与目的，征求他们对宣讲的要求，请他们介绍学生的思想动态及存在的问题，应如何联系这些情况进行宣讲等。在取得共识的基础上，学校领导必然给予支持。在宣讲时，一方面根据我准备的内容，同时联系学生中存在的问题与思想动态进行宣讲，从而达到使学生理解与接受宣讲的内容，并解决学生中存在的学习中怕苦畏难、不讲团结等思想和行为问题，效果颇好。

第五，以个人亲身经历讲革命传统，讲战斗故事，讲英雄人物。这样就能讲得真切，讲得生动，使听者感动。我在宣讲革命传统和新四军打击日伪军的各个战役时，我就以某个战役为例，说明我军指战员的英勇善战。如讲到抗日战争的兴化战役时，我就讲我军如何使用木船冲过又深又宽的护城河。在如皋战役中，我们如何用敌人从城墙上投下的手榴弹回打过去炸死敌人，然后架设云梯，翻过城墙。再如在孟良崮战役中，我军如何冒着敌人飞机轰炸，冒着敌人的弹雨冲上山头。在鲁南突围中，我们每天冒雨并在敌人飞机轰炸扫射下行军 120 多里，连续几个月在雨水泥泞中行军，这年冬季部队穿着单军衣过冬等事例，使学生深受感动。由于讲得真切，学生们也听得认真。有一次在桐庐窄溪中学宣讲，当时学生坐在操场上听讲，突然老天下起了密密细雨。

芳草集

我问学生，要不要停止或到室内去，大家一致高呼："不要，我们坚持听到底。"讲完散场时，学生们叫我陆爷爷的声音不绝于耳。

（原载《东南烽火》）

四、心灵火花

——诗词选辑

（一）战斗记述

告别故乡[①]

我爱我的故乡，
我的故乡是富饶的天堂。
黄金遍地鱼米之乡，
锦绣如画四季芬芳！
可爱的故乡，
从扶桑窜来了恶狼；
它肆意玷污我美丽的土地，
它大肆吞噬我父老弟兄，
仇恨搅动着我的心房，
愤怒激励我奔向抗战的前方。
于是我向故乡告别，
去投奔救星共产党。
再见了故乡，
麦苗频频点头请莫再远送，

---

① 作者（原名陆培祥），无锡人，原在苏南锡北武工队，活动于澄锡虞地区，后由组织派往苏北，因此告别了故乡。

芳草集

春风浩荡请为我放声歌唱，
欢送的乡亲深怀期望欢欣满腔。
再见了故乡，
我决心去前方报答你们对我的抚养，
我决心以血肉去保卫我可爱的故乡，
纵使粉身碎骨我也感到舒畅。

草于一九四五年三月

于长江边夏港

去苏北

长江浪静少船航，
日寇封锁似虎狼；
任重道远去苏北，
黑夜沉沉觅亮光。
戒备森严有何用，
计上心头定成功；
卸了戎装扮商贾，
一路平安至苏中。
(1945 年 3 月于
泰兴黄家寺)

大关刀①

入夜投宿村长家，
家藏关王刀一把；
重量竟达三百斤，
说是明朝举人耍。
此刀当年威风赫，
如今藏于暗墙脚；
一朝干戈一朝人，
万众推山山定垮。
(1945 年 3 月于扬州
十里长庄)

咏淮水

淮水滚滚发雷霆，
抗日健儿登征程，
军民团结无不胜，
日寇末日在今明。

(1945 年 4 月草岳城)

---

① 是夜，我们投宿在村长家。他家藏有一把大关刀，据说是明朝武举人所用。

155

反封锁①

鬼子心藏蛇蝎虫，
横行不法无尽穷；
清乡扫荡告失败，
图用封锁迫我降。
鬼子依仗人枪众，
自诩作成大铁桶；
村村搜查步步迫，
妄图断我吃穿用。
抗日军民志气昂，
铁壁封锁有何用；
开荒生产保自给，
击破敌计迎反攻。

(1945年5月于苏北宝应县固津)

---

① 抗日战争时期，日寇对我抗日根据地实行经济封锁，妄图逼迫我军投降，我根据地军民开展大生产运动，以粉碎敌人的封锁。

大生产①

芦苇萧瑟弹琴弦，
湖水高歌冲云天；
抗日健儿开荒忙，
誓叫荒滩变良田。
官兵一致劲无限，
挥锄舞锨滚尘烟；
夏日播下粮和棉，
秋来金银齐青天。
丰收带来胜利年，
粉碎封锁又向前；
鬼子美梦成泡影，
抗日军民尽开颜。

（1945 年 5 月于苏北宝应县固津）

---

① 为了粉碎日寇的经济封锁，我军发起大生产运动。

157

坚决逐强梁①

鬼子狠心肠，　　　　坚持游击战，
强占我家乡；　　　　坚决逐强梁；
蹂躏我同胞，　　　　粉碎大扫荡，
所到搞"三光"。　　　妙计反清乡。
妄图灭我种，　　　　敌越战越弱，
残暴丧天良；　　　　我越战越强；
华夏好儿女，　　　　雄师一旦醒，
决心拿起枪。　　　　豺狼命丧亡。

（1944年11月于长江边夏港）

---

① 1944年10月，作者拟从江阴渡江北上到抗日根据地，当时因日寇严密封锁，无法渡江而折回苏南。为此，十分痛恨日寇，写下此诗。

158

军 营①

湖水如明镜，
芦花蒙白云；
抗日健儿们，
云中扎军营。

（1945 年 6 月于宝应
固津）

解放兴化②

兴化城中日伪敌，
如今已成瓮中鳖；
天罗地网我撒下，
纵有双翼难逃逸。
敌人依仗工事密，
耀武扬威了不得；
我军攻击仅两天，
金城汤池成破壁。
千百小舟如飞箭，
越过河港登城堞；
正当大雨倾盆时，
五千人马成礼物。

（1945 年 8 月于兴化城中金
家花园）

---

① 当时我军活动于苏北高邮、宝应等地水网地带的芦苇丛中。

② 1945 年 8 月 15 日，日寇宣布无条件投降，而兴化城中的日伪军拒绝向我新四军
投降，我军即围攻解放了兴化城。

全歼如皋日伪军

如皋日伪临末日，　　　　东方红亮升旭日，
天网恢恢难逃逸；　　　　我军发起总攻击；
纵使身上插翅膀，　　　　冒着风雨越汤池，
也难挽救其覆没。　　　　顶着弹雨翻城堞。
敌临死亡似狗急，　　　　敌人凭借制高点，
野蛮残忍至于极；　　　　猛掷榴弹不停歇；
放火焚毁民居房，　　　　我军沉着又机智，
奸淫妇女又抢劫。　　　　抢起榴弹就回击。
城高池深风雨急，　　　　敌人如当运输员，
敌人顽抗枪弹密；　　　　自掷榴弹自消灭；
万重困难何所惧，　　　　雨下鏖战仅半日，
我军意志胜钢铁。　　　　我军翻墙把城入。
面对顽敌义愤膺，　　　　敌人犹如网中鱼，
官兵一致表誓言；　　　　一网打尽成猎物；
摩拳擦掌苦练兵，　　　　捷报飞来乐煞人，
誓将顽敌尽歼灭。　　　　欢声震动江南北。

（1945 年 9 月底于如皋城中）

160

北　撤①

日寇投降，　　　寒气砭骨；　　　我军战士，　　　犹如潮汐。
蒋贼心黑；　　　千军万马，　　　勇猛还击。　　　人马喘息，
胜利果实，　　　兼程北撤。　　　打得日寇，　　　汗如雨湿；
妄图独得。　　　今夜行军，　　　敛声无息。　　　仅仅两时，
调兵遣将，　　　情况紧急；　　　为过陇海，　　　全到路北。②
图将我食；　　　要过陇海，　　　一路四列。　　　敌放枪炮，
中央电急，　　　左右是敌。　　　全副武装，　　　似同送客；
令我北撤。　　　障碍重重，　　　绑紧扎结；　　　封锁已破，
为了团结，　　　碉堡林立；　　　不准出声，　　　我军告捷。
赴鲁集结；　　　探照灯光，　　　行动迅捷。　　　战略转移，
天幕似漆，　　　照射不歇。　　　跑步前进，　　　大功已毕，
万籁俱寂。　　　日寇封锁，　　　时速二十；　　　革命胜利，
朔风呼啸，　　　炮紧弹密；　　　行进速度，　　　屈指可得。

（1945 年 10 月于山东码头镇）

---

① 根据国共两党重庆和平谈判的协议，我南方 8 个解放区的新四军向北方撤退。
② 是夜我军冲破日寇的封锁，到达了陇海铁路以北。

追歼拒降日寇^①

日本投降倒威风，
奉命投蒋不投共；
我部奉命追日寇，
顶风冒雪到鲁中。
日寇武器不甘放，
我部围敌于华丰^②；
晓示政策令缴械，
五千日寇卸武装。

（1945 年 10 月于山东华丰）

---

① 1945 年 8 月 15 日寇宣布无条件投降后，苏北有一支日寇拒绝向我新四军投降，而要向国民党投降，因此我部日夜兼程追击日寇，一直追到山东华丰，迫使日寇向我缴械。
② 华丰系当时日军据点，又是一个大煤矿。

泰山颂①

巍巍泰山耸立在世界东方，
你的威声早已遐迩传颂。
不提你身下有无数宝藏，
不提你具有无数名胜奇峰。
你是我们民族的光荣象征，
你是世界闻名的赫赫英雄。
唯有蠢驴才有眼不识泰山，
妄图蔑视你的崇高威望。
这一蠢驴就是东瀛的恶帮，
它的手段无所不用，
它既要偷窃又做强盗，
无恶不作达到造极登峰。
不自量力妄想把你的身躯摇动，
它无比残暴妄想把你的民族绝种。
妄人终于在你身上碰得头破血流，
妄人终于以卵击石自取灭亡。
啊！英雄的泰山，
你永远英姿勃勃耸立在世界的东方，

---

① 素有"有眼不识泰山"之说，一九四五年十一月，我们来到泰山之麓，但见巍巍泰山，雄伟无比，有所感慨，即兴成诗。

你那魁伟的气魄永远显示着英雄的威风。

啊！伟大的泰山，

你的英名永远铭刻在人们心中，

你的伟大永远受到世界人民的景崇。

（一九四五年十一月初草于山东省太汶口）

革命的妈妈[①]

在一个风雪交加的深夜，

担架队把我抬进了沂蒙山中的一间茅舍。

主人是一位老态龙钟的大娘，

她待我如对亲生的娃娃。

她让出了宽大的床铺，

还给我垫上一层厚厚的秫稭。

她为我点起了熊熊的火盆，

使我感到如回到温暖的老家。

剧烈的伤痛使我无法入睡，

大娘一再鼓励安慰使我将伤痛忘却。

她为我烧了一盆开水，

给我热敷整整一夜。

伤痛夺去了我的自由，

妈妈周全的照料使我生活自若。

我要解手妈妈给我拿来尿盆，

我口渴妈妈给我煮来浓茶。

我还未饥妈妈给我端来米糕，

---

① 1945 年年底，我部奉命北撤，途中我不幸负伤，领导将我交给一户农家养伤数日，由这位老妈妈照料我。

衣服脏了妈妈给我换下。
我不能动弹妈妈帮我移动，
我要离别妈妈给我火热的地瓜。
妈妈啊！叫我如何答谢您？
妈妈啊！你不愧是个革命妈妈！
为了实现你的殷切希望，
我一定不惜付出任何代价。

(1945 年 12 月于山东费县赤柴)

坚决执行停战令①

围攻兖州日伪军②，
功亏一篑未全胜。
国共停战命令到，
我军忍痛撤下阵。
执行命令心不忍，
民心向背最要紧，
正义掌握在我手，
革命战争无不胜。

---

① 一九四五年日寇投降后，国民党蒋介石即邀请毛主席去重庆进行和平谈判，一九四六年一月十三日国共双方发布了停战令。

② 伪军系吴化文部队，吴化文当时系伪军师长，一九四八年九月我军围攻济南时，吴化文率部举行起义。

悼四·八遇难烈士^①

噩耗震天泣人寰，
"四君"遇难黑茶山。
重庆和谈方结束，
事成未能回延安。
叶、王、秦、邓党骨干，
损失巨大怎偿还，
鞠躬尽瘁谁不敬，
遗志当由后人担。

---

① 叶挺、王若飞、秦邦显（博古）、邓发。于1946年乘国民党飞机返回延安途中，飞机失事于黑茶山，"四君"壮烈牺牲。

沂蒙咏

沂蒙山水沐阳光，
山山水水歌声朗；
歌唱日寇已投降，
歌唱大地暖春风。
沂蒙山水沐阳光，
遍地歌舞庆解放；
蒋匪窜来毁和平，
自卫作战保春光。

（1946 年 4 月于山东沂蒙
山水口）

胜利在宿北[①]

隆冬漭沱军情急，
昼夜急驰到宿北；
破冰涉水猛包围，
晓前穿插割顽敌。
鏖战三日枪声息，
蒋军被歼二万七；
李步新当阶下囚，
戴子奇剩几根骨。[②]

（1946 年 12 月 20 日于宿迁
县北）

---

① 1946 年 12 月 18 日，我军在宿北地区歼灭国民党军 2.7 万余人。
② 戴子奇系蒋军第六十九师师长，李步新系该师旅长。

169

激战迎春节①

大雪纷飞送除夕，
连续作战不停息，
宿北刚唱凯旋歌，
鲁南又见干戈密。
玉龙起舞迎春节，
节日到时争战烈，
家家乡亲备猪酒，
枪炮声中劳军热。

（一九四七年元月草于山东兰陵）

---

① 一九四七年春节前，宿北战役方才胜利结束，接着就打鲁南来犯之敌，当时群众正忙于过春节，我军投入紧张的战斗。

鲁南大捷①

蒋军仗势犯鲁南，
出动"快纵"逞凶悍；
耀武扬威气焰高，
刚到峄县陷深潭。
我从宿北班师转，
乘胜回击拼恶战；
冒寒踏雪昼夜赶，
东西百里天网撒。
天网撒下刚敲板，
蒋家军如鸟兽散；
坦克活捉一大串，
五万人马全完蛋。

（1947 年 1 月 22 日于山东峄县东矿塌）

---

① 此战役我军歼敌 5.2 万余人，活捉第二十六师师长马励武、第五十一师师长周毓英，副师长韩世儒等人。

芳草集

曲　阜　　　赞沂蒙山[①]

曲阜孔庙孔林，
古迹古碑古琴，
苍松翠柏深处，
纵横论史谈兵。

（1947 年 2 月于曲阜郊外）

入夜投宿沂蒙山，
乡亲待我亲人般，
帮我做饭又让铺，
情同手足亲无间，
我军转战沂蒙山，
群众给我送温暖，
送来茶水和水果，
吃了行军劲无限。
胜仗打在沂蒙山，
锣鼓歌声冲霄汉，
群众慰劳子弟兵，
军民同把胜利赞。

（一九四七年二月草于山东淄川大徐家庄）

---

①　沂蒙山系我军在山东的革命老根据地。

172

夕　岚①

夕岚，
不停地变幻；
一会如蛟龙，
转瞬成大雁。
蛟龙送我去征战，
大雁向北出潼关；
我军奔驰去歼敌，
大雁请将捷报捎延安。

（1947年2月于蒙阴）

祝捷莱芜战役②

祝捷莱芜喜若狂，
歼敌六万威风扬；
无数勇士立功劳，
庆功会上受犒赏。
战士越战越英勇，
信心百倍打老蒋；
今天告捷在胶济，③
明天一步跨长江。

（1947年2月于淄博大徐家
庄）

---

① 行军途中见山岚变幻，使作者动情，作此小诗。
② 莱芜系鲁中的一个县城。
③ 胶济系胶州湾的青岛到济南的胶济铁路。

173

老大爷老大娘[①]

老大爷、老大娘，

仇恨怒火燃万丈，

人老志坚支前线，

一心谋求得解放。

日夜奔忙劳累忘，

决心支前打老蒋，

推着小车送弹药，

赶着毛驴运军粮。

忍饥耐寒支前线，

翻山涉水如飞龙，

敌机轰炸何所惧，

地主还乡是梦想。

昼夜飞奔步不停，

粮弹按时送前方，

老大爷、老大娘，

伟大精神感天公，

天若有情定助人，

蒋家王朝丧钟响。

（一九四七年二月草于莱芜前线）

---

① 革命根据地的老大爷老大娘为了翻身求解放，他们像青壮年一样，积极投入解放战争。

莱芜大捷

腊月的夜阑，
朔风报严寒；
连天下大雪，
地冻行路滑。
我们的队伍，
身上尚衣单；
昼夜急行军，
去攻何关山？
腊月的夜阑，
风雪迫人颤；
崎岖盘肠路，
坡陡山难攀。
人民好战士，
肩负千斤担；
兵器肩上扛，
涉水又翻山。
支前的群众，
何止千千万；

扛着粮和弹，
支援我作战。
军民一条心，
不怕敌狡顽；
蒋匪派重兵，
南北来侵犯。
敌既送上门，
有来绝无还；
腊月天严寒，
血在胸中翻。
流水已静止，
结成玻璃板；
英勇的人马，
破冰到彼岸。
激战三小时，
攻下青石湾；
箍住莱芜城，
敌逃已没法。

腊月天严寒，
刀枪寒光闪；
我军齐攻击，
炮震山岳撼。
勇士如猛虎，
敌如耗子窜；
夕阳刚西下，
歼敌已六万。
敌人图夹击，
困我沂蒙山；
算盘太如意，
瞬息成梦幻。
逞凶不几天，
一下全完蛋；
王李仰天哭，①
此时悔已晚。

(1947 年 2 月 24 日)

---

① 王系王耀武,李系李仙洲,系国民党山东省绥靖区司令、副司令。

沂水谣[①]

沂水清清沙中流，
流水淙淙唱颂歌；
歌颂沂蒙山水好，
好山好水英雄多。
多少英雄热血流，
流血牺牲唱凯歌；
歌声嘹亮多美好，
好山好水歌更多。

（1947年5月于沂水县）

支前队

无数辎重车如一条巨龙，
行进在田野蜿蜒叮当。
老乡们手执鱼竿似的鞭子，
不断在半空中挥动。
嘴里不停地吆喝咿啊……
辎重车飞快地滚动。
巨龙在夜雾中消失，
奔向胜利的前方。

（1947年2月于平阴县地方
村）

----

① 沂水于山东沂蒙山中，蜿蜒流入江苏省沂河。

夜宿坦埠①

夜宿坦埠镇，
镇内无人影，
坚壁又清野，
粮锅无处寻。
军机重泰山，
人人不点灯，
兼程百余里，
大家饥难忍。
为了得果腹，
各方找食品，
夜幕黑沉沉，
村寨寂无声。
伙房最积极，
到处把粮寻。

桐油当豆油，
地瓜当蔓茎。
天黑难辨别，
鼻子当眼睛。
桐油炒地瓜，
差些当菜吞。
夜静更已深，
个个极劳顿，
就寝不择地，
檐下席地眠，
睡下不多时，
天色已黎明，
命令又出发，
继续再前进。

（一九四七年三月草于山东铜石）

---

① 坦埠系沂蒙山中的一个大镇。

177

王李集团覆灭记^①

陇海蒋军刚完蛋，
胶济又来近十万，
送货上门当欢迎，
我定领情不退还。
王、李集团图南犯，
色厉内荏步艰难，
行至莱芜被我围。
一举聚歼凤凰山。

（一九四七年草于莱芜凤凰山　小王庄）

---

① 王李集团在莱芜战役中全部被我歼灭，王耀武、李仙洲系国民党山东省绥靖司令、副司令。

怒斥蒋贼

专制独裁数蒋贼，
欺压人民又卖国，
抗战不打日本鬼，
反共内战最积极。
攘内媚外为宗旨，
引狼入室害祖国，
卖国求荣称好汉，
祖国土地任宰割。

天上飞着美国机，
海上行着美国舰。
市场充斥美国货，
宝藏任人来开掘，
民族工业日衰竭，
市场萧条民窘迫，
美军横行胜草寇，
蒋贼不敢把罪得，
天上地下全出卖，
祖国主权全丧失。

专制独裁数蒋贼，
横行霸道天无日，
横惩暴殄迫人民，
民不聊生命难活，
奸淫掳掠处处是，
十室九空难度日，
圹垠荒废不打粮，
农民家家无粮食，
神州处处闹饥馑，
饿殍遍地鬼哭泣，
蒋贼罪恶不胜数，
众叛亲离众矢的。
人民公敌蒋介石，
倒行逆施已碰壁，
革命烈火熊熊燃，
蒋贼覆没在今日。

（草于一九四七年五月）

179

风雪之夜[①]

劳累的太阳已经归向西方，
夜雾催促着田间的农民停止劳动，
一支英勇的队伍，
领受了任务去擒拿可恶的害人虫，
今夜行军奔向何方？
只听首长命令要坚决轻装。
今夜行程究有多少？
只说要翻过一个奇特的高峰。
夕阳西下我们离开了才宿一夜的村庄，
矫健的队伍前去迎接翌日的曙光，
风雪凛冽逼得我们不禁打战，
沸腾的热血却在我们胸中激荡。
顷刻间前边跑来了两个奇特的巍峨高峰，
山间的小径宛如一条绸带挂在空中，
重峦叠嶂的山岳望不到边际，
陡峭的山壁宛如块块屏风。
此时我们踏上了满是积雪的山径，
浩荡的队伍犹如一条出水的蛟龙，

---

① 为了寻找战机，是夜，我部翻过了沂蒙山的一个高峰。

坚硬的积雪滑得大家跌跌跄跄，

越向上爬呼吸恨不得要用气筒。

炮兵早已卸下马背上的大炮，

炮身炮轮骑上了炮兵的肩膀，

骡马空身也难爬上山峰，

炮兵们当了临时轿工。

雪花为我们披上了洁白的素装，

风儿有意与我们捉弄，

风雪逼着沂水停止了呼吸，

我们的汗水冲刷了身上的素装。

东方现出了一丝白光，

我们方才见到了"闫王"的顶峰，①

队伍里传出了低吟的歌声，

张张脸上露出了愉快的笑容，

歌声里荡漾着胜利的信心，

笑声里酝酿着敌人的死亡。

（一九四七年一月草于沂蒙山中）

---

① 闫王，系沂蒙山顶峰叫闫王鼻子。

深山夜迷路①

黑夜孤身过深山，
迷途问讯无人烟；
荒冢倚碑待天明，
黎明登程把路赶。
急务压心翻崇山，
山陡赤足步履艰；
六十公里一天达，
攀过顶峰旌旗展。

（1947 年 5 月于蒙阴大官庄）

---

① 是夜强行军，不少战士掉队，作者负责收容，结果自己也迷路掉队了。

苦战孟良崮①

地瓜干珍珠米，
野菜野果来充饥，
无锅灶无鏊釜，
钢盔瓦盆作炊器。
没有房没有床，
青天遮盖躺席地，
没有垫没有盖，
青草地毯金丝被。
没有吃来没休憩，
四天四夜眼没闭，
忍饥耐寒作苦战，
一声捷报梦中喜。

（一九四七年五月十七日草于大崮山麓大曹家圈）

---

① 一九四七年夏季，国民党发动数十万大军重点进攻我山东，其七十四师王牌军被我围困于孟良崮，激战四天四夜，我军全歼七十四师王牌军，击毙七十四师师长张灵甫。

孟良崮上红旗飘^①

蒋军越战越伤心，
宿北鲁南覆大军；
南北夹击未得逞，
再战莱芜失精兵。
七万人马齐送掉，
绥靖司令作礼品；
蒋匪折将又损兵，
恼羞成怒动大军。
集中精锐于鲁南，
重点进攻山东省；
长驱直入碰钉子，
改变战术齐头进。
蒋贼鼓吹决死战，
妄图将我一口吞；
对敌凶焰无法忍，
战士胸间血翻滚。
陈粟司令下决心，^②

誓死挖掉蒋贼心；
此战胜负关大局，
蒋匪命运看当今。
五十余万蒋匪军，
摩肩接踵成块形；
东西拉长百余里，
如同蚂蚁在爬行。
御林王牌打头阵，
杂牌部队两边跟；
小心翼翼如踏冰，
活像小偷慌又惊。
我军屡战屡得胜，
斗志昂扬士气盛；
敌来越多越欢迎，
尽数收下不留情。
陈粟司令实英明，
胸中自有百万兵；

---

① 1947年5月，国民党派兵数十万重点进攻山东，其王牌军第七十四师被我围困于孟良崮。经激战四昼夜，全歼敌全师，师长张灵甫被击毙。
② 陈系陈毅司令员，粟系粟裕副司令。

放出长线钓大鱼，
牵敌鼻子捉精灵。
眼看入袋快扎紧，
陈粟将军下命令；
星夜火速撒神兵，
天罗地网擒敌人。
吃肉要挑腿肌精，
打蛇须打七寸颈；
核桃要拣重又硬，
拆篱先拔联结钉。
作战目标要找准，
要打就打王牌军；
我军锋利似钢刃，
支支利剑插敌心。
前后左右都分割，
团团围困御林军；
御林军被我围困，
利刀隔断杂牌军。
七十四师忒骄狂，
自诩天下无敌手；
今日陷入我重围，
犹如豺狼落陷阱。
打蒋军最有保证，
打王牌更加高兴；
官兵一致团结紧，

我军个个如猎人。
各级干部带头冲，
共产党员当尖兵；
发起冲锋攻崮巅，
顽敌成了野马群。
我军枪炮齐欢呼，
好比快刀砍竹笋；
四天四夜鏖战激，
蒋匪溃败不成军。
大崮山巅作负隅，
妄图顽抗待援兵；
我军铁锤狠又猛，
重重敲击王牌军。
蒋匪居高作顽抗，
我作人梯猛攀登；
干牌难挡我军猛，
成群成群被生擒。
我军炮火猛又准，
孟良崮上闹地震；
天罗地网渐收紧，
务歼残敌获全胜。
落水疯狗最凶狠，
蒋匪临死如狂人；
妄想逃出我罗网，
出动群机来拼命。

芳草集

恶鸟空中乱哭叫，
步兵伺机图逃遁；
恶鸟颉颃乱轰炸，
投弹如雨白费劲。
晴空骤然聚乌云，
狂风暴雨天黑沉；
恶鸟成了黑乌鸦，
急急报丧回石城。
正当此时我总攻，
感谢天公有感情；
总攻号子才响起，
孟良崮上浓烟滚。
浴血奋战震大地，
杀声震天慑敌人；

我军炮火如雷鸣，
个个战士如雄鹰。
弹雨倾盆泻敌阵，
恶狼暴虎成羊群；
我军个个争当先，
冲上崮巅捕野禽。
敌我激战半日整，
王牌主力成灰烬；
御林军失了灵魂，
总统洒泪在南京。
孟良崮上飘红旗，
沂蒙人民笑盈盈，
战友会师在崮巅，
伟大胜利属人民。

（1947年5月18日于山东蒙阳县大曹家圈）

围歼费县蒋军

蒋军窜犯费县城，
"三光"政策学日军；
暴行激怒我军民，
复仇情绪火山喷。
我部奉命攻费县，
行至费水遇困窘；
费水暴涨成海潮，
阻拦我军追敌人。
洪水怎能挡我军，
奋勇泅水围费城；

费县蒋军倚城壕，
顽抗拼杀图逃遁。
我军铁拳胜雷霆，
砸得蒋军难藏身；
我军弹药知多少，
粮草已尽吞画饼。
忍饥冲杀整二日，
全歼蒋军一万零；
蒋秃送礼够人情，
鲁南人民表谢忱。

（于 1947 年 6 月）

雨　夜^①

夜幕如黑锅，　　　　　闪电当照明，
雷雨势滂沱，　　　　　一步一停留；
道路如油滑，　　　　　人人似咸蛋，
人马路难走。　　　　　个个如泥做，
苍穹挂黑幕，　　　　　内外是汗雨，
睁眼不见路，　　　　　不知是谁多，
狂风似拳击，　　　　　一步滑几下，
暴雨如鞭抽，　　　　　三步九叩首，
人如落汤鸡，　　　　　行军一整夜，
衣衫全湿透，　　　　　仅走廿里路。
泥泞把鞋脱，　　　　　走尽阎王路，
双脚陷深沟，　　　　　难关已冲过，
行路如学步，　　　　　敌计已落空，
全军扭秧歌。　　　　　我军唱凯歌，
前后相碰撞，　　　　　出击去外线，
跌跤啃呢土。　　　　　直捣蒋匪窝。

（一九四七年五月于山东济宁羊留店）

---

① 我军为向中原外线出击，争取时间，故冒着连日大雨，日夜兼程。

188

破击陇海道①

出击命令到，　　　　　蒋匪嗷嗷叫，
枪炮准备好，　　　　　我军齐欢笑。
但听前进号，　　　　　敌无火车坐，
马上动腿跑。　　　　　只好双腿跑，
行程一百二，　　　　　我军飞毛腿，
一夜到定陶。　　　　　敌人把队掉。
涉过古黄河，　　　　　敌图拦刘、邓，②
直指陇海道。　　　　　只能是远眺，
夜半天昏黑，　　　　　我军打掩护，
炸药来开道。　　　　　敌遭大损耗，
一声嗵哨声，　　　　　蒋军机动难，
地动天也摇。　　　　　优势丧失掉，
火光破黑夜，　　　　　蒋军的企图，
宁静变热闹，　　　　　就此成皂泡。
东西百余里，　　　　　刘邓大踏步，
铁路齐报销。　　　　　直捣蒋匪巢。

（一九四七年八月九日草于陇海路大张庄）

---

① 当时国民党利用铁路交通拦截我军，我军即将陇海铁路炸毁，用步行比速度。
② 刘、邓系中原野战军司令刘伯承，政治委员邓小平，刘邓指刘、邓大军。

行军黄泛区①

极目汪洋无边际，
行军三日流沙里；
满目疮痍谁作孽？
花园决堤是蒋匪。②
黄泛区内无人烟，
我军挨饿又受饥；
越过泛区至京汉，③
攻下漯许再向西。④

（1947 年 11 月于漯河）

---

① 我军为支援刘、邓大军进大别山而去中原，途经河南省黄泛区。
② 花园决堤：一九三八年日寇进攻中原，蒋介石将黄河花园口堤坝炸毁，企图阻止日寇进攻，结果黄河水淹没中原 8 个县，人民死亡数百万。
③ 系京汉铁路。
④ 漯系京汉线上的漯河市；许指河南许昌县；西即京汉路西边的西平、确山。

途经朱仙镇[1]

途经朱仙遇顽敌，
敌仗美械狠拦截，
枪声大作刀光闪，
顽敌顷刻全消灭。

（一九四七年十二月草于许昌
大石桥）

雨夜追敌

夜雨滂沱路泥泞，
只闻步声不见人，
步履远比蜀道难，
敌逃霄汉我攀登。

（一九四七年七月于鲁西菏泽县）

---

[1] 是日，我纵队警卫队随叶飞司令员途经朱仙镇，遇一个连的国民党军，经激战一小时，全歼敌人一个连。

出击鲁南①

连战皆获胜，
乘胜打滕城；
四天未攻下，
敌人来援兵。

我军未撤下，
反被敌围困；
敌有三十万，
我仅三万零。

敌我悬殊大，
我则夺路拼；
激战风雨中，
突围一层层。

滕城至辛庄，
辛庄至滕城；
九十公里路，
雨夜一日奔。

敌人甩后边，
我军向西进；

连日倾盆雨，
冒雨疾聘驰。
七月雨连绵，
天无一日晴；

平地成泽国，
部队水中行。
遍地是蒺藜，
一路是泥泞；

每跨一步路，
腿重如千斤。
双脚无鞋袜，
行装湿淋淋；

衣衫从不换，
身膻不可闻。
敌人如豺狼，
心肠比狼狠；

架势如鹰枭，
妄图将我吞。

---

① 1947年夏季，我军向外线出击，5月从鲁西南出发，过安徽省到河南省，一路边打边走，连战皆捷。

敌机如群鸟，
追兵跟得紧；
上轰下扫射，
枪炮不停声。
我军处险境，
生存唯斗争；
顽敌如蠢驴，
我怀必胜心。
敌机如掩护，
追兵似送行；
湍流如歌唱，
泥泞当车轮。
遇敌就激战，
战则刺刀拼；
子弹受潮湿，
扣发寂无声。
跋涉两月余，
越过四个省；

部队伤亡重，
剩下半数人。
敌人更狼狈，
损兵数万名；
如意黑算盘，
全部成泡影。
胜利是吹牛，
失利是实情；
偷鸡反蚀米，
蒋贼发雷霆。
训斥其部下，
全是泥木人；
转战三月余，
歼敌数万人。
横扫鲁豫皖，
我军至鄢陵；
出击至中原，
全军庆大胜。

（1947年草于河南省鄢陵县白马庙）

芳草集

卡宾枪

美造卡宾枪，
远涉太平洋，
原为打我军，
倒戈打老蒋，
美造卡宾枪，
每战受表扬，
美国杜鲁门，
理当受嘉奖。

（一九四七年草于河南漯河）

奔袭宁阳①

日落奔袭宁阳城，
六十公里一夜成，
日出包围城中敌，
赵光兴入樊笼门。②
初战双方火力猛，
转瞬城中无枪声，
我军架梯突入城，
整团人马一网尽。

（一九四八年三月草于宁阳城郊）

---

① 宁阳城系鲁西的一个军事要地。
② 赵光兴系国民党军团长。

194

雁行会①

抗日反顽别江东，
鸿雁分飞各一方；
今日飞集大桑树，
彻夜不眠论西东。
喜谈抗战早成功，
日寇早已回扶桑；
人民久盼享太平，
以建祖国图繁荣。
倒行逆施蒋匪帮，
坚持内战要反共；

我为和平与民主，
奋起自卫保春光。
为图神州早解放，
诉苦整军斗志昂；
讨蒋情绪如烈火，
厉兵秣马为反攻。
今日晤别在濮阳，
此去胜利再相逢；
蒋匪死亡可指日，
来年欢庆在南方。

（1948 年 4 月于河南省濮阳县大桑树）

---

① 作者与兄长抗战时分别于家乡，数年未见，今天骤然在河南濮阳县大桑树不期而遇，激动心情难于言表。

追　击^①

追击追击，	不管山高，
迎着风雪；	任凭水急；
忍住寒冷，	敌人喘息，
熬住饥渴。	我就轰击。
追击追击，	敌人停留，
开足马力；	我就袭击；
敌行八十，	敌人顽抗，
我行一百。	分割歼灭。

（1948 年 12 月底于河南永城黄白楼）

---

① 淮海战役开始后，我军于碾庄圩消灭了黄伯韬兵团。接着，冯治安、张克侠两个军起义，至此国民党军向徐州西面溃败，我军日夜追击溃败之敌。

咏黄河①

飓风呼啸并无风，
阗阗涛声未见浪；
风啸雷鸣从何来，
黄水奔腾向东方。
滚滚黄水多雄壮，
浩浩荡荡显威风；
黄水举臂鼓巨掌，
盛赞我军盖世功。

（1948年4月于朝城）

十 轮 卡②

十轮卡，美国造，
老蒋送来也没写收条，
今日开往前方去，
还有美国礼品莫佬佬。

（一九四八年十二月草于淮海战役
追击途中）

小 毛 驴③

埋头苦干小毛驴，
汗马功劳也有你，
昨送粮弹上前方，
今运"礼品"犒自己。

（一九四八年十二月草于淮海前线）

---

① 1948年，我军外线出击取得胜利后渡黄河北上，进行新式整军。
② 淮海战役中，我军缴获了大量美国造的十轮卡，从而为我运输军需物资。
③ 小毛驴是解放战争中的主要运输工具，解放区群众用小毛驴为我军运送粮食弹药等。

向烈士宣誓①

我怀着万分悲痛的心情，
站在烈士墓前，
我怀着真挚的心地，
向烈士深深地悼念。
你们的英勇行为，
使我激动不已，
你们的伟大精神，
永远铭刻在人民心间，
今天我向你们宣誓：
决心踏着你们的血迹向前。
为了伟大的解放事业，
为了人民早见青天，
我愿洒尽鲜血，
去砸碎束缚人类的锁链。
为了老人能过幸福的晚年，
为了儿童获得良好的成长条件，
我坚决紧握手中杀敌的武器，
防御豺狼来踩躏我美丽自由的土地。

---

① 淮海战役胜利结束，我军牺牲的指战员就地埋葬，作者在烈士面前深感哀痛，默哀并表示决心。

为了把祖国建设得强大美丽，

我愿变成一条耕牛去创造无尽的物质财富。

敬爱的烈士！

请你在九泉下放心安眠，

请相信我怀的钢铁意志，

我决心用行动去实现我的誓言。

（一九四八年十二月底草于河南永城）

淮海凯歌震神州[①]

淮海大战震神州，

敌我大军作决斗；

初战告捷于陇东，

何张两部宣倒戈。[②]

我军威慑敌颤抖，

蒋匪军心如沙土；

战幕刚启才一旬，

王部全当阶下囚。[③]

乘胜追击攻徐州，

每日百里忍饥饿；

敌军犹如惊弓鸟，

闻风丧胆弃城溜。

溃不成军如草寇，

枪炮辎重遍地丢；

我军紧追不停留，

誓捣虎穴与狼窝。

---

① 淮海战役是解放战争中著名的三大战役之一，该战役胜利结束，国民党主力军已丧失殆尽，从此全国大局已定。

② 何基沣、张克侠系蒋军第三"绥靖"副司令。司令系冯治安。何、张两将军于1948年11月8日在山东贾汪地区率蒋军第五十九军、第七十七军在淮海前线举行起义。

③ 黄伯韬兵团于碾庄圩被我全歼。

风雪呼号助我威，
泥泞坎坷快步走；
日夜兼程百余里，
一直追到黄白楼。①
溃敌如同丧家犬，
我军炮火如猎狗；
五十万敌如网围，
邱孙李部陷楚歌。
军政攻势齐发起，
蒋军纷纷降顺我；
大战二月告结束，
六十万兵全俘虏。
溃敌全歼渭河边，
我军高奏凯旋歌；
挥戈横扫长江右，
待时渡江捣蒋窝。

（1949 年元月 10 日于淮海前线）

---

① 黄白楼系河南省永城县一个大村庄。

淮海胜利遇朱兄[①]

袂别朱兄近十载，

戎马倥偬乍相会，

笑谈我军屡获胜，

更喜大捷于淮海。

匆匆晤面就离开，

只为渡江作准备，

全国解放可指日，

胜利之时再相会。

（一九四九年一月十五日于安徽宿县小宋庄）

---

① 沧海战役胜利结束，各路大军向长江边集结，途经安徽宿县，分别了十年的朱仰增同志突来我处；久别重逢，欣喜之情难以形容，感怀之余，作此小诗。

一九四○年，作者与朱兄分别于江苏省无锡，别后，杳无音讯，出于意料的在淮海战役胜利结束后邂逅于安徽宿县小宋庄。

奔袭前后墩①

一百公里二日行，
我营包围前后墩，
四连蒋军入袋中，
全营欢欣忘劳顿。
月上中天响枪声，
一连首先突入村，
枪声大作杀声起，
刀光闪时敌投诚。

（一九四九年四月草于杨中高桥）

---

① 一九四九年四月中旬，渡江战役前夕，长江北岸扬中附近长江边几个大村镇，驻有几个蒋军据点，以防我军渡江，我营奉命奔袭前后墩，以铲除敌人的桥头堡。

激战新老洲[①]

待命渡江先清路，　　　　　众寡悬殊不足惧，
我营攻占新老洲，　　　　　智勇克敌少胜多，
蒋军竭力图拦阻，　　　　　五千敌人拼滩头，
调遣"三军"五千多。　　　　激战整日计未酬，
敌弹如雨炮乱吼，　　　　　敌如上岸水鸭子，
四团步兵赶前头，　　　　　送来给我充饥饿。
野心勃勃垮海口，　　　　　杀敌六百汐已走，
梦想倚势"拣田螺"。　　　　我营班师回江都，
我营还击以泄仇，　　　　　蒋贼胜算成南柯，
孤军作战在勇谋，　　　　　我营战士笑群丑。

（一九四九年四月二十二日写于京沪线陵口镇）

---

① 新老洲，长江下游的小岛，上有高桥镇。

渡江战歌①

江水欢畅波荡荡，　　　　　我军勇猛如武松，
乳白月光漾春风；　　　　　笑看敌机耍疯狂。
我军待命过长江，　　　　　喜闻敌人放"爆竹"，
定要九州一片红。　　　　　敌舰胆敢来碰撞；
蒋军吹牛不自量，　　　　　小船代替坦克用，
依仗天险设江防；　　　　　冒着弹雨向敌冲。
陆海空军齐上阵，　　　　　涉水登陆追逃敌，
飞机大炮把胆壮。　　　　　浩浩荡荡向南方；
狂轰滥炸我阵地，　　　　　深夜激战至拂晓，
死到临头还发疯；　　　　　我军胜利到江东。
一声令下天地动，　　　　　蒋军落荒忙逃窜，
渡江大战炮声隆。　　　　　犹如群鱼遇渔翁；
各路大军齐出击，　　　　　渡江胜利乾坤转，
万箭齐发是小舫；　　　　　神州大地指日红。

（1949 年 4 月 22 日于京沪线陵口镇）

---

① 1949 年 4 月 21 日，我军奉命渡江。经数小时强渡激战，胜利到达江南丹阳县。

战上海①

冒雨跋涉逾半月,
追歼残敌过江浙;
万戟指向上海市,
廿万残敌临末日。

敌堡林立火力炽,
苟延残喘死挣扎;
汤部已成笼中鸟,②
纵有双翼难逃逸。

神兵智勇扫龟鳖,③
日夜激战狠追敌;
砸碎龟壳挖心脏,
全歼沪敌汤恩伯。

(1949 年 5 月 28 日于上海市宋子文公馆)

---

① 国民党蒋介石企图在上海负隅顽抗,我军围攻上海 1 个月,胜利解放上海。
② 汤部系蒋军汤恩伯部队。
③ 龟鳖系蒋军在上海郊外构筑的地堡群。

芦荡之光

在那密密的芦苇荡，
出没着 36 名伤病英雄；
他们昼伏夜出打击日寇，
震慑了敌人，鼓舞了群众。

日寇残忍地不断发动大扫荡，
妄图将我军消灭光；
结果是如意算盘一场空，
36 名英雄岿然不动。

36 名伤病员，
在战斗中锤炼成钢；
在群众呵护下茁壮成长，
迅速发展成一支英勇善战的武装。
战斗在京沪线两旁，
寻机袭击敌人；
夜袭浒墅关，
一举将守敌消灭光。
夜袭虹桥飞机场，
数架敌机全烧光；

不久部队转移至苏中，
日伪顽视刺入胸膛。
图谋将我来吞噬，
不断寻衅向我进攻；
我则避强击弱，
集中力量灵活机智粉碎敌人的猖狂。
黄桥一战，
歼灭韩德勤部达万众；
灭了敌气焰长了我威风，
遂使苏中局面趋于稳当。
车桥一役，
痛歼日寇、战绩辉煌；
打得日寇万般惊恐，
我军在苏中掌握了主动。
三垛一战，
歼灭日伪千余精锐武装；
打断了日寇的脊梁刺伤了其心脏，
使我做好准备迎接大反攻。
45年日寇宣布无条件投降，
可是拒绝向我交出武装；
无奈你则坚决动用刀枪，
强制拒降日军卸下武装。

在伟大的解放战争中，
你无比英勇顽强；

每个战役都有你的身影，
每次战斗都显示了你的勇敢与威风。
在宿北大捷中，
你如孙悟空钻进铁扇公主的肚中；
扰得二万四千敌兵成了礼品，
我军旗开得胜气死了蒋"总统"。
在鲁南战役中，
你像猛虎捕捉野狼；
你用土武器缴获敌人的大炮坦克，
全歼了蒋军美式装备的"快纵"。
蒋总统送来这么多厚礼，
理应给他记一大功；
在莱芜战役中你用铁拳狠砸进犯之敌，
四天激战歼灭蒋军六万众。
副司令李仙洲当了俘虏，
喜得沂蒙人民高声歌颂。
在孟良崮战役中你以惊人的胆略与骁勇，
砸烂了骄横的蒋匪王牌军；
击毙了师长张灵甫，
急得蒋介石眼泪汪汪差点发疯。

在淮海大战中，
你充分展示了大智大勇；
作出了惊人的勇猛与牺牲，
与兄弟部队共同歼敌 55 万众。

芳草集

在伟大的淞沪战役中，
你踏破恶浪冒着弹雨到江东；
追歼穷寇数万众，
将红旗飘扬在黄浦江上空。
你穿过硝烟进上海，
就着马路当眠床；
秋毫无犯博得群众齐声赞颂。
你气势磅礴势如破竹，
迎来全国山河一片红；
从芦苇荡出来的英雄啊，
终于赢得人民对你的敬崇，
你的功勋将永远被后人歌颂。

（原载《崇尚荣誉》一书）

颂 36 勇士

六十载前沙家浜，
芦荡火种闪光亮；
36 名勇士逞英豪，
抗日烽火燃四方。
历尽艰险打东洋，
智勇多谋斗豪强；
抗战胜利建奇勋，
神州大地威名扬。

（原载《东南烽火》）

忆保家卫国

六十年前美侵朝，　　　二万精兵赴阴曹。
侵略战火遍地烧。　　　连战皆败好痛心，
战火烧到我身旁，　　　美军史上第一遭。
我则赴朝把国保。　　　驱过"三八"傲气消，
抗美怒火冲天烧，　　　老虎变成煨灶猫。
不畏美帝如虎豹。　　　哈利逊来板门店，
天寒地冻何所惧，　　　停战协定签字了。
克难攻艰斗志豪。　　　美帝侵朝天下晓，
我军武器差又少，　　　美军败迹入史料。
战胜强敌美国佬。　　　杜氏总统感汗颜，
长津湖畔烽火烈，　　　美国威望着地扫。
我军个个是英豪。　　　中朝人民权利保，
美陆一师成礼品，　　　世界人民拍手笑。
"天下无敌"成笑料。　　正义伸张邪气倒，
鏖战"上甘"美摔跤，　　灿烂阳光普天照。

（原载《东南烽火》）

纪念与奉劝

六十年前，
美帝在朝鲜点燃了侵略火焰。
战火迅速燃至鸭绿江边，
威胁到祖国边防线。
为了保家卫国，
志愿军受命奔赴抗美援朝前线。
在那天寒地冻的朝鲜，
我们克服了难以想象的艰险。
以落后的武器装备，
战胜了现代化武装的美帝。
歼灭了号称"天下无敌"的陆战第一师，
将横暴的美帝赶过了三八线。
迫使美帝哈利逊来到板门店，
老实地在停战协定上把字签。
这一胜利打破了美帝不可战胜的神话，
使得杜鲁门认识正义决不可欺。
而今竟出现一些微言，
胡说抗美援朝"大可不必"。
奉劝这些先生好好把历史温习，
作为中国人你到底应站在哪一边？
今朝回顾抗美援朝六十年，
十分必要决不容异议！

（原载《东南火烽》）

（二）缅怀思念

祭先烈

金鸟喜迎清明节，
万众前往祭先烈；
后人珍惜今幸福，
决以先烈为表率。

（于 1996 年 4 月 5 日）

回忆与愿望

回忆苏公，[①]	全国解放。
心潮激荡。	祖国独立，
茅舍之间，	富强繁荣。
芦苇之中。	光阴荏苒，
学习马列，	春过临冬。
革命启蒙。	诸位战友，
习文练武，	两鬓染霜。
迎接反攻。	晚年怎度，
抗战胜利，	余热仍烫。
蒋匪反共。	老骥伏枥，
四年争战，	夕阳更红。

（于 1992 年 4 月 19 日）

---

① 苏公系抗大九分校。

校庆忆今昔

——为纪念苏公50周年而作

苏公是我好母亲，
给我指路教我行。
听命母亲去征战，
打倒日寇灭蒋军。
南征北战数寒暑，
历尽人间最艰辛。
驱除乌云和妖雾，
阳光普照地回春。
弹指一瞬五十载，
少年已成白发人。
今日聚首庆校庆，
心情激动言难尽。
万语归结一句话，
重返故地慰人心。

（1994年6月15日于宝应）

怀念崇敬的夏校长[1]

崇敬的夏校长，

08 年 10 月 4 日使我无限悲伤；

您驾鹤西去，

我永远牢记您对我的教养。

为了抗战，

我从沦陷区奔赴苏公；

您的接见、欢迎和鼓励，

激起了我对抗战必胜的希望和战斗的力量。

在苏公学习，

是您给我明确了革命方向；

树立了革命人生观，

坚定了革命立场。

教我懂得了革命真理，

使我健康成长；

成为一员抗日战士，

杀敌在沙场。

日寇封锁我们，

您带领我们开展大生产运动；

---

[1] 夏校长，系夏征农同志，曾任上海市委书记。

216

实现了毛主席"生产自给"的愿望，
度过了饥荒。
45 年 8 月 15 日深夜，
您在苏公大操场向我们宣布日寇已无条件投降；
从而送我们走上大反攻的战场，
收缴了日寇的枪炮等武装。
崇敬的夏校长，
您对我的教诲胜过亲爹娘，
您是我的革命启蒙者和领路人；
使我从一个无知青年成长为一名革命战士，
为新中国的诞生贡献了一份力量。

（原载《苏公校友》）

芳草集

赞颂与纪念

共产党员陆富全，
一生为民争当先；
无畏无私闹革命，
赤胆忠心作贡献。
高举红旗陆富全，
革命意志铁石坚；
革命低潮参加党，
一心跟党永向前。
铁骨铮铮陆富全，
抗日站在最前线；
神出鬼没击日寇，
扰得鬼子难安眠。
日寇再三来捕捉，
群众帮他屡脱险；

日寇捕捉儿女妻，
逼其投降施诡计。
顶天立地陆富全，
宁死不屈意志坚；
日寇纵然费心机，
最后企图成云烟。
土匪恶霸横乡间，
残害百姓苦连天；
陆公与民如一人，
铲暴除霸见青天。
共产党员陆富全，
革命功绩大无边；
干部群众齐称颂，
英名流芳永纪念。

（原载《陆富全纪念文集》）

218

悼念罗允恒同志

罗允恒同志：

您不告而别,怎么叫我受得了!

您去了,我深深地记着您的音容笑貌。

您待人总是那么真诚憨直厚道,

从无半点虚假做作伪造。

您从不为私利而与人计较争吵,

但是您对工作却总拣重担挑。

对党的事业您一心一意,

您将毕生精力去换取他人的欢笑。

允恒同志,

您安息吧。

陆坚敬挽

（于 1992 年 11 月 11 日）

219

（三）时政评论

向雷锋同志学习

雷锋的思想敲击我的心灵，
为人民服务的热血在我的心头翻腾。
毫不利己专门利人，
应以雷锋为我的基准。
雷锋的精神鞭策着我的心灵，
为人民服务是否一定要通过火热的斗争。
事无巨细一切都为人民，
雷锋是我们光辉的明灯。
雷锋的高贵品德激励了我的心灵，
他在平凡的工作中创造了伟大的功勋。
向雷锋同志学习，
做颗永不生锈的螺丝钉。

（于 1963 年 3 月 10 日）

悲痛与颂扬

2月5日上午,淳安县姜家镇浮林村发生一场山林火灾。上山救火的村民6人死亡,他们是:姜美娣、姜崇槐、姜明堂、余新养、姜继学、姜良青;3人受伤,他们是:姜明三、姜良礼、余诗金。其中4人是党员,这一事件令人万分悲痛。

这6位牺牲的英雄不是牺牲于敌人的枪林弹雨,也不是死于自然灾害的地震或洪水,他们完全可以避开死亡,可是他们却义无反顾地冲向山火而壮烈牺牲。这是为什么? 他们是为了保护集体财产、维护集体利益而不惜牺牲。他们在无妄之灾面前表现出来的无私无畏精神,如日月丽天,可钦可佩,值得大大颂扬。他们是金子般的共产党员,是特殊材料制成的共产党员;他们的价值观值得我们好好深思,认真学习;他们是共产党员的模范,是我们学习的榜样;他们无私为人民群众、为集体利益的奉献精神,必将激励人们为建设社会主义现代化而作出贡献。

英雄们的伟大精神将牢牢铭记在人们的心中,永垂青史。

(原载《晚霞》)

221

这是什么逻辑
——斥日本文部省的谬论

把"侵略"说成"进入"，
天下竟有如此荒谬的逻辑。
"进入"是什么目的，
难道是为了探访亲戚？
这道理是谁家的创造，
只有强盗才能制造这种逻辑。

抵抗侵略就要斩尽杀绝，
单南京一地就制造了三十余万枯骨。
我同胞的生命犹如蚂蚁，
侵略者今天还不知自己的罪孽。
我们决不允许当年的惨景再次重演，
我们决不允许日帝再次复活。
日帝如要重温大东亚的旧梦，
他们的下场定如当年的东条和希特勒。

（于 1982 年 8 月 5 日）

高温季节

连日高温人难过，
气温每日四十度；
热得知了叫救命，
迫得草木低下头。
烈日炎炎炙如火，
艳阳之下谁敢走；
家家室内有空调，
农民耕种在田头。
工人做出消暑品，
商贾借机赚钱多；
打工卖力怎避暑，
为了生活夜不休。

（于 2000 年 7 月 24 日）

斥佞人

佞人心地最肮脏，
口蜜腹剑恶似狼；
舔人屁股不知耻，
讨人施舍饮残汤。
卑鄙手段超贼种，
谄上欺下胜狗熊；
今日窃权逞威风，
定有他日哭天皇。

（于 1979 年 2 月 27 日）

致幸存者

从烈火中冲过来，
从湍流中泅上来；
火中水中未遭害，
你活得艰苦生得光彩。
虽然你没有什么官位，
但你的心儿犹如玉洁泉水；
你的心早已交给党与人民，
那些贪官在你面前怎不感到羞愧。
有人企图抹杀你以往的光辉，
而自诩他的贡献多么宏伟；
我确认你把毕生的精力献给人民，
人民决不会忘记你对党付出的劳累。

（于 1982 年 10 月 1 日）

斥马屁鬼

"可爱"的马屁鬼，
您的话语是那么甜美；
您的脸容是那么引人喜爱，
好一个马屁鬼。
就凭您这一手，
骗取了权势者对您的青睐；
您从平地而起，
青云直上直至爬上高位。
可鄙的马屁鬼，
您口蜜腹剑心怀鬼胎；
您两面三刀没有德才，
总有一天，
群众会把您丢进历史垃圾堆。

（于 1982 年 8 月 17 日）

如此选人才

善柔登高座，
强项靠边休，
如此选人才，
"四化"何时图。

（于 1982 年 7 月 31 日）

造假的功劳

村妇受屈吞农药，
亲人号啕似丧家；
幸亏吞的是假药，
全家感谢制假者。

（于 1993 年 6 月 25 日）

打击伪劣品

政府打击伪劣品，
报纸广播传雷声；
伪劣产品全焚毁，
群众拍手快人心。

政府打击伪劣品，
形严实虚无效应；
制造伪劣有功劳，
竟成致富带头人。

（于 1993 年 2 月 18 日）

（四）感慨随想

颂　党

党的光辉，　　　繁花齐开。　　　民主专政，
普照四海。　　　百业兴旺，　　　法制健全。
穷人翻身，　　　产增百倍。
解放万岁。　　　科技进步，　　　党的光辉，
帝国打倒，　　　赶超欧美。　　　普照四海，
封建砸碎。　　　　　　　　　　　赤心为民，
剥削埋葬，　　　党的光辉，　　　万众爱戴。
光明到来。　　　普照四海。　　　人类希望，
　　　　　　　　人民生活，　　　在你肩背。
党的光辉，　　　比花还美。　　　大同世界，
普照四海。　　　祖国繁荣，　　　定会到来。
大地改貌，　　　江山宏伟。

（于 1975 年 7 月 1 日）

227

红色的画舫

——庆祝建党 90 周年

一条红色画舫，　　　　　神州充满阳光。

从南湖起航。　　　　　　让人民翻身解放，

沿着航标马列，　　　　　由贫困走向小康。

驶向理想天堂。　　　　　使祖国繁荣昌盛，

中国共产党领导人民，　　成巨人屹立东方。

历经九十载沧桑。　　　　如今科学发展构建和谐导向，

冲过激流险滩，　　　　　社会主义更加富强。

越过惊涛骇浪。　　　　　坚信将站在世界前列，

华夏扫尽阴霾，　　　　　让马列主义大放光芒！

（于 2008 年 7 月原载《东南烽火》）

党是祖国大恩人

庆党诞辰九十春，党是祖国贤子孙；

他让祖国起巨变，"病夫"变成顶天人。

昔日黎民"黄连"命，贫病交加步难行；

如今人民有福分，生活如蜜赛仙人。

旧时祖国受欺凌，列强肆意可横行；

今日祖国大翻身，国强民富受人敬。

改革开放大成就，无不源于党英明；

灿烂辉煌从何来，党是祖国大恩人。

（原载《东南烽火》）

观国庆阅兵、游行有感

天安门前红海洋，
万众欢腾震霄壤。
庆祝国庆六十春，
检阅国力展富强。

三军威武长城坚，
捍卫和平有力量。
谁人敢冒大不韪，
定叫狂人还血账。

天安门前红海洋，
喜见国力如潮涨。
工农生产日千里，
增长速度世无双。

科技发展如朝阳，
推动生产力量强。
改革带来大收获，
开放确是好方向。

天安门前红海洋，
歌舞升平齐欢畅。
欢庆生活甜如蜜，
享得幸福感谢党。
瞻望未来有信心，
实现小康时不长。
56 个民族大家庭，
团结和谐喜洋洋。

（原载《东南烽火》）

咏国庆

举国欢腾迎国庆，
今年国庆意更深。
砸死蟊贼人振奋，
革命建设齐跃进。
庆祝国庆血沸腾，
前程灿烂似织锦。
"四化"指日可实现，
智慧干劲是保证。

（于 1978 年 9 月 25 日）

国庆中秋喜相逢

国庆中秋喜相逢，
今度节日意义重；
改革取得新成绩，
开放政策更成功。
建设速度快如飞，
一天一个新面容；
经济繁荣国力强，
各行各业都兴隆。
人民生活甜如蜜，
生活即将达小康；
"申奥"、"入世"全成功，
举国齐把党恩颂。

（于 2001 年 10 月 1 日）

为新中国 60 华诞而欢呼

新中国 60 华诞洋溢着笑容，
华夏一片欢声雷动。
我热血沸腾万分激动，
欢庆祖国的伟大光荣。

60 年一甲子神州沧桑巨变，
千行百业欣欣向荣。
祖国由落后变先进，
一切新生事物层出不穷。
昔日饱受饥寒的人民，
如今已走上小康。
世代居住茅草棚的农民，
如今已住进花园洋房。
亘古的偏僻山村田径小道，
如今大路畅通，车水马龙。
科技事业已登上世界高峰，
嫦娥飞船与玉兔做伴。
滔滔东海横卧一条长龙，
长江底下喇叭嘟嘟车轮隆隆。
三峡洪水已为建设祖国作贡献，

海南将成为发射"神箭"的地方。

人民体育事业，

一往无前走在世界前列。

08 年奥运的成功举办，

雄辩地显示了我国体育事业的威风。

60 载我国扫除了文盲，

读书强身成为每个公民的自觉行动。

千万学子进了高等学堂，

文化推进国家前进起了强大作用。

今天我国际地位与往昔大不相同，

世界大事如无中国参与谁也不敢妄动。

今日之中国，

世界人民一致表示钦佩羡慕感动。

作为中国人，

我无不感到无限自豪、万分光荣。

（2009 年国庆节）

颂英雄吴斌

你虽然只尽了 1 分 16 秒责任，
却完成了一个伟大的使命；
保护了 24 名乘客的生命，
感动了千万有良知的人。

你这伟大的英勇壮举，
是 48 载生命的结晶；
你心中只有别人的精神，
无愧接受英雄名声。

你的行为并不惊人，
但实在可贵实在难能；
这要有多大的能量与毅力，
就因为你对人民有一颗"伟大爱心"。

你这无私伟大的精神，
将深入千万人的心灵；
我们决心踏着你的步伐，
你永远没有离开我们。

（原载《东南烽火》）

告别 20 世纪

20 世纪已离开我们，
20 世纪是最伟大的时辰。
20 世纪是人类最进步的世纪，
20 世纪是历史上最难忘的良辰。

20 世纪人类向高科技发起了进军，
人类创造了无数先进科技的新品。
向空间进军向宇宙进军，
利用外星为人类服务已有铁证。

20 世纪推动了历史大踏步前进，
首推一九一七年的十月革命。
俄国消灭了剥削制度，
建立了无产者的红色专政。
中华人民共和国的成立，
彻底铲除了三大敌人。
埋葬了人间的不平，
穷苦人民彻底翻了身。
人民当家做主人，
国家繁荣富强昌盛。

20 世纪也给人们带来过灾难与不幸，
法西斯发动了两次残酷的战争。
千万人民在战争中丧失了生命，
无数财产被战火化为灰烬。
但是他教育了亿万人民，
使人民痛恨战争更痛恨资本主义的残忍。

20 世纪已离开我们，
20 世纪有伟大光荣的历程。
20 世纪的历史也产生过曲折遗恨，
但这只是浩瀚大海中的一个黑影。
当此迎接新世纪的时刻，
我们要继承和发扬 20 世纪的优良传统。
还要记取 20 世纪中的种种教训，
促使我们在新世纪中不断前进。

（于 2001 年 1 月 15 日）

水与河

水,是人类的珍宝,

水,生命不能缺少。

水,耕种一定需要,

水,工业生产的依靠。

河,无河水则难保,

水,河道少不了。

河,有了河水则不会逃跑,

水,有了河则可对水管教。

可是,我们一面高唱水的重要,

一面却将水任意放跑。

君不见,无数的池塘被填掉,

无数的河港变大道,

此举比浪费水还糟糕。

我要大声呼唤:

水既是珍宝!

恳请中央赶快制定法律和例条,

不要一味地空喊说教。

(于 2001 年 2 月 3 日)

赞宣讲团员[①]

年逾古稀血如潮，

有闲不休找辛劳；

不为名利为什么，

为保江山固又牢。

不辞艰辛写讲稿，

不畏寒暑作宣教；

十年一日为什么，

誓让神州更妖娆。

（于 2001 年 4 月 24 日）

---

① 新四军历史研究会宣讲团成员平均年龄达 75 岁。

交通警　真伟大

交通警　真伟大，
你是生产建设的保卫者。
不怕日晒和雨打，
日夜站在苍天下。

交通警　真伟大，
你是人民安全的保卫者。
纵然路上车水马龙行人杂，
有你在人车井然行得快。

交通警　真伟大，
你指挥着"千军万马"。
你指向那里，
人们就一往无前走天下。

交通警　真伟大，
你是生产建设的保卫者。
你为人民无私奉献的精神，
我表示衷心的感谢。

（于 1996 年 6 月 3 日）

白衣哨岗

——献给化验员

在那宁静的房中，
有一个白衣哨岗。
她终日凝视着显微镜，
为的是保卫人们的健康。
健康的敌人隐藏在四方，
它无时不在窥视人们的隙缝。
但在机警的白衣哨兵面前，
它的命运只能是遭到灭亡。
纵使它百般狡猾狂妄，
都逃不过白衣哨兵撒下的罗网。
只要它蠢蠢欲动，
白衣哨兵立即发出格杀令。
不管害人的菌虫隐藏得多深，
它都马上命断寿终。
可敬的白衣哨岗啊，
有了你人们才能健康地为建设而劳动。
就是因为有了你，
人们脸上才洋溢着幸福的笑容。
全社会人寿年丰，

都离不开你的辛勤劳动。

啊！伟大的白衣哨岗，

谁说你的工作平庸？

祖国大地上每一丛美丽花朵，

里边都含有你的汗功。

（于 1957 年 3 月 24 日）

四、心灵火花——诗词选辑

忆生平　庆寿辰

——为八旬寿辰而作

人逢喜事精神爽，
欢庆寿辰心潮涌。
庆寿深感是造化，
喜看儿孙暖心房。
今庆寿辰忆既往，
昔日艰辛不能忘。
重温历史意义深，
告知后辈记心中。
回忆童年遭苦痛，
日寇入侵国沦丧。
烧杀抢掠害百姓，
无恶不作日无光。
祖国兴亡我有责，
保国才是好儿郎。
为了国家的兴亡，
为了民族的荣光。
吾则背井离家乡，
毅然投奔共产党。
大江南北杀日寇，
历尽艰辛逐豺狼。

军民浴血八年整，
日寇宣告卸武装。
抗战胜利全民颂，
功劳属于共产党。
抗战教训深又重，
落后国家要灭亡。
贫穷则要受人欺，
此情此理是警钟。
抗战胜利全民颂，
人民急盼见春光。
谁料蒋贼反脸孔，
发动内战压群众。
我为人民争民主，
我为人民求解放。
奋起自卫反蒋帮，
以求人民把家当。
南征北战四年整，
驰骋华东战骁勇；
宿北鲁南连获胜，
莱芜歼敌六万众。

242

蒋军屡战屡败北，
恼羞成怒犹疯狂；
蒋秃依仗兵马壮，
怀着妄想来进攻。
敌我决战沂蒙山，
蒋军王牌齐输光。
我军横扫豫鲁皖，
津浦陇海立战功。
黄河边上互拼杀，
定陶荷泽全解放。
渭河两岸鏖战斗，
豫东大捷显威风。
中原硝烟滚滚起，
钢刀插进敌胸膛。
蒋贼倾巢八十万，
淮海覆没敲丧钟。
蒋秃妄图挽灭亡，
图仗天堑把我挡。
我军一举跨大江，
风卷残云一扫光。
四年征战灭蒋匪，
全国解放一片红。
从此革命告成功，
胜利红旗飘天空。
人民方才得解放，
祖国正要换新装。
美帝野心凶如狼，
战火烧到我边防。
我为保国保家乡，
奉命跨过鸭绿江。
辗转朝鲜三年正，
打败美帝野心狼。
历经"十五"建祖国，①
贫穷帽子抛苍穹，
祖国繁荣又富强，
人民生活临小康。
今日喜庆吾寿辰，
更喜祖国强又壮。
人民生活甜如蜜，
太平盛世乐融融。
要问幸福怎么来，
烈士鲜血来耕耘。
牢记幸福来不易，
千万千万要珍重。
今日庆寿非为别，
以此作礼相赠送。

（于 2006 年 2 月 2 日）

---

① 指 10 个五年计划。

243

婚姻观论

婚姻，
到底以感情还是以金钱为准，
此问题本来毋庸争论。
可是，
今天却有人产生了疑问。
有人说这两者在天平上量衡，
金钱应放在头等，
这是什么哲学人生和观念理论！
这种思想与我们不能坐在一起谈论，
此种哲学实际上是辱没了高尚的人生。

（于 1992 年 7 月 22 日）

纳凉忆今昔

纳清风忆当年战争，
黄河两岸、沂蒙山中打击敌人。
仰我军民团结一致，
灭尽贼类红旗飘上天安门。

笑谈当年戎马生涯，
莫不为之惊心动魄。
喜看今日繁荣天下，
莫不由衷怒放心花。

（于 1961 年 7 月 3 日）

佛面蛇心

自己表扬自己夸，
自诩功劳顶呱呱；
此人心地究何如，
面如菩萨心如蛇。

（于 1979 年 8 月 17 日）

艄　公

一位勤劳而干练的艄公，
终年航行在江湖河海之中；
不管风大浪汹，
他的轻舟永远驶向前方。

（于 1980 年 8 月 6 日）

江南春色

妩媚的阳光抚摸着大地，
百花芳草编织成大地的锦衣；
柔风送来浓郁的芳香，
如画的春光显示着江南的美丽。

（1995 年 3 月 23 日于桐庐富春江畔）

246

春

春风啸啸，
唤醒了冬眠的花草。
春雨淅沥，
绘画这江南景色的俊俏。
春风和煦，
给大地穿上了锦绣大袍。
春啊！
您赋予万物生命，
您为万物催情，
又是万物的襁褓。

（于 1985 年 4 月 5 日）

迎　春

春是美的化身，
春是万物新生的先声。
春是最宝贵的时辰，
春是繁荣的象征。
春的珍贵啊！
我怎能把它描绘详尽。
伟大祖国之春，
它呈现出我国的锦绣前程。
它激励我们去为幸福斗争，
它的馥郁正扑向我们。

伟大祖国之春，
你是多么绚丽多么诱人。
凭我拙劣的脑筋，
我深感无能把你吟咏。
我找不出最好的辞藻，
来抒发我激动的感情。
我怀着胜利的喜悦，
向胜利的一年告别。
我怀着火热的心情，

迎接又一个繁荣新春。
我迈开矫健的步伐，
跨向又一个伟大新春。
我怀着坚强的决心，
去完成党交与我的重任。
我怀着胜利的信念，
誓为祖国之春增添一分美景。
祖国伟大的春天啊，
让我以平生之力来把大地耕耘，
我愿化作一滴甘霖，
去迎接伟大祖国美丽之春。

（于 1965 年元月 27 日）

四、心灵火花——诗词选辑

田园风光

细雨蒙蒙密云盖，
朔风萧瑟袭人来。
我乘列车向东去，
农妇熙攘荷锄归。
田畦庄稼是翡翠，
万紫千红娩画美。
遍地翠绿报丰收，
农夫谈笑心花开。

（于 1962 年 11 月 3 日）

咏　菊

一夜朔风叶满陇，
西山枫树脸冻红；
百花凋谢入冬眠，
唯有菊花现笑容。

（于 1979 年 11 月 12 日）

山村的黎明

公鸡使劲地吹着起床号，
猪仔可怜地发出垂死的惨叫。
狗儿汪汪还在巡逻放哨，
鸟儿啼鸣歌颂山村的美好。

（于 1985 年 2 月 9 日）

山村的夜晚

朔风呼呼似浪涛呼啸，
野狼咩咩在寻觅充饥的食料；
山村酣睡万籁俱寂，
夜幕似漆唯有星星还没睡觉。

（于 1985 年 2 月 9 日）

250

赞玉兰

满园五彩缤纷的灯光，
灯光间散发着扑鼻的芬芳。
难道是在举行节日灯会？
啊！原来是各色玉兰在竞相
怒放。

（于 1983 年 3 月 19 日）

赞玉兰花

满园银铃铃无声，
无声银铃笑迎春；
百花枝头嫣然笑，
唯独玉兰最摩登。

（于 1964 年 3 月 27 日）

桃花赞

如都市般繁荣似水晶质长廊，
累累珍珠闪着缤纷之光。
这儿到底是什么地方？
啊！原来是桃花为白堤换了
新装。

（于 1982 年 3 月 20 日）

赞腊梅

雪中腊梅显俊俏，
精神抖擞现高傲。
寒风冰雪不足惧，
迎着风雪露嬉笑。
腊梅怒放显骄傲，
风雪肆虐不求饶。
芬芳馥郁飘四方，
人人赞她是英豪。

（于 1975 年 1 月 5 日）

芳草集

咏松柏

风虐松柏歪，
枝条似欲摧；
待到晴日时，
松柏更苍翠。
（于 1981 年 7 月
20 日）

赞桂花

十里金雪香又美，
芬芳沁骨使人醉；
香飘远方招人来，
客人来此不思归。
（于 1982 年 10
月 2 日）

咏扫帚

平时你站在门后默默无闻，
你是肮脏的克星卫生的象征；
落叶见你望风披靡，
垃圾见你立即投诚。
（于 1993 年 7 月 25 日）

高尚的孔雀

孔雀，你是多么受人爱怜，
因为你的品格超群；
你虽是鸟中之王，
但你从不骄矜。

孔雀，你是多么受人欢迎，
因为你有艳丽的衣裙；
但你从不轻易显示，
总是在人们一再期盼下才展示彩翎。
（于 1988 年 5 月 22 日）

252

西子风光胜蜃景

我缥渺在九霄之上的天宫，
俯视浩瀚的云雾大地一片朦胧。
窈窕的亭台榭阁玉立其中，
远处是墨绿的层峦群峰。
盛开的玉兰似夜空的灯光，
绽开的李花为烈士披上素装。
含笑的桃花似色彩晶莹的珍珠，
丝丝柳条似见到了垂钓的严光。
挺拔的雪松如武士般英雄，
高耸的保俶塔如同火箭飞向太空。
仙鹤般的鸳鸯唱着歌儿从天而降，
百鸟高歌赞美绚丽的西子风光。

啊！娇艳的西子风光，
你是名不虚传的人间天堂。
你那苗条的身段俊俏的脸庞，
自古的名家也无法把你描绘和歌颂。
叫我如何不爱你的容光，
叫我怎不陶醉在你的身旁。
你那闭月羞花的诱人美容，

使我流连忘返忘却是在人间还是在天宫。

（于 1989 年 4 月 6 日）

赞天堂

彩云拥抱明月光，
银盘嵌在翡翠旁；
鸳鸯对对镜中舞，
小舟悠悠湖上荡。
碧浪滔滔接天光，
花团锦簇浮浪中；
若问此地是何处，
环球之内有名望。

（于 1990 年 6 月 19 日）

杭州颂

杭州——你是美的代称，
你是天生尤物俊俏诱人。
西湖是你梳妆的明镜，
每个景色是你的脂粉。
保俶塔是你的鬓髻如意，
葱茏的群山是你的头巾。
青翠的苏白两堤是你的腰带，
虎跑龙井是你的精美饰品。
富丽的城隍阁是你的梳妆盒，
涛涛钱江见你激情万分。
"六和"似号为你高奏迎宾曲，
钱江桥为你迎来远方的嘉宾。

杭州——称你国色天香绝不过分，
你如西施一样美丽动人。
你的容姿美名，
引来了千万个遐迩的贵宾。
你对四海而来的嘉宾，
总是那么真诚热情，
又是那么周到殷勤，

让宾客感到万分舒心。

杭州——你是那么好客、深情,
宾客对你发出了美好的赞叹声。
人们深深地铭记着你的真情,
谁都想在你身边多留一个时辰。
啊!杭州,
你是美的化身和天堂的别名,
谁想询问美与天堂是如何模样?
只要看你一眼她就知究竟。

今昔中东河

往昔中东河，　　　两河水变清，
胜过龙须沟；　　　两岸赛画图。
河水如柏油，　　　河中可行舟，
臭气呛鼻头。　　　车马随意走；
污泥淤河床，　　　亭榭依小桥，
船舸无法走；　　　花草吐馥郁。
两岸众居民，　　　道路平又宽，
怨声冲霄九。　　　冰洁如绫绸；
市府绘宏图，　　　人民齐赞颂，
下令动干戈；　　　今日中东河。

（于 1987 年 12 月 28 日）

赞绍兴

鱼米之乡绍兴城，
名不虚传享美名；
鱼虾满街酒飘香，
游客连连赞美声。

（于 1972 年 11 月 8 日）

颂绍兴元红酒

绍兴美酒数元红，
玉碗映出玫瑰光。
痛饮一杯元红酒，
酒兴迷人忘返杭。

（于 1972 年 11 月 8 日）

河南巨变

1947—1948 年,我曾在河南战斗过。当时,这里一片荒凉、一望无际的沙土,农民住的全是泥墙草房。如今沙土上树木成林,田间庄稼长得十分茂盛,昔日的泥墙草房,均已换成砖墙瓦房。见此一切令人欣喜,特作小诗一首。

昔日遍地是沙丘，
农民住房泥草做；
今日遍地绿油油，
砖墙瓦房飘欢歌。

沧海桑田新替旧，
满目繁荣笑声多；
伟迹丰功属于谁，
黄河高唱颂党歌。

（于 1991 年 9 月 18 日）

横村巨变

十六年前横村镇，
几家小店一山村。
江阔无桥通行难，
道路坎坷又泥泞。
群众均为庄稼汉，
生计全赖把田耕。
家家居住破旧房，
布衣粗饭为标准。
今日横村似新城，
幢幢高楼显精神。
满街商店呈繁荣，
男女穿戴称上品。
水泥大道平又宽，
江上有桥能通行。
工厂林立机声隆，
农民进厂成工人。
人民收入年年增，
甜美生活赞不尽。

（于 1994 年 2 月 7 日）

怨

平生革命不含糊，
跟党前进没落伍；
党的话儿坚决听，
完成任务从不误。
悔恨素性太执固，
心地耿直吃了苦；
全心全意为革命，
忠诚老实犯"错误"。
教训深刻难量估，
千原万因不回顾；
只怪把君看成神，
只怪反对舔屁股。

（于 1988 年 3 月 14 日）

久别重逢

离归故乡四十载，
南征北战灭贼类。
灭尽"三敌"大地红，
芬芳鲜花遍地开。
童年同窗同玩耍，
只为抗战乡井背。
如今祖国放异彩，
相会之日鬓已白。
回忆往事心欲碎，
百感交集心潮湃。
胸中话语无尽头，
畅谈直至东方白。

（于 1982 年 4 月 4 日）

我愿做个聋人

我愿做个聋人，
可不知天下有任何不平的事情；
任何霸道都不会对我刺激，
我就可以心宽气平。
我愿做个聋人，
我可不知道什么权势横行；
只要天不塌地不陷，
我总可活得安宁。
我愿做个聋人，
任凭恶霸何等残忍；
太阳绝不会毁灭，
天地绝不会只由他们。
我愿做个聋人，
人间的不平不会刺激我的神经；
我将不知什么叫做苦闷，
我将健康长命。

（于 1982 年 12 月 2 日）

芳草集

我的脾性

我这刚强的脾性，
使我不能忍受压迫与欺凌；
使我对一切邪恶深怀愤恨，
因此促使我参加了革命。

我这刚强的脾性，
使我对权势深怀痛恨；
权势可以给我安上莫须有罪名，
我决不逆来顺受宁愿牺牲。

我这刚强的脾性，
决不能接受颠倒黑白的理论；
为了正义和尊严，
我可以贡献宝贵的生命。

（于 1982 年 11 月 16 日）

重逢忆今昔

阔别徐州四十载，
今夜因公又相会；
但见处处是高楼，
彩灯灿烂好艳美。

回忆往昔难入睡，
当年激战在淮海；
多少战友已捐躯，
幸存人儿心伤悲。

今日遍地鲜花开，
硕果累累令人慰；
鲜花硕果从何来，
烈士鲜血来灌溉。

（1989 年 7 月 4 日）

（五）游览杂记

告游客

春风和煦暖融融，
西湖游客如潮涌；
观赏美景何处好？
灵隐身旁北高峰。

（于1982年4月1日）

西子之晨

金鸟飞起金光闪，
送给西子作衣衫；
峰峦迭翠花烂漫，
百鸟高歌齐称赞。

（1982年6月30日）

西子诱人

西子诱人人如潮，
湖光山色齐欢笑；
游客多情献殷勤，
西子容姿更撒娇。

（于1982年6月30日）

西子湖的夜晚

夜晚的西子湖畔，
是一个偌大的服装展览。
形形色色的服饰，
犹如百花怒放绚丽灿烂。
不同国籍各种年龄层次的人儿，
企图以奇装异服诱人称赞。
有的穿着妖艳奇服的女孩，
化妆得既不像小丑又不像花旦。
西子湖的夜晚啊！
委实是名副其实的服装展览。

（于1981年6月30日）

西子湖的早晨

狂热的朔风，
迎来了晨曦的笑容。
忸怩的垂柳，
披着长发对客迎送。
湖水欢乐融融，
迎着朔风又跳又蹦。
今晨的白堤，
不似往日人群簇拥。
啊，暴虐的朔风，
你不要独霸西子风光。
朔风啊，你休想逞霸逞王，
在艳阳下，西子又现出了诱人的笑容。

（于 1982 年 9 月 6 日）

265

仲夏造访西子湖

一个宽大的银色屏幕，

它显映着风花雪月的俏丽镜头。

它的镜头妩媚俊秀，

无边风月无出其右。

一面明镜犹如玉兔，

它诱来了无数的西施与嫦娥。

多少花枝招展的天仙，

在它身旁依偎停留。

可爱的西子湖啊！

叫我怎不对你倾慕。

今日我来造访，

正是出水芙蓉向你道贺。

它撑着翠绿的绸伞，

笑红的脸上现着酒窝。

可爱的西子湖啊！

你是开不败的艳丽花朵。

你那亭亭玉立的姿容，

永远使人铭记心头。

（于 1985 年 8 月 7 日）

秋到西湖

朔风脱去了林薄的绿衣，
寒霜践踏了丝绒般的草地。
天公施展横暴的权威，
妄图抹杀西子的华丽。
任你天公多么无理，
枫树已穿上了耀眼的红衣。
缤纷的菊花在寒风中撒着袅姿，
西湖始终是矫健秀丽。

（于 1961 年 11 月 19 日）

冬临西子

寒风重霜遍地白，
红颜绿衣受夭折，
西子穿上素色衣，
美容不减三春色。

（于 1980 年 12 月 27 日）

西子冬容

一夜朔风霜如雪，
玉皇、宝石头发白，①
西子犹如玉人儿，
素妆淡抹显魅力。
（于 1981 年 12 月 21 日）

平湖秋月

平湖秋月，
风清水澈。
湖水低吟，
青蛙咽咽。

平湖秋月，
垂柳轻拂。
芙蓉吐香，
黄莺嘎嘎。

（于 1983 年 8 月 28 日）

冬临西子湖

清晨到葛岭，
空气特清新。
环视群峰峦，
处处是绿林。

群鸟比嗓子，
歌声动人心。
腊梅露笑容，
雪花舞步轻。

眺望西子湖，
鸳鸯对成群。
野鸭戏水玩，
舟船忙不停。

白堤断桥边，
游人闹盈盈。
细瞧西子湖，
婷婷如玉人。

时令已入冬，
此处仍是春。

（于 1989 年 11 月 14 日）

---

① 系玉皇山和宝石山。

杜鹃催春耕

杜鹃声声叫不停，
紧催农民快春耕；
今日播下谷一斗，
明日亩产超千斤。

（1983 年 5 月 16 日）

游白堤

青丝长发随风飘，
列队湖边跳舞蹈；
红颜玉女藏桃柳，
白堤之上卖风骚。

（于 1990 年 3 月 12 日）

漫步白堤

湖波荡漾歌声缭，
游船如梭似飞鸟；
夕阳给湖穿金袍，
垂柳摇曳似垂钓。
亭榭挤满老和少，
红男绿女过断桥；
游客胜似临仙境，
满湖歌声满湖笑。

（1983 年 9 月 22 日写于
白堤）

游曲院风荷

红白紫蝶草上飞，
无人不赞杜鹃丽；
碧毡绿毯曲桥间，
芙蓉出水迎客莅。

（于 1989 年 6 月 1 日）

咏曲院风荷

扶苏葱茏似云彩，
曲桥清池媲画美；
碧翠盘中滚珍珠，
芙蓉点头迎宾来。

（于 1989 年 7 月 16 日）

赏 荷

明镜闪闪似银盘，
盘中叠满彩锦缎；
桃色芙蓉青衣裙，
舞姿袅袅诱人欢。
芙蓉分戴红白冠，
莲蓬犹如清明团；
湖水轻奏颂荷曲，
祝贺鸳鸯结姻缘。

（于 1983 年 8 月 30 日）

观 潮

阳光灿烂送温暖，
人潮滚滚往盐官；
车水马龙无尽头，
人头攒动赏奇观。

涛涛潮水雪浪翻，
隆隆潮声惊雷般；
万马列阵犹厮杀，
阵阵掌声劲赞叹。

（于 1986 年 9 月 21 日）

观潮记

一望无际的车水马龙，
尘烟滚滚直向钱塘江旁。
欣赏一年一度的钱江潮峰，
是人们深怀的美丽愿望。
钱江两岸挤满了来自远方的观众，
伸头踮足心儿在急切地盼望。
唯恐潮汛溜过自己的眼瞳，
凝神眺望着极目的地方。
人潮迎着江潮，
人人急盼潮汛自天而降。
"来了，来了"一阵喊叫，
人群中响起阵阵欢笑。
突然远处出现一条银色链条，
缓缓地游荡闪闪发光。
人群中一阵又一阵喧闹，
赞美鼓掌声雷动八方。
阳光照耀着银色链条，
煞似那巨大温度表的汞柱在滚动。
转瞬间那银色链条不见影踪，
阳光下只见混浊的巨浪浩浩荡荡。

271

看那万马奔腾的巨浪，

排山倒海地犹如大军冲上山冈。

巨浪一浪压过一浪翻滚跳荡，

欲翻越冲垮江堤逞狂。

啊，好一幅壮丽的江潮风光，

那奇特的景观获得一片赞赏。

那宏伟的雄姿，

环球难觅举世无双。

（于 1962 年 9 月 16 日（农历八月十八日）

古刹灵隐

古刹灵隐，　　　　茶客盈门。
山明水清。　　　　飞来峰山，
古树参天，　　　　神话动听。
清泉如镜。　　　　一线天洞，
雄伟殿宇，　　　　传说逸闻。
佛像穿金。　　　　古刹灵隐，
香烟缭绕，　　　　举国闻名。
香客成群。　　　　活佛在此，
壑雷亭内，　　　　遐迩朝正。

（于 1954 年 2 月 15 日）

登北高峰

郁郁葱葱碧如海，
夕岚迷漫似云彩，
游人腾云上九霄，
男女驾雾下凡来。

（于 1980 年 11 月 27 日）

索道登北高峰

我乘索道上青云，
腾云驾雾观奇景；
俯视广宇似沧海，
玉宇琼楼传钟声。

（于 1981 年 5 月 5 日）

273

游龙井

幽幽清泉藏山中，
粼粼碧波叠峦峰；
喳喳鸟语赛歌喉，
群群游人笑声琅。

（于 1981 年 6 月 7 日）

灵峰观梅

群群红蝶似星星，
雪花纷飞亮晶晶；
金梅银梅互辉映，
馥香招来客满庭。

（于 1992 年 2 月 23 日）

吴山之晨

晨曦羞涩现笑容，
吴山之麓闹哄哄；
百鸟高歌迎宾客，
男女老少来练功。

老人晨练为体壮，
延年益寿如青松；
中青练得精神爽，
工作干劲如虎勇。

身强体壮建祖国，
小康指日可成功；
国富民强屹东方，
世界大同有希望。

（于 2002 年 4 月 15 日）

五云山之晨

金鸟方才爬上窗门，
户外百鸟竞相啼鸣。
画眉娇声引吭高歌，
白头翁嗓声如银铃。
黄莺声声自我矜夸，
麻雀叽喳调不入门。
跟着鸟鸣我即起身，
跨出大门走向五云。
青山如黛峰如浪滚，
翠竹挺拔神姿英俊。
溪涧流水日夜低吟，
它去何处支援农民。
此情此景怎不喜人，
我愿在此安度终生。

（于 1989 年 9 月 7 日）

五云山

五云峰峦披翠服，
景色绮丽媲五岳；
林竹花草吐芬芳，
百鸟高奏交响乐。

（于 2000 年 8 月 15 日）

午夜漫步莫干山路
——观灯花

偌大而绵长的绮丽花廊，
两旁雪白的玉兰已全部开放；
是谁种植恁多的花树，
啊！是建设杭城的供电电工。

（于 1982 年 3 月 20 日）

芳草集

超山赏梅

慕名来超山，
万千花烂漫；
十里香雪海，
游客无不赞。
梅花羞答答，
红白多灿烂；
白雪与红火，
游人醉忘返。

（于 1981 年 2 月 5 日）

雪竹景

雪压青竹竹弯腰，
躬身顿首示礼貌；
玉龙欺竹太霸道，
青竹谦逊风格高。

（于 1984 年 2 月 13 日写于
新凉亭中约二厂）

报　喜

一月连下三场雪，
皑皑白雪天接地。
大地被覆路难寻，
群群鸟雀无处栖。
请问苍天怀何心，
道是来年有大喜。

（1984 年 2 月 1 日除夕）

276

登天目山

攀登天目山，
台阶千千万。
古木似仪仗，
迎宾两边站。
顶峰刺苍穹，
扶疏凉棚搭。
绫绸从天落，
碎玉纷飞溅。
千仞峭壁峰，
悬崖临深潭。
山峦似汪洋，
层峦浪涛翻。
泉水汩汩啼，
奏乐欢迎咱。
蝶舞鸟歌唱，
尽把天目赞。
登峰极目望，
美景尽收眼。

（于 1984 年 8 月 2 日）

西天目胜景

天目奇景，　　　　　蝉声如铃。
美妙迷人。　　　　　瀑布轰鸣，
处处泉水，　　　　　流水低吟。
峰峰绿荫。　　　　　风吹羌笛，
奇草异木，　　　　　雨拨弦琴。
无穷无尽。　　　　　山岚变幻，
古木参天，　　　　　胜似幻灯。
扶疏掩映。　　　　　仙女散花，
高山种稻，　　　　　孔雀开屏。
顶峰池清。　　　　　景色奇丽，
野果累累，　　　　　引人入胜。
花卉郁馨。　　　　　天目奇景，
鸟啼歌脆，　　　　　犹如画屏。
兽吼声声。　　　　　胜过蓬莱，
彩蝶翩翩，　　　　　陶醉灵魂。

（于 1984 年 7 月 19 日）

278

观天目山

绫条缠绕翡翠，
崇山起伏碧海。
铮铮琴声流水，
鸟啼蝉鸣歌脆。

（于 1984 年 7 月 10 日）

蟠龙桥畔

古木丛生郁葱葱，
清泉淙淙过蟠龙。
鸟蝉竞相比歌喉，
游客赞美笑声郎。

（于 1984 年 7 月 15 日）

重游独山

今日重游独山顶，
旧貌新颜难辨认，
昔日古庙不见影，
重修大殿显神灵。
幽幽高山接浮云，
郁郁葱葱似仙境，
站在山巅瞰大地，
绿地高楼气象新。
昔日山巅冷清清，
今日建起度假村，
村内设施极豪华，
吃住玩乐舒人心。
沧海桑田旧变新，
社会发展永前进，
城乡面貌日日异，
独山变化是缩影。

（于 1996 年 9 月 30 日）

279

育王寺

育王香火如云烟，
佛经嘹亮客勤念；
清泉百鸟共歌唱，
古刹安卧扶疏间。

（于 1984 年 6 月 7 日）

游莫干山剑池

崇山峻岭郁葱葱，
茶竹翠绿深山中；
吾登峰顶极目望，
只见群峰似潮涌。

泉水淙淙歌声琅，
飞瀑似绸从天降；
剑池佳话传千年，
干将莫邪已无踪。

（于 1982 年 6 月 7 日）

鸟溪江美景

葱茏峭壁一长廊，
一条素绫飘苍穹；
山明水秀景如画，
鸟溪倩影令人宠。

彻夜舞玉龙，
雪花满苍穹；
苍翠何处去，
绿林披素装。

（于 1991 年 1 月 4 日）

280

西塘风貌

碧水拱桥柳条，
游鱼橹声水草；
青瓦砖墙深宅，
濒河长廊街道。

（于1999年10月7日）

游新登碧云洞

崇山峻岭一奇洞，
犹如龙潭藏云中；
游人拾级登高峰，
一直爬到碰天空。

奇洞恢宏世无双，
奇景巧胜卢浮宫；
仪态万方似天降，
羞煞天下雕塑公。

（于1999年8月5日）

登邓家山

走过弯里弯，
翻过山上山；
流尽满身汗，
终把高山攀。

高山有良田，
顶峰有碧潭；
桃源在何处，
请听鸟在赞。

刚临邓家山，
乡亲好惊叹；
询问无其数，
如到桃花源。

（1988年11月21日于建德县）

游千岛湖

满目葱茏百鸟鸣，　　　　　青山绚丽似织锦，
明镜闪闪鱼成群；　　　　　湖光窈窕胜玉人；
湖光山色令人醉，　　　　　青山绿水似瀛洲，
醉得游客似痴人。　　　　　横观直看动人心。

（于 1991 年 7 月 3 日）

温馨岛　　　　　鸟　岛　　　　　观鱼池

温馨岛上闹盈盈，　　百鸟囚禁孤岛内，　　鱼池建在湖水内，
天上湖上皆游人；　　虽无自由却欢快；　　金鱼银鱼似花美；
滑翔快艇尽人玩，　　轻歌曼舞迎客临，　　游客喜赏小灵精，
游客一片欢笑声。　　生活过得比人美。　　鱼群欢跃迎客来。

鸵鸟岛　　　　雄鹰禁闭囚室内，　　　海瑞祠
　　　　　　　　空怀鸿志无法兑；
鸵鸟关押铁篱内，　有翅难飞不猎食，　　海瑞为官清如泉，
被关并非因有罪；　坐吃佳肴享清闲。　　爱民如子不贪财；
失去自由不算悲，　　　　　　　　　　刚正不阿存正气
生活温饱却自在。　　　　　　　　　　流芳百世永怀念。

（于 2000 年 7 月 2 日）

游白云源

崇山峻岭一溪径，
峰峦叠翠如画屏；
清泉敲打锣鼓声，
伴着游客登龙门。

千仞峭壁开龙门，
门顶高挂百丈绫；
门下深潭泉如镜，
白云源头不虚名。

三潭岛

三潭岛上"桃源村"，
男耕女织当渔民；
世外乱事闻不见，
只见山绿和水清。

孔雀岛

孔雀八百居竹林，
五彩缤纷似彩云；
既守纪律又礼貌，
见了客人就开屏。

（于 2001 年 10 月 13 日）

夜宿桐庐深坑

夜深天黑，　　似在哭泣。　　自然万物，

万籁俱寂；　　风儿啸啸，　　似沉深穴。

唯有溪泉，　　如虎展翼；　　此情此景，

歌唱不竭。　　枭鸟啼叫，　　令人安逸。

夜深人静，　　百鸟受胁。　　何是桃源，

天幕似漆；　　深山丛中，　　瑶池咫尺。

溪泉淅沥，　　夜深安谧；

（于 1983 年 3 月 9 日）

咏遂昌金竹镇

青山齐苍穹，　　碧翠掩村庄，

绫绸自天降；　　彩云舞高空；

溪潭澈见底，　　溪水弹琴弦，

群鱼乐融融。　　鸟儿歌声琅。

（于 1988 年 9 月 23 日）

遂昌行

碧翠巨浪汹涌，
素绸飘在浪中；
车马穿行其间，
遂昌如画风光。

（于 1988 年 9 月 23 日）

咏太湖

渔歌悠扬飘湖面，
桅杆如枪把鱼歼；
闪闪银条满船舱，
渔夫甜蜜在心间。

银光闪闪无边际，
海鸥翱翔任高飞；
浩瀚太湖接霄汉，
疑似遨游月宫间。

（1981 年 9 月 26 日于无锡）

游太湖源头

烟雨蒙蒙　来到山中，
太湖源头　山深峰耸。
峰峦参天　难见阳光，
山峰相对　筑成长廊。
碧云蔽天　竹木葱茏，
山泉飞奔　如同蛟龙。
削壁千仞　"龙须"苍苍。
小桥亭榭　石径依傍，
栈道小径　紧依山峰。
奇花异草　漫山遍垄，
名树贵木　逾越千种。
世外桃源　名实相当，
景色如画　令人痴疯。

（于 2000 年 11 月 9 日）

285

姑苏游

姑苏名胜我所爱，
灵岩天平唤我来；
古树香花伴我游，
美景催我心花开。

(于 1989 年 1 月 19 日)

游狮子林

群狮圈养花园中，
性情驯良人人宠；
男女老幼心神旷，
戏狮取乐喜冲冲。

(1999 年 10 月 5 日草于苏州)

畅游姑苏

(一)虎丘山

虎丘剑池塔影，
传说奇丽入神；
景色秀美旖旎，
意义更胜一层。

(二)西园

西园佛像千尊，
神态栩栩如生；
寺内香烟缭绕，
钟缶木鱼声声。

(三)留园

园内亭台曲径，
池水花草盆景；
小桥假山楼榭，
景色胜画醉人。

(四)游感

游完虎丘西留园，
行程数十不觉倦；
兴致未尽返宿舍，
姑苏没负吾心愿。

(于 1980 年 9 月 28 日)

游灵岩山

跨进灵岩门，
佛前香烟腾；
缶榔声声响，
不见念佛人。

游寒山寺

张继一诗寺扬名，
招来游客千万人；
枫桥寒山今犹在，
客船已由汽车顶。

登金山

金山耸立大江边，
古刹古塔越千年；
登塔极目望远处，
一览江天万顷烟。

(1983 年 11 月 27 日草于镇江)

游天平山

久慕天平今日临，
瞻仰故居范文正；
粉墙黛瓦与清池，
唐寅曾是他近邻。

天平闻名因文正，①
遗言成为座右铭；
游客到此忆故人，
流连忘返论古今。

（于 1986 年 6 月 25 日）

① 宋代文学家范仲淹，著有《岳阳楼记》。

在长江轮上

登上长江轮，
如进宾馆门；
家具样样有，
陈设令人惊。
甬道如长街，
寝室如军营；
厕所和浴室，
整齐又洁净。
前有阅览室，
后有跳舞厅；
餐厅宽又大，
还能放电影。
旅客投宿此，
深感当客人；
航行整两天，
舒适又开心。

（于 1985 年 7 月 1 日）

大雁塔

千里迢迢来西安，
瞻仰唐代大雁塔；
玄奘在此修佛经，
信徒世代赞功德。

（于 1987 年 5 月 23 日）

少林寺

千年古刹少林寺，
赫赫威名环球知；
代代僧侣持正义，
抑强扶弱载清史。

（于 1987 年 5 月 29 日）

观永泰公主墓所感

则天孙女泰公主，
十七芳龄即去世；
墓葬全是金银宝，
可见王室多奢侈。

（于 1987 年 5 月 31 日）

合肥黑池坝公园

黑池水碧清澈，
池内游鱼欢悦；
坝上芳草萋萋，
满园璀璨春色。

（于 2000 年 9 月 20 日）

包公墓

九百年前包希仁，
历代深受民尊敬；
百姓个个爱清官，
恨煞贪官腐败人。

（于 2000 年 9 月 20 日）

趵突泉

一池清泉胜明镜，
珍珠汩汩跳不停；
鱼儿悠然乐自得，
游客欣喜赏奇景。

趵突泉旁喜盈盈，
伴着泉声发高论；
泉水何故会跳舞，
欢迎远客它高兴。

（于 1967 年 7 月 19 日草
于济南）

芳草集

黄山如画

黄山如画比画美，
天下美景聚一堆。
奇峰怪石各姿态，
处处险峰人人爱。
层峦叠嶂浪澎湃，
千仞峭壁接云彩。
清泉淙淙拨琴弦，
水银奔腾自天来。
云气潆然如沧海，
云蒸霞蔚似翡翠。
火球熊熊浮大海，
白云苍狗晚霞辉。
人间仙境在何处，
此处奇景胜蓬莱。
景色迷人人陶醉，
神仙到此不想归。
我被黄山迷心灵；
爬山两日忘却累。

（于 1981 年 6 月 18 日）

游长城有感

长城蜿蜒望无际，
历代抗倭都亏你；
今成旅游名胜地，
感谢秦代嬴政帝。

（于 1988 年 6 月 16 日）

漓江游

漓江风光神话多，
风光更比神话过；
美景画屏悬两岸，
游人赞美不绝口。

漓江宛如白绫罗，
两岸奇峰如锦绣；
绮丽景色胜瀛洲，
用尽颂辞还不够。

（于 2001 年 3 月 21 日）

290

游七星公园

（一）花　桥

花桥比花美，
端庄又可爱；
桥下有流水，
抬头见驼背。①

（二）七星岩

琼楼玉宇胜玉雕，
洞中神奇尽珍宝；
历代名人留名言，
赞美此洞天下少。

七星岩洞

百兽云集仙洞内，
珍禽来此为避灾；
群群贵宾来观看，
赞不绝口神已醉。

动物园、植物园，
奇珍异宝博物馆；
包罗万象数不完，
惟妙惟肖逗人欢。
神话传说玄又玄，
浮想联翩心不满；
此物此景是谁造，
功劳属于大自然。

（于 2001 年 3 月 22 日上午）

---

① 此处指骆驼山峰。

291

游芦笛岩

被人遗忘一奇洞，
失而复得是锦囊。
沉睡千年一朝醒，
景色斑斓显辉煌。
奇洞犹如艺术宫，
万物栩栩显神通。
千姿百态逗人爱，
胜过瀛洲与天堂。

奇洞犹如艺术宫，
洞穴石窟敦煌同。
美景胜画画逊色，

苍天手巧夺天工。
百花怒放人人颂，
飞禽走兽乐融融。
鸟语花香充耳鼻，
涛涛瀑布自天降。
白雪皑皑气势宏，
塔松傲雪骨气壮。
瓜果粮菜叠成山，
一派田园好风光。

奇特景色世少有，
景色陶醉千万众。

（于 2001 年 3 月 22 日）

游伏波山

漓江水边一座塔，
此塔名曰伏波山；
上有古亭下有洞，
古迹文物在洞岩。

游象鼻山

山如大象象如山，
山下有洞上有塔；
奇山秀景藏云间，
漓江歌唱日夜赞。

（于 2001 年 3 月 23 日）

游桂林叠彩山

彩耶非色染，
奇石成峰峦；
虽无缤纷色，
却比彩色玄。

山下有风洞，
山上全景观；
桂花喜迎客，
叠彩不虚传。

赞闵行新城

啊！好一幅彩云般的图景，
宜人的色彩似画似景。
我刚走近它的身边，
就使我对它产生深刻的感情。
五彩缤纷的园林，
中间伫立着错落楼亭。
整齐的街道建在花园中间，
花园似给房舍披上了华丽的衣襟。
是街道还是园林，
街道园林交织成一幅美景。
啊,好一座华丽的新城，
那是社会主义一幅图景。
它是共产主义建设的雏形，
它是劳动人民智慧的结晶。
要问这是什么地方，
那是全国闻名的闵行新城。

（于 1962 年 5 月 25 日）

酒城景色

金字塔般的小山座座伫立，
浓郁的香气迫人欲滴唾液。
那是什么使人陶醉的香气，
那是什么引人入胜的光烨。
那是醇醑在散发骄气，
那是酒氇在向你显示亲热。
用不到主人多作介绍，
它的声誉早已传遍全国。

（1962 年 6 月 8 日于绍兴城）

山村小景

一条老牛云里来，
两个天仙在牛背；
老人上山去砍柴，
旭日炊烟媲画美。

（1964 年 11 月 2 日于建德白沙）

南海普陀

活佛家居南海，
龙王扶揄碧翠；
寺庵遍布满山，
风呼浪啸歌美。
满山葱茏覆盖，
老少僧尼成堆；
朝闻晨钟声声，
夜传暮鼓数回。

（于 1984 年 6 月 5 日）

重返淮海故战场

昔日战场今重返，
回忆往事心潮翻；
淮海战役获大胜，
消灭蒋军五十万。
战火毁屋千百万，
千里田园成荒畈；
今日淮海气象新，
牛羊成群踏碧毯。

（于 1987 年 5 月 23 日）

重游苏北故战场

因故重游故战场，
回忆往事心就凉；
不毛之地不长粮，
生灵涂炭好凄凉。

今日苏北大变样，
满目均是新气象；
十年九荒载史册，
富饶替代昔荒凉。

城乡处处是新房，
不见当年茅草棚；
庄稼年年获丰收，
农民吃穿有保障。

往日河川阻交通，
出门要用船和浆；
今日道路宽又畅，
河上处处有桥梁。

昔日放眼是乞丐，
衣衫褴褛属正常；
今天人人穿新衣，
不知乞丐是何样。

一派富饶和繁荣，
人民幸福喜洋洋；
可爱苏北好地方，
一天更比一天强。

(1988 年 8 月 26 日于大丰县招待所)

今昔故黄河

昔日故黄河，
极目是沙丘；
年年不收粮，
百姓靠乞求。

今日新黄河，
放眼尽绿洲；
粮棉果丰收，
百姓无忧愁。

（于 1987 年 7 月 8 日）

夜游"月照松林"

清风明月雨潇潇，
满林雾霭随风飘；
林间宿鸟梦呓声，
"月照松林"人声嘈。

（于 1985 年 6 月 26 日）

登五老峰

峭壁千仞五老峰，
绮丽风光隐雾中；
俯视深谷似陶居，
遥望鄱阳闪银光。
眺望大江滚雪浪，
白帆似鹤飞云中；
峰峦之下叠翡翠，
轻风扬起千层浪。

（1985 年 6 月 25 日草于江西庐山）

297

游庐山秀峰

久慕庐山景，
今日终登临。
首游秀峰寺，
再登观瀑亭。
银链挂高空，
深潭泉如镜。
清泉过山涧，
汩汩发琴声。
登高眺远处，
万壑是亗林。
名画难媲美，
美景赏不尽。

（于 1985 年 6 月 21 日）

游花径湖

碧翠丛中嵌明镜，
轻纱薄雾遮丽人；
百鸟啭啁歌庐山，
游客绝口赞花径。

登望江亭

云雾缭绕遮群峰，
庐山面目躲云中；
人说庐山景色美，
美中不足云雾重。

眺望大江雪浪冲，
白帆似鸟飞云中；
俯视深谷叠翡翠，
微风送来欢乐颂。

（1985 年 6 月 23 日于小天
池）

298

观云海

浓烟滚滚似江潮，
白云苍狗形俊俏；
浊浪翻滚天仙舞，
云海奇观看今朝。

（1985 年 6 月 24 日于仙
人洞）

观三迭泉

乱石嶙峋行万米，
历尽艰辛到三迭；
深谷悬崖飘银链，
边听急鼓边喘息。

（于 1985 年 6 月 25 日）

云海奇观

云烟滚滚雪浪翻，
银光闪闪如冰川；
皑皑茫茫似雪原，
壮丽奇观在庐山。

（1985 年 6 月 22 日于照江岩）

五、朝花夕拾

——战友附文

《戎马歌声》序

黄 源

　　《戎马歌声》是一部歌颂华东野战军第一纵队（后为人民解放军第二十军）主要在华东战场战胜蒋军全过程的纪实诗歌。作者陆坚同志写这些诗歌时是该纵队警卫班的战士，那确是一位战士诗人啊！我原是设于淮阴的华中文化协会主任，解放战争爆发后，苏皖边区撤离淮阴，我经华中军区司令张鼎承同志介绍，随华中野战军第一师陶勇纵队（以后是华东野战军第四纵队）到山东，先参加了歼灭快速纵队、枣庄战役，接着在1947年2月莱芜战役胜利后，又转到叶飞同志任司令兼政委的第一纵队，他是我在1939年初就认识的，同时那里的副政委谭启龙、副司令何克希、参谋长张翼翔，政治部主任汤光恢、秘书长王知真诸位同志，都是我在皖南新四军军部和浙东四明山浙东纵队时的老熟人，我和他们在一起过着迎接敌军重点进攻和外线出击的战斗生活，一直到1948年3月在河南濮阳大桑树部队整训结束后，陈毅同志指定我参与筹办三野女子大学，我才离开这部队。这一年多时间，《戎马歌声》作者陆坚同志和我共同生活在一个司令部，过着同甘共苦的战斗生活。当时他就认识我，为此他要我为他的诗集写一篇序文，我是义不容辞了。

　　他写的诗歌，从首篇1945年3月写于长江边夏港的《告别故乡》，到终篇1949年5月28日写于上海市宋子文公馆的《战上海》

整个战斗过程，我都是熟悉的，特别是敌军在山东的重点进攻和我军外线出击那一段时间，如上所说，我们在同一战斗单位过着共同的战斗生活。通过他的诗篇，当年的战斗情景，历历如在目前，我反复阅读，非常亲切，爱之不舍。他的诗歌的特点主要有：

第一，如实反映战斗生活的实况，其中主要的长诗，都是战斗胜利结束后两天就写成的。如《莱芜大捷》，该纵队于 1947 年 2 月 19 日晚到达莱芜城西南集结，承担于 20 日晚 10 时开始协同右路军攻歼莱芜城及其外围敌人之任务，中午 12 时我将被围于莱芜之敌放开，敌人仓皇逃窜，不成队形，拥成一团。到 23 日下午 2 时许，敌先头还未到吐丝口，后尾已离开莱芜城时，敌军拥挤在莱吐公路之间，被我军猛烈炮击，到处乱窜，仅仅两个小时时间，即干脆彻底全歼了李仙洲集团，俘敌 4 万余人，活捉了李仙洲。莱芜大捷结束于 2 月 23 日，作者于次日 24 日在当地战场上凤凰山小王庄就写成这诗。战场的情景如实而活生生地反映在这诗中。又如《孟良崮上红旗飘》，这战斗是在 5 月 13 日黄昏开始，5 月 16 日 1 时，总攻开始，到下午 6 时，敌整编第七十四师被我全歼，作者也是只隔一天于 5 月 18 日在蒙阴县大曹家院完成这首长诗。几个主要战役，都是战后即写。如《胜利在宿北》，宿北战役胜利结束于 1946 年 12 月 18 日，此诗写于 20 日宿迁县北。如《鲁南大捷》，鲁南战役第一阶段从 1 月 2 日 20 时发起战斗，仅历时 42 小时，即迅速干脆地歼灭了蒋介石嫡系整编第二十六师及第一快速纵队，鲁南战役第二阶段战斗始于 1 月 10 日发起，到攻歼枣庄、峄县之敌，到 1 月 20 日胜利结束，此诗写于 1 月 22 日，都是写于大战结束后一两天内。战场的情景尖锐、复杂、变化大，要在诗中活活地反映，非有诗才不可。其余不写明日期而只写月份的，其实也是在离事离地不远时写就的。

第二，其中不少诗篇是写革命根据地的人民群众和军民合作抗敌的深情的诗篇，体现了我们人民解放战争的根本特点。如《革命的妈妈》、《赞沂蒙山》、《老大爷，老大娘》、《沂蒙一老人》、《光荣属于炊事员》、《小毛驴》等。单是小米加步枪能战胜飞机加大炮的敌人吗？正是小米加步枪，更加上人民群众共同自卫抗战，三年半就打败美械装备的蒋介石王朝的大军，诗写的是诗人战士的亲自见闻与感受。他的感受，在司令员叶飞同志在他的《回忆录》中第二十六章《新年的献礼——鲁南战役》中有一节《难忘的沂蒙山人》是用数字来反映一番，由此可见战争和群众的全貌。他说："1946年12月，莱芜就有6600人参加我军。战役中，鲁中500万人民英勇参加后勤工作，其中50万人在战地服务……120户人家的朱家宅子，在2月15日一天内做好1850斤煎饼，蒸好1200斤白面饼，打出2800斤小米，磨好1800斤麦面，集中6000斤柴草运到前方。靠近莱芜城的颜庄区群众一次就为部队办好煎饼和小米各20万斤，而他们自己却吃糠咽菜。"所以我们的队伍叫人民解放军，战争的胜利，最终归功于党领导的人民战争的胜利。正如江泽民同志所说的："中国革命和建设的一切成就，是全国各族人民共同奋斗的结果。"

我在抗战前，跟鲁迅、茅盾编过《文学》和《译文》杂志，刊登的都是名家的译著。到新四军后，我的文化工作重点放在战士和干部身上，在皖南军部的《抗敌》杂志和《抗敌报》所设的文艺副刊上，曾发表了许多战士和干部的报告文学和诗篇。这是我跟随鲁迅的文学创作方向和毛主席的文艺路线的结果。但我没有想到在解放战争中在华东野战军第一纵队1年多，部队里文艺活动是很活跃的,此次读了陆坚同志的《戎马歌声》,感到当时没有办一个文艺刊物是很遗憾的,如我有此创议,叶飞同志一定会支持的。如诗集中的《夕岚》,作者就在我身边。他们首先是在伟大的革命战争中,只要把他们的生活加以润色,即是可歌可泣的诗文,如"夕岚"即是行军中的感受,谁说这不是一首好诗?

> 夕岚,
> 不停地变幻,
> 一会儿如蛟龙,
> 转瞬成大雁。
> 蛟龙送我去征战,
> 大雁向北出潼关,
> 我军奔驰去歼敌,
> 大雁请将捷报捎延安。

这不正是一首可刊载于任何革命文艺大刊物的好诗吗?

最后建议阅读此诗集的同志,同时找叶飞同志的《回忆录》来阅读。

我在阅读《戎马歌声》的同时,又重读了该纵队司令兼政委所写的《叶飞回忆录》,要知道《戎马歌声》写的诗篇,诗篇中的司令员是如何处理这些他所面临的艰巨的战役而取得胜利的,这读了《回忆录》才能更全面地领会。

1991 年 7 月 22 日于杭州,时年八十有六

我所了解的陆坚同志

李倩英

陆坚同志将他在抗日战争、解放战争、抗美援朝战争中亲历的各个战役、战斗陆续写成了文章与诗歌,这次又汇编成册献给下一代,我为他高兴、向他祝贺!

他之所以要这样做,完全是出于忧国忧民、担忧红色江山会一朝改变颜色。

作者伴侣在抗美援朝

陆坚同志是我的丈夫又是战友,我俩相处60多年,相濡以沫。60多年以来,我对他有如下印象。

从我认识他开始,数十年来他一贯勤奋好学上进。由于他原来读书不多、文化低,全靠查阅字典提高文化水平。不管在艰苦的战争年代还是和平时期,每天总要学习到深夜,从不间断。将近70年来,他一直坚持写日记,至今仍然如此,且这些日记还完好地保存着。

陆坚同志对工作极其认真负责,只要是领导交给他的工作任务,他一定能按时办好。不管在工作中遇到多少困难,他都能千方百计地设法克服困难,千辛万苦地圆满完成。

在部队当连指导员时,他很善于做思想政治工作。对战士的现实思想问题,能耐心细致地循循善诱、讲透道理,使战士们心悦诚服地接受他的教育。因此,战士们都愿意接近他,同他谈思想、拉家常。他还很善于调动和激发全连同志的积极性,连队在创优先活动中总是名列前茅。为此,连年被评为先进连,受到上级领导机关的表彰,他自己也多次立功受奖。

他能尊重别人,不管工人、农民还是老弱妇孺,总是待人诚恳热情、谦逊,别人也都愿意与他交往,因此他结交了很多好朋友。

他还善于团结同志,即使与某个同志产生了矛盾或纠纷,发生了争论,甚至弄得脸红耳赤,他也不会有成见。他总是对事不对人,他很能宽容人、理解人,从不计较只言片语。

他还乐于助人,体谅别人的困难。他在做律师工作时曾帮助过很多人,这些人至今还经常来看望他。他还免费帮助困难老人打官司,连路费都自己出。最后官司赢了,老人跪地感谢陆坚同志。有一次,在电视上看到一户青年家人遭到不幸,孩子受伤无钱医治,第二天陆坚同志就去医院捐助了1000元钱。他还捐助很多地方建希望小学、革命历史纪念馆。每逢某地遇到天灾,他总是积极捐助。

在家中他对待孩子从不打骂,总是讲清道理,以理服人。因此,孩子们很听他的话,对他都很尊重。孩子们在他的影响下,读书、工作都很好,互相间很团结,与他人相处也很和谐,得到邻里的赞许。他有时也会向我发脾气,但发过了,一会也就好了。

但是,陆坚同志有个特殊性格、特别脾气,就是他秉性耿直,刚正不阿。他最反对、憎恨那些阿谀奉承的马屁鬼,他自己从不讨好领导与权势者,更痛恨那些在领导面前无中生有、捏造事实、诋毁他人、抬高自己,以达到个人卑鄙目的的人。同时,他还好打抱不平,路见不平就舍身相助。对那些仗势欺人的人,他敢于挺身而出与其作斗争,不惜付出巨大代价。他一辈子就是吃了这个亏,因此提前 10 年离休。

我中风半瘫痪患有很多疾病,生活不能自理已 20 年,陆坚同志 20 年如一日不厌其烦地照顾我,他是个真正的共产党员。

勇青年追杀汉奸军

陆汉卿　陈煜轩

　　抗日战争时期,在江苏无锡县北乡东房桥一带流传着一个英雄故事:有两个青年凭着一身勇气,各自手执一把大刀,奋勇追杀16个汉奸军,使他们丧魂失魄,狼狈逃窜。这两个英勇青年就是东房桥镇上的陆培祥和杨胜根。

　　东房桥是无锡北乡的一个小镇,约有500多人口。镇上有个中药铺,店主陆寿泉老先生有三个儿子,大儿子陆兴祥早在1940年就参加了新四军,二儿子陆培祥因年龄尚小留在家中。这陆培祥秉性刚烈,有强烈的爱国心和正义感。他眼见日寇侵陷家乡奸淫烧杀、横行不法,而投降日寇的汉奸军又横行乡里无恶不作,一直怀恨在心,暗下决心有一天要杀尽这些败类恶贼,为乡亲们复仇雪恨。

　　1945年春天,那年陆培祥17岁。有一天上午他赋闲在家,见有16个汉奸军从街上走过,他们是从八士镇据点出来后刚从北乡斗夹山扫荡抢掠后路经东房桥。他们倒背着枪,身上背着、手里拎着从老百姓家抢来的鸡鸭财物。陆培祥见他们走到街中心一家小饭店停下来,吆喝命令着店主为他们备酒做饭招待,心想机会到了。他返身奔向街西头去喊铁匠铺的杨胜根:"胜根兄,你知不知道一群汉奸军在街上饭店里喝酒胡闹?""知道!""你借我一把开了口的大刀,我要去杀这批狗杂种!""这里有现成的,你挑一把吧!""你敢不敢跟我一起去!""怎么不敢!凑我一个!"

杨胜根是爽快人,一口答允跟陆培祥一同去杀敌。他是陆培祥的好朋友,在东房桥西街开一个铁匠铺,有一手打铁的好手艺。近来无锡北乡有些农民组织起一个叫天仙道的大刀会,大刀会使用的大刀都是杨胜根锻造的,所以炉边还放着一批坯料和成品。杨胜根身体壮实,为人爽直仗义。陆培祥激他敢不敢,他就痛快地答允下来。陆培祥见他相信,两个人于是高举大刀连声高喊着"杀死汉奸!报仇雪恨!"直奔街中心而来。

喊杀声惊动了街坊邻居,人们纷纷出来观望,见陆培祥和杨胜根一前一后,高举着明晃晃的大刀向这批汉奸军奔去。他们心里想,只凭两个人两把刀能打得赢这批汉奸军吗?汉奸军可有真枪实弹呀!也有胆子大的一批群众跟在后面帮着呐喊助威。

此刻,陆培祥报仇心切,也顾不得生命危险了。陆培祥从 10 岁那年起,就亲眼看见日寇侵陷无锡时纵火烧了十天十夜,把好端端一座城市变成废墟。这些年来日寇又不断地下乡清乡扫荡,更有一批汉奸军跟着一起残害同胞。1937 年日寇侵陷时,他家的房子被焚烧。1940 年探知他哥哥参加了新四军,就把他父亲抓去严刑拷打,上老虎凳、灌辣椒水、放狼狗咬,把父亲折磨得死去活来。1941 年这些汉奸军又把父亲抓去逼着交出参加新四军的儿子,害得他母亲到处借钱,用 50 担米的代价赎回了父亲,才保住了性命。1942 年汉奸军又上门,他家又遭到了抢劫。这一桩桩一件件的罪行,汇成郁积在胸中的仇恨怒火,顷刻间迸发了出来。常言道,恨从心头起,勇自胆边生,有了不怕死的决心,就有气吞山河的勇气。这次非要杀尽斩绝这些败类不可,于是他俩一路高喊着冲杀过来了。

五、朝花夕拾——战友附文

这批汉奸军此刻正在小饭店里饮酒作乐,忽然听到街上人声嘈杂,喊杀声声,探头一望只见街西头两个青年高举大刀奔来,后边还跟着一群人呐喊助威。"不好!"群众包围过来了,他们一害怕就慌了神,冲出店门拔腿就逃,保住小命要紧,竟忘了可以开枪还击。陆培祥见他们拼命向南街口逃去,更加勇气倍增紧追不舍,这时有个汉奸军逃得慢被陆培祥追上,他高举大刀照准其脑袋狠劈下去,眼看就要砍上这人脑袋的一刹那,有人在旁边推了一把,刀口一偏砍在敌人的肩膀上。从刀口上逃生的敌人,满身血水流淌,丢鞋弃帽狼狈奔逃。16个汉奸军没命地向八士镇据点逃窜而去,有的帽子掉了,有的鞋子丢了,有的将抢来的包裹也扔下了,就是没有敢开枪。陆培祥和杨胜根哪肯罢休,一直追出3里以外,追到前边的方村桥,离敌人的八士镇据点不远了才折返回来。

当陆培祥举刀向敌人头上砍去时,是谁拦阻了一下让敌人逃脱了呢?原来他是镇上的维持会会长顾××,那天他见陆培祥追杀汉奸军眼看要出人命,害怕引来日伪军血腥的报复,所以前来阻拦住了陆培祥的大刀,让这个汉奸逃脱了狗命。

乡亲们见陆培祥和杨胜根追杀汉奸军胜利归来,纷纷涌出镇口拍掌欢迎,不住地夸奖他们的英雄行为,感谢他们为大家报了仇,出了多年来遭受蹂躏压迫的一口恶气。

不出所料,第二天清晨八士镇的汉奸军纠集无锡城里的日寇,一共300多人把东房桥团团围住,挨家挨户搜查,非要找出陆培祥和杨胜根,折腾了一整天还是见不到踪影,只得抢些财物悻悻而回。原来杨胜根在群众掩护下躲在陆家祠堂的祖宗牌位下未被发现;陆培祥在头天晚上就拿起行李,去投奔新四军了。

陆培祥到了新四军改名金增，新中国成立后又改名陆坚，在陈毅、粟裕司令员领导下南征北战。先后参加了孟良崮战役、淮海战役、渡江和解放上海战役，还跨过鸭绿江参加了抗美援朝战争，经过大大小小几十次战役。他在前方英勇作战屡立战功，并锻炼成坚强的领导干部。现在年事已高，离休在杭州安度晚年。每年他回乡探亲，听到锡北东房桥一带群众中仍在流传着当年陆培祥和杨胜根英勇杀敌的故事，感到无比的欣慰和感慨。这真是忆当年——

锡北人民志气豪，国恨家仇怒火烧。

勇士举刀一声吼，奸邪魂飞拔腿逃。

爱祖国　讲奉献　清廉敬业
革命家风传后代

——新四军老战士家庭会议纪实

陈煜轩

　　新四军老战士陆坚同志多年来有个心愿，要把自己奋斗一生的革命经历向家人讲讲，可是全家七八口人，包括1个儿子3个女儿，以及孙子外孙、女婿等，各人忙于工作学习，一直没有机会聚集在一起。2007年12月30日，趁在新加坡南洋理工大学留学的孙子陆浩川赴法国实习，转道回国短期度假的机会，把全家人叫到一起，把早已准备好的30多页讲稿，向儿孙们系统生动地讲述了自己革命一生的经历。

　　他说："我今年已经八十一岁了，面临风烛残年，在世的时间不多了。这个时刻，我有必要把一生经历向孩子们讲讲，让你们了解我的生平，从中汲取我经历中可取之处加以借鉴，对我经历中的教训也可在处世中加以防范。"经过两个多小时的详细讲述后，他谆谆嘱咐道："我要叮嘱你们，你们是共产党的后代，是新四军的后代，要牢记祖国人民遭受帝国主义侵略的那段血泪历史，牢记新中国来之不易，希望你们热爱祖国，把祖国建设得更加繁荣富强，为实现中国特色社会主义努力奋斗。在立身处世中，做到正直真诚，光明磊落，团结宽容。不危害国家，不欺诈他人，不占别人便宜。"

儿子璇辉、女儿纯冶、纯瑶、纯之,孙子浩川,以及女婿、外孙等聚集一堂,认真聆听了他艰难困苦和九死一生的奋斗经历。大家一致表示:一定要牢记嘱咐,爱国奉献,勤奋廉洁,奉献社会,把父辈未竟事业和革命家风代代传承下去。陆璇辉说:"爸爸是战争的幸存者,为了祖国和人民,不惜流血牺牲,奉献了自己的一生。今天爸爸的谆谆教诲和嘱咐,我们一定要牢记在心。全家要团结互助,共同前进,为祖国的美好未来努力奋斗。"

陆坚同志是杭州市人防办的离休干部,原名陆培祥,家住无锡北乡东房桥镇,父亲经营祖传中药店。他清楚地记得在 11 岁那年,也就是 1937 年的冬天,亲见日本侵略军入侵时一路杀人放火,奸淫掳掠,纵火焚烧无锡城达十天十夜。他每晚向无锡城望去,见火光红及半天。离他家 6 里路的长安桥和东王村被日军杀死300 余人。长安桥街几乎全部被烧光。他家同村的渔民冯俊生在河边打鱼时,被日军用刺刀活活刺死。后来日军多次下乡"扫荡",把他家开设的中药店也差些焚成灰烬。后来日军经常下乡扫荡,父亲两次被日军抓去,经受了坐老虎凳、灌辣椒水、放狼狗咬等种种酷刑,被折磨得死去活来。

目睹山河破碎、同胞惨遭屠杀、人民生活在水深火热之中,他心情万分痛苦,由此暗下决心,伺机杀敌报仇。17 岁那年,一次有一个 16 人的汉奸部队,下乡"扫荡"抢掠,途经东房桥,在一家小饭店休息吃饭。他按捺不住心头怒火,与另一少年一起,高举着大刀,直奔那批汉奸吃喝的饭店,一路连声高喊"杀汉奸! 杀汉奸!"那批汉奸见到他们两人高声喊叫,来势汹汹,不明虚实,卟得个知所措,慌忙中丢下抢夺来的财物,夺门朝镇外奔逃。他追上一个掉队的汉奸，向他头上砍去，大刀砍偏在肩头，被他侥幸逃脱。第二天数百名日伪军前来报复，搜捕陆培祥同志，他因连夜离家投奔新四军去了，才幸免于难。因此，"陆培祥孤身杀敌"被当地群众当做传奇故事，在无锡地区流传了几十年，还被编入了无锡地方抗战史志和江苏省群英谱。

陆培祥同志参加新四军后，为了对敌斗争的保密需要，曾改名金增，新中国成立后又改名陆坚，一直沿用至今。他在党的培育下，长期在部队基层担任文化教员、政治指导员等职，成为优秀的政工干部。在抗日战争、解放战争、抗美援朝战争的战火中，经受了残酷的战争和长期的艰难困苦的考验。

1949 年 4 月，在渡江战役发起前夕，陆坚同志在第二十军军部警卫营担任连指导员。4 月 9 日晚，警卫营协同兄弟部队，攻占了位于长江中心的新老洲后担任守备。第二天清晨，对岸的镇江之敌纠集了 4 个步兵团的兵力，在 13 艘兵舰、4 架飞机的配合下，实施了海陆空三军联合登陆作战。新老洲阵地在狂轰滥炸下陷入一片火海，陆坚同志率领 30 多人的一个排坚守在前沿阵地，除他一人外全部壮烈牺牲，他的头部也被炸塌的屋梁撞击昏死了过去。等他醒后爬出小屋时，见有 60 多个敌人从两边向他包抄过来，敌人军官见他孤身一人，就大声喊叫"抓活的！抓活的！"，当时他的前面被一条小河所阻，就纵身向对岸跳去，跃过 3 米多宽的小河，在敌人还没有反应过来的瞬间，从近在咫尺的敌人身边逃脱生还。

渡江战役取得了震惊中外的伟大胜利，但军警卫营在渡江前夕，却经历了一场艰苦卓绝的守卫新老洲的战斗。战斗空前激烈，伤亡异常惨重，这段战史后来很少被人提起。在这次战斗中，他亲见一位从军政治部下派名叫邬达生的宣传干事,头颅被炸离了身体,血淋淋的头颅滚到他身边的情景,至今还记忆犹新。也许那次战斗受的刺激太强烈,自己的脑部受伤治愈后留下了"夜啼"的后遗症,每夜做噩梦时就要号啕大哭,直到被人叫醒才能止住。这个后遗症经多家医院的精神科专家诊治,至今未愈,落下终身残疾。

在家庭会议上,陆坚同志还讲起他家祖辈有个乐善好施的传统。他家所开的"济寿堂"药店常常向看不起病的穷苦人免费施药。清乾隆年间,有一年江南大旱,他的祖上曾开仓救济饥民,受到乾隆皇帝的褒奖。他家中堂屋里,挂有一块乾隆御书"惠济桑梓"的金字匾额。祖上传下来的乐善好施、善良正直的家风,对他从小留下深刻的印象,也希望儿孙们把这种家风世世代代传下去。他自己一生俭朴,清操自律,目前他家大厅里还挂有友人书赠的"松竹清风"字匾,这正是他一生品德的写照。

编后的话:家庭是社会的组成部分,在传统社会里,正直和善,父慈子孝,兄弟和睦,是事业兴旺发达的基础,也是社会文明的标志。富贵不能淫,威武不能屈,贫贱不能移,一直是千百年来志士仁人做人的标准,而修身齐家历来是治国平天下的先决条件。基于这个认识,陆坚同志以家族的优良家风、自己切身的体会,用家庭会议的形式对后辈进行教育的做法,意义深远,值得称道。

后　　记

为什么要编写这本书？这是我的历史责任。

新中国已成立 63 年了，昔日的"东亚病夫"已国强民富，国际地位大大提高。往事不堪回首：在旧中国，帝国主义不仅对我国任意侵略、杀人放火、奸淫掳掠、无恶不作，还要割让国土、赔偿巨款，欲将中华民族沦为奴隶。如今，这些已成为历史，但我们绝不能忘记。

我国之所以能有今天，全靠中国共产党的英明领导和人民军队经过长期艰苦卓绝的奋战。夺取政权后，党和人民军队又确保了我国数十年和平建设与改革创新发展。胜利成果来之不易，因此我们绝不能忘记为争取新中国自由独立和繁荣富强流过鲜血、奉献生命的先烈们。本书就是写为新中国的诞生流过血、丢过命的人与事。虽然我写的仅是沧海一粟，但是没有点滴涓水是汇不成大海的。忘记过去就意味着背叛，牢记历史才能推动历史。

为国捐躯的烈士们已在九泉之下，我们绝不能忘记他们为国为民所做出的千秋功绩，我们要永远纪念他们。为此，我将自己亲历和了解的人与事写下来，奉献给青少年，让他们了解过去的历史，继承和发扬革命精神，使祖国更加繁荣、富强、昌盛，让红色江山永不变色。我作为一名曾经为建立新中国而战斗的革命老战士，我认为这是我的责任。

本书原题名"杂草集"，"杂草"虽不是上品的东西，但它可以转化为肥沃的土壤,为农作物生长结果提供有用的养料。万紫千红的百花园,也需要很多绿油油的小草来衬托满园春色,故用此名。

　　承蒙多方努力,历经数月本书终于面世了。首先应当感谢浙江省新四军历史研究会第一会长、省人大常委会原副主任杨彬和第二会长、省军区原司令员黎清的关心支持,并同意由单位冠名,还专门为本书题了词;同时也感谢会刊《东南烽火》主编、老部队的战友陈伟业拨冗为本书撰写了序言,并参与整理文稿和校对出版工作;还要感谢新四军老战士杨光等对编写和出版本书出谋划策……

　　是共产党把我从一个不懂事的顽童,培养成为一名有觉悟的革命干部,可以说,没有共产党就没有我的今天。值此党中央即将召开第十八次代表大会之际,我将此文集作为礼物敬献给党的十八大,以示我的感恩之心。

　　由于本人学识浅薄,缺乏文学素养,作品未免有粗鄙不当之处,敬请同志们不吝赐教。

陆　坚
于 2012 年 9 月 30 日

五、朝花夕拾——战友附文